Kyril Bonfiglioli
Die Damen und das Ungeheuer

PIPER

Zu diesem Buch

Kaum jemand mag es für möglich halten, aber auch auf der kleinen Insel Jersey im Ärmelkanal geschieht ab und an ein Verbrechen. Eines Tages dringt ein maskierter Unbekannter in das Schlafzimmer der Dorfbewohnerin Sonia Breakspear ein und tut ihr unaussprechliche Dinge an. Durch einen Zufall ist Charlie Mortdecai, seines Zeichens Kunsthändler und Vielfraß, Bibliomane und leidenschaftlicher Säbelfechter, gerade vor Ort. Und schon steckt er, ob er will oder nicht, mittendrin in einem ziemlich vertrackten Fall. Denn der Unhold ließ zwischen den Schenkeln seines Opfers nur eine einzige Spur zurück – eine lebende Kröte. Teilzeitgauner Charlie Mortdecai und sein einäugiger, kampferprobter Diener Jock machen sich auf die Tätersuche, die neben ihrem geradezu genialen Scharfsinn auch Trinkfestigkeit sowie absolute Indiskretion erfordert.

Kyril Emanuel George Bonfiglioli wurde 1928 in Eastbourne als Sohn eines italienisch-slowenischen Antiquars und einer englischen Mutter geboren. Nach seinem Militärdienst studierte er Englisch in Oxford. Er war – genauso wie seine Hauptfigur Charlie Mortdecai – Kunsthändler, Herausgeber eines Science-Fiction-Magazins und Autor. Kyril Bonfiglioli war dreimal verheiratet und hatte insgesamt fünf Kinder. Er lebte in Lancashire, in Irland und auf Jersey, wo er 1985 an Leberzirrhose starb.

Kyril Bonfiglioli

Die Damen und das Ungeheuer

Kriminalroman

Aus dem Englischen
von Dorothee Suttkus

PIPER

Mehr über unsere Autoren und Bücher:
www.piper.de

Von Kyril Bonfiglioli liegen im Piper Verlag vor:
Nimm das Ding da weg!
Die Damen und das Ungeheuer

Die Mottos an den Kapitelanfängen wurden von Joachim Kalka ins Deutsche übertragen.

FSC
www.fsc.org
MIX
Papier aus verantwortungsvollen Quellen
FSC® C083411

Ungekürzte Taschenbuchausgabe
ISBN 978-3-492-30957-8
August 2017

Titel der englischen Originalausgabe:
»Something Nasty in the Woodshed«, Macmillan London Ltd., London und Basingstoke 1976

Umschlaggestaltung: Mediabureau Patrizia Di Stefano, Berlin
Umschlagabbildung: Patricia Turner/Arcangel; jonesmarc/Getty Images
Satz: psb, Berlin
Gesetzt aus der der Palatino
Druck und Bindung: CPI books GmbH, Leck
Printed in the EU

Et amicorum

Weil ich nicht erwarte, so lange am Leben zu bleiben, dass es für einen weiteren Roman über Jersey reichen würde, muss ich – in alphabetischer Reihenfolge – Alan, Angela, Barry, Betty, Bobbie, Dick, Gordon, Heather, Hugh, Jean, Joan, Mary, Nick, Olive, Paul, Peter, Rosemary, Stanley, Terry, Topper, Vera und hundert weitere freundliche Jerseyaner bitten, dies hier als bescheidenen Dank für all ihre Freundlichkeit und Toleranz zu akzeptieren. Ich hoffe auch, dass es ihnen nichts ausmacht, wenn ich die Namen eines schwarzen Labradors – Pompey – und eines Kanarienvogels – Bert – hinzufüge.

Die Gedichte stammen alle von Swinburne, mit Ausnahme eines einzigen, bei dem es sich um eine leicht zu erkennende Fälschung handelt.

Sollte eine in diesem Roman geschilderte Person irgendeine Ähnlichkeit mit einem wirklichen Menschen aufweisen, so ist diese unbeabsichtigt; wirkliche Menschen verhalten sich bei Weitem zu unwahrscheinlich, als dass man sie in einem Roman gebrauchen könnte.

Die Ehrenamtliche Polizei Jerseys ist daran gewöhnt, dass man sie auf den Arm nimmt; all jene, deren Bekanntschaft zu machen ich das Vergnügen hatte, sind gerecht, ehrenwert, intelligent und können Spaß vertragen.

All jenen freundlichen Leuten auf Jersey, die meine unzähligen Fragen beantwortet haben, brauche ich nicht namentlich zu danken, das hieße, ihnen ihre Geduld recht unangemessen zu entgelten.

Der fiktive Erzähler ist ein unangenehmer, giftiger Kerl; bitte verwechseln Sie ihn nicht mit dem Autor, der sanft und freundlich ist.

Die Swinburne-Fälschung ist in gewisser Weise gekennzeichnet.

1

Bis die Klippen bröckeln, die Wogen sich breiten,
Bis die Tiefe die Gartenterrassen trinkt,
Bis die Macht der Wogen, die Kraft der Gezeiten
Die schrumpfenden Felder, die Felsen verschlingt,
Liegt hier nach dem Ende von allen Tagen
Auf den Trophäen, die er selber sich bot,
Auf eignem Altar von sich selber erschlagen
Leblos der Tod.

A Forsaken Garden

Die Inseln

Vor etwa siebentausend Jahren – auf ein paar Monate mehr oder weniger kommt's nicht an – floss eine große Menge Wasser aus gutem Grund, an den ich mich im Moment nicht erinnere, aus der Nordsee und strömte über die flacheren Teile Nordwesteuropas, bildete dabei den Ärmelkanal und trennte nachhaltig England von Frankreich, sehr zur Genugtuung beider Seiten (denn sehen Sie: Wäre das nicht passiert, wären wir Engländer Ausländer, und die Franzosen müssten Brottunke essen).

Etwas später nagte die See an einigen zerklüfteten Stellen der französischen Küste und trennte höher gelegene Teile des Festlandes ab. Die so entstandenen Inseln nennt alle Welt »Kanalinseln«, weil sie es nicht besser weiß; ihr wahrer und altehrwürdiger Name lautet *Les Iles Normandes*. Es wurde behauptet, dass nicht sie zum Vereinigten Königreich gehören, sondern eher umgekehrt, denn sie waren – lange bevor Wilhelm England eroberte – Bestandteil des Herzogtums Normandie, und sie sind die einzigen Reste dieses Herzogtums, die Bestand haben. Sie sind der Krone gegenüber leidenschaftlich loyal, und der Trinkspruch lautet noch immer: »Auf die Königin – unseren Herzog.« Alle Inseln haben unterschiedliche, altertümliche und eigenartige Gesetze und Verfassungen wie auch eine Reihe recht seltsamer Gebräuche. Aber davon später.

Diese Insel

Sie heißt Jersey und besteht, wie jedes Schulkind weiß, aus Granit, Schiefer, Diorit und Porphyrit. Sie liegt schräg im Wasser und ist nach Süden ausgerichtet – was, dessen bin ich mir sicher, vorteilhaft für das Wetter ist. (Ich rede niemals über das Wetter, das ist etwas für Besitzer von Freizeitanlagen, Bauern und gewisse liebenswerte Verrückte, die sich das Dach der Admiralität als Lebensraum erkoren haben.) Die Küste ist wild und unvorstellbar schön.

Tabak und Schnaps sind billig, und die Einkommensteuer ist wohltuend niedrig, aber ich wage zu behaupten, dass diese Segnungen zusammen mit den teuren Privatschulen verschwinden werden, sobald die Sozialisten eine ausreichende Mehrheit erringen. Dann wird sie der Hafer stechen.

Die Leute

Hiervon gibt es viele Sorten. Zum einen sind da die Urlauber, die keiner Beschreibung bedürfen; hol sie der Teufel. Ihr Name ist Legion.

Zum anderen gibt es die Bauern, die alle alteingesessen sind und unaufdringlich und pottgesichtig die Insel zu ihrer eigenen stillen Zufriedenheit bewirtschaften. Sie haben hässliche alte Namen, hässliche alte Gesichter und *abscheuliche* alte Frauen. Ihre Arbeiter sind wie sie, trinken jedoch noch mehr. Wanderarbeiter kommen aus der Normandie, aus der Bretagne und sogar aus Wales und kümmern sich um die Narzissen-, Kartoffel- und Tomatenernte; sie sind klein, untersetzt und sinister wie Italiener aus den Abruzzen, und sie trinken am meisten von allen, aber wer wollte es ihnen verübeln?

Die dritte und bekannteste Sorte sind die reichen Einwanderer, die sich angesiedelt haben, um in den Genuss der besonderen Steuervorteile der Insel zu kommen. Die bescheidenen Steuern, die sie zahlen, blähen das örtliche Schatzamt in einer Weise auf, die der Eingeborene nur schwer verzeihen kann. Einige von ihnen sind totale Abstinenzler – ich vermute, das ist eine Art, reich zu werden –, aber die meisten sind ebenfalls ziemliche Trinker; Whisky kostet etwa genauso viel wie billiger Wein und schmeckt doch viel besser.

Sie haben so viel Geld mitgebracht, dass ich manchmal fürchte, die Insel könnte eines Tages unter seinem Gewicht versinken. Ihre Konversation ist brillant, solange man beim Thema bleibt, das heißt, dass es über die Breite ihres Salons nicht hinausgeht.

Horden von käuflichen Bankern und anderen, die sich Geld leihen, sind ihnen wie gefräßige Aasgeier hierhergefolgt, und jedes erstklassige Grundstück in St. Helier wird, sobald es zu haben ist, von diesen schamlosen Schluckspechten weggeschnappt. Das ist vermutlich eine schlechte Sache.

Es gibt eine Reihe weniger wichtige Kategorien wie Nobility und Gentry, portugiesische Kellner, indische Ramschhändler, durchreisende Barmädchen und betrunkene Schriftsteller, die aber, wenngleich durch die Bank nett, nur recht wenig mit unserer Geschichte zu tun haben.

Die Fauna

Die Stütze der Wirtschaft und das einzige große Säugetier neben der Jersey-Frau ist die Jersey-Kuh. Sie ist rehäugig, schön anzusehen und sondert wunderbar gehaltvolle Milch ab. Sie ist normalerweise angepflockt, denn der Weiden sind wenige, und Zäune sind kostspielig; im Winter wird sie in einen Plastikregenmantel »eingepackt«, und im Sommer trägt sie einen Sonnenhut. Ja, wirklich. Es gibt ein paar Schweine, aber ich glaube, keine Schafe, und deshalb wurde wohl auch ein bestimmtes Hochlandregiment nie hier stationiert. Es gibt sehr viele Pferde, und man kann zu jeder Stunde des Tages die Vorstadtkavallerie dabei beobachten, wie sie die Wege entlanghopst.

Tiere in freier Wildbahn sind selten, mit Ausnahme der Seevögel; die dominierenden Arten sind Elster und Spatz. Es gibt keine Jagdgründe und daher keine Wildhüter, weshalb die allgegenwärtige Elster alle Nestlinge verputzt; nur der Spatz, dieser Vogel der Venus, sticht die Elster aus, weil er, das stramme kleine Kerlchen, das ganze Jahr über sein Weibchen vögeln kann. Im Spätherbst sieht man manchmal seltene Vögel auf der Durchreise, die auf den Feldern noch ungeborener Narzissen rasten.

Die Flora

Diese besteht hauptsächlich aus Gras und Gartenarbeit, wobei Letztere oft eine schauderhafte Aufdringlichkeit entfaltet. Vereinzelt finden sich Adlerfarn und Stechginster auf Landparzellen, die der Baugenehmigung harren, aber der Rest ist Luxus: Frühkartoffeln, Narzissen, Anemonen, Tomaten und gelegentlich ein kümmerlicher Blumenkohl. Bestimmte Kohlsorten mit erstaunlich langen Stielen werden für die Touristen zum Fotografieren angebaut; die Einheimischen versichern ihnen, ohne das Gesicht zu verziehen, diese würden später zu Spazierstöcken verarbeitet, aber niemand, der alle Tassen im Schrank hat, würde das glauben, oder?

Die Gebäude

Diese gibt es in den Sorten düster, prätentiös und absurd. St. Helier gibt ein schönes Beispiel ab für architektonischen Spaß; sogar Sir John Betjeman* würde hier das Gesicht verziehen. Auf dem Land zeigt sich das charakteristische Gebäude als großes, grimmiges Bauernhaus aus leberfarbenem Granit mit riesigen Außenmauern und zu wenig Fenstern. Reiche Einwanderer reißen sie begierig an sich und modernisieren sie auf abscheuliche Weise. Das fertige Produkt ist dann zehnmal so viel wert wie ein vergleichbares Haus in England. Ich weiß nicht, ob das eine gute Sache ist oder nicht.

Die Sprache

Das ist eine etwas diffizile Angelegenheit. Der echte Einheimische der Handwerkerklasse spricht etwas, was genau wie Englisch klingt, bis man versucht, es zu verstehen. Dann stellt man fest, dass es klingt, als ob ein Australier versucht, einen Mann aus Liverpool zu imitieren. »Heimat« wird ausgesprochen wie »Oimat«, und die meisten Sätze beginnen mit der Wendung »My Chri[st]« und enden mit dem Ausdruck »eh?«. Es ist eine unschöne Sprache, und man lernt schnell, sie nicht zu mögen.

Gesetze und andere offizielle Verlautbarungen werden in einem wunderlichen, alten normannischen Französisch geschrieben, das einen an das Latein des Reichsgrundbuches Englands aus den Jahren 1085–86 erinnert. Mitglieder der gro-

---

* Sir John Betjeman, 1906–1984 (1969 geadelt, 1972 zum Poet Laureate ernannt)
Begann 1931 für die *Architectural Review* zu schreiben; später Verfasser witziger, skurriler Gedichte (bekannt besonders für seine Landschaftsgedichte); zählt zu den meistgelesenen englischen Lyrikern (Anm. d. Übers.).

ßen alten Jersey-Familien können es angeblich noch sprechen, aber keiner wird sie dazu bringen, das zuzugeben.

Das echte *Patois Jersiais* ist etwas völlig anderes und unglaublich barbarisch. *(Guinness es bouan por té.)* Wenn ich Ihnen sage, dass das Wort »Jersey« für das lateinische »Caesarea« steht, wissen Sie wohl, was ich meine.

Schließlich können die meisten Geschäftsleute genügend Schulfranzösisch der modernen Art, um damit die Wanderarbeiter zu verblüffen, insbesondere weil Letztere gewöhnlich müde und betrunken sind.

Die Polizei

Es gibt eine kleine Truppe Männer, stationiert in St. Helier, die man Bezahlte Polizei nennt. Ich bin mir sicher, das gefällt denen. Sie entsprechen in etwa der englischen Polizei, nur sind sie zahlenmäßig weniger und nicht so rabiat. Sie haben Uniformen und Ausrüstung; sie scheinen ehrlich und liebenswert zu sein, sie prügeln die Leute nicht. Ganz im Gegensatz zu manchen anderen, die ich jetzt nicht nennen möchte.

Von wesentlich größerer Bedeutung (außerhalb von St. Helier) ist die Ehrenamtliche Polizei, die natürlich nicht bezahlt wird. Sie tragen keine Uniformen – es wird davon ausgegangen, dass man *weiß*, wer sie sind. Jede der zwölf Gemeinden hat einen Connetable; unter ihm stehen die Centeniers, von denen jeder theoretisch hundert Familien beschützt und diszipliniert und wiederum fünf Vingteniers anführt, die jeweils zwanzig Familien überwachen. Auf all diese Posten wird man gewählt, aber die Wahlen bieten selten Überraschungen, wenn Sie verstehen, was ich meine, und es gibt sowieso wenige, die sich nach diesen Ehren drängen.

In Jersey steht niemand rechtens unter Arrest, bevor nicht ein Centenier ihm mit seinem absurden, winzigen Dienstknüppel auf die Schulter geklopft hat (Sie können sich vorstellen, wie die Bezahlte Polizei *diese* Vorschrift mag), und es heißt, dass ein Centenier, der seinen Knüppel verlegt hat, einfach den Griff von der nächstbesten Kette der Klospülung abschraubt. Glücklicherweise befinden es die Centeniers nicht oft für nötig, Freunde, Nachbarn und Vettern zu verhaften, es sei denn, es handelt sich um ein schwerwiegendes Vergehen; auf diese Weise spart man eine Menge öffentlicher Gelder, und die meisten Klos bleiben intakt. Das funktioniert wirklich sehr gut. Der Centenier nimmt seinen vom rechten Pfad abgeirrten Nachbarn zu einem stillen Schwatz beiseite und bläut ihm die Furcht Gottes ein, womit er eine Wiederholung des Vergehens weitaus wirkungsvoller verhindert als ein kostspieliges Gerichtsverfahren, ein zur Bewährung ausgesetztes Urteil und jahrelange Meldepflicht bei irgendeinem stumpfsinnigen Bewährungshelfer mit einem sozialwissenschaftlichen Diplom der Technischen Hochschule Nersdley.

Eines der Häuser

Es gehört Sam Davenant und heißt La Gouluterie nach einer Sumpfwiese, die Teil des Grundstückes ist. Dieser Name leitet sich vermutlich von Simon le Goulue ab, der im Jahre 1540 Connetable der Gemeinde St. Magloire war, aber eifrige Altertumsforscher vermuten, dass einstmals *goulues* – dickbäuchige irdene Krüge, in denen Bohnen eingeweicht wurden – auf diesem lehmigen Feld getöpfert wurden. Ich habe den Verdacht, dass Simon oder einer seiner Vorfahren »le Goulue« genannt wurde, weil er selbst etwas von einem Bohnentopf hatte. Die wunderlichere Sorte Amateur-Altertumsforscher wird Ihnen natürlich versichern, dass der Name etwas mit Fruchtbarkeitsriten zu tun hat, aber das tun sie schließlich immer, nicht wahr?

Ein großer Teil des Gebäudes datiert aus dem 16. Jahrhundert, und es gibt Relikte früherer Zeiten sowie Hinweise auf eine religiöse Nutzung. Es besteht aus schön anzusehendem, rosafarbenem Granit der Art, die nicht mehr gefördert wird, und wurde mit Geduld und Liebe in einen Zustand der Bequemlichkeit und Würde gebracht. Es hat *tourelles, rondelines, benitiers* und so fort – ich bin mir sicher, Sie wissen, was all das bedeutet. Was mich angeht, so hab ich's vergessen. Die Vorderfront befindet sich überwiegend auf der Rückseite – Türen, Terrassen und so weiter –, aber die eigentliche Vorderfront geht auf einen sonnigen, gefälligen Hof, auf dessen anderer Seite sich das »andere Haus« befindet, das Sams bestem Freund gehört.

Das andere Haus

Das gehört George Breakspear, der Sams bester Freund ist, und es heißt Les Cherche-fuites – ich weiß nicht, was das bedeutet. Im 18. Jahrhundert ist es ziemlich stutzerhaft herausgeputzt worden, und seine Fenster sind wegen des Granits, auf dem sie ruhen, alle etwas schief, wodurch es vor der eintönigen Symmetrie bewahrt wird, die den meisten Häusern jener Zeit eigen ist. Wie bei La Gouluterie befindet sich auch hier die Vorderfront überwiegend auf der Rückseite (Gärten, Teich usw.), und ebenfalls auf der Rückseite findet sich ein eigenartiger und reizvoller Vorbau mit konkaven Fenstern von der Art, die man in Jersey mit sogenannten »Kabeljauhäusern« in Verbindung bringt. Hierbei handelt es sich um Häuser, die zur Blütezeit der Kabeljauindustrie errichtet wurden, als Dutzende wagemutiger Jersey-Skipper sich zu den Grand Banks hinauswagten und sich plötzlich, zu Reichtum gekommen, wiederfanden. Auf einer Seite steht ein hässlicher viktorianischer Stall aus gelben Ziegeln mit einer Uhr, die nicht geht.

Beachten Sie also

diese beiden ansprechenden Häuser, die einander freundlich über die alte steinerne Apfelmostpresse in der Mitte des Hofes hinweg anstrahlen; beachten Sie ferner den seltenen und glücklichen Umstand, dass die Eigentümer dicke Freunde sind. (Die Tatsache, dass die Ehefrauen der Eigentümer den unentbehrlichen Plunder der jeweils anderen von Herzen verabscheuen, ist, so sollte man meinen, von untergeordneter Bedeutung, und tatsächlich kommt dies selten an die Oberfläche, nicht mal, wenn sie allein sind.)

Beachten Sie weiterhin

die Eigentümer dieser Häuser, angefangen mit George Breakspear von Les Cherche-fuites. George glaubt an Gott, aber nur in der Fassung der Church of England, wie sie im Fernsehen kraft des »Abkommens über gleiche Uhrzeit« propagiert wird, wiewohl er furchtbar »aufgeschlossen« ist, da er ein »paar ganz schön merkwürdige Dinge« in Indien und anderen vergleichbaren Gegenden gesehen hat. Seine Manieren sind zu gut, als dass er etwas von seiner Religiosität zeigen würde, und so sollte es auch sein. Er ist kein Dummkopf. Man könnte vermuten, dass er im Krieg ein Hauptmann im Rang eines Majors war; und in der Tat war er ein echter Brigadekommandeur, wurde mit zwei militärischen Orden und einer Menge weiteren Blechs ausgezeichnet, aber auch in diesem Punkt verbietet ihm seine allzu strenge Überzeugung, Rang und Ordensreichtum im Zivilleben auszuspielen. (Ich denke allerdings, dass das ein bisschen zu weit geht; es ist einfach *ungehörig*, seine Ehrungen zusammen mit den Parisern in der Nachttischschublade aufzubewahren. Ich ziehe allemal diese kontinentalen Husarenoffiziere vor, die nachts in ihren wunderbaren Operettenuniformen herumtorkeln, ganz im Gegensatz zu den englischen Gardeoffizieren, die, indem sie ihre Melone lüpfen, zu traurigen Imitationen solventer Börsenmakler werden. Offiziere sollten flott und finanzielle Wracks sein, Flittchen haben und vor allem Gläubiger, die sie mit der Reitgerte aus ihren Quartieren peitschen können, um ihnen fürs Frühstück Appetit zu machen, finden Sie nicht?)

George ist mittelgroß, hat ein durchschnittliches Aussehen und normales Gewicht. Seine Freunde erkennen ihn nicht immer, und damit wäre wohl alles gesagt, nicht? In seinem Lieblingssessel in seinem Klub wird er natürlich erkannt, weil er *da* ist, verstehen Sie? Die bessere Art Barkeeper erkennt ihn auch, aber das ist ihr Beruf.

Seine Kleidung ist dermaßen geschmackvoll und unauffällig, dass sie schon fast an Verkleidung grenzt; vielleicht wie ein Umhang, der einen unsichtbar macht.

Trotz der grauen Farbgebung weiß man irgendwie ganz sicher, dass, würden die Hunnen und Boches bei uns einmarschieren, George nicht nur höchst kompetent augenblicklich zu den Waffen greifen, sondern diskussions- und fraglos das Kommando übernehmen würde, indem er sich auf irgendeine altehrwürdige Parole, ein Losungswort oder Erkennungszeichen berufen würde, das wir alle auf der Stelle wiedererkennen würden, auch wenn wir es zum ersten Mal seit der Zeit hören, da König Arthur in den Wellen jenes Sees bei Avalon versank.

In der Zwischenzeit jedoch, hier und jetzt in Jersey, würde man ihn sicherlich *nicht* kennen wollen, denn er hört zu, wenn man erzählt; er schenkt einem große (aber nicht zu ordinär große) Drinks ein, lächelt nicht zu unglücklich, wenn man in Anwesenheit seiner Frau flucht, und falls die Party für seinen Geschmack zu lange dauert, macht er keine Ich-geh-ins-Bett-Geräusche; er verschwindet einfach still und, so kann man annehmen, materialisiert sich wieder in seinem Schlafzimmer. Er trinkt auf seine zurückhaltende Art eine ganze Menge; sehen Sie, auf Jersey gibt es keine Jagden, und dadurch werden die

Wintertage ziemlich lang, es sei denn, man ist mit übermäßigem Sexhunger gesegnet.

Er schaffte mit knapper Not in Cambridge einen Abschluss und war Mitglied der dortigen Boxmannschaft – fast möchte man sagen »natürlich« –, und er ist gut über die Napoleonischen Kriege unterrichtet. Er gehört zu jenen beneidenswerten Menschen, die – wie die Absolventen des Oxforder Balliol College – felsenfest davon überzeugt sind, dass alles, was sie tun und denken und sind, richtig ist. Diese Unfähigkeit, an sich selbst Unzulänglichkeiten zu entdecken, ist natürlich eine Art Beschränktheit, aber wesentlich weniger schädlich als die Unfähigkeit, in sich selbst etwas Gutes zu sehen.

George kann nicht ganz verstehen, warum wir Indien aufgegeben haben, und er ist ein wenig verwirrt wegen Sues. Er putzt seine Schuhe selbst; sie sind alt, voller Risse und teuer.

Er ist – oder war – das, was man einmal einen Gentleman nannte, oder hab ich das bereits gesagt?

Georges Frau

heißt Sonia, obwohl ihre Freundinnen sagen, dass der Name auf ihrer Geburtsurkunde wahrscheinlich Ruby lautet. Es ist schwer zu sagen, warum sie und George geheiratet haben; manchmal erwischt man sie dabei, wie sie einander verstohlene Blicke zuwerfen, als ob auch sie sich das bisweilen fragen.

Sie ist eine Schlampe und ein Miststück, das sieht jede Frau auf einen Blick – übrigens auch die meisten Homosexuellen. Nette junge Männer mögen sich einreden, dass ihre schmachtenden Blicke allein ihnen gelten, obwohl sie doch in der Lage sein sollten zu erkennen, dass ihre Anweisungen an den Gärtner betreffs des Einpflanzens eine gleichermaßen klare Einladung zum Einbetten sind. George glaubt an sie, denke ich; aber genau wie bei Matildas Tante bringt ihn die damit verbundene Anstrengung manchmal fast um. Sie ist dank ihrer

Natur, freien Entscheidung und Geschicklichkeit auffallend: Ihre Augen sind tiefblau und riesig, ihre Haut fühlt sich an wie eine Magnolienblüte, und ihr Haar ist so schwarz, dass es marineblau wirkt. Ihre Brüste – wenn sie durch einen zweckdienlichen BH hochgepresst und zusammengedrückt werden – gemahnen an nichts so sehr wie an den Popo eines hübschen Kindes, aber wenn sie nackt ist, hängen sie unerfreulich herab, da die Muskelspannung lang entschwunden ist. Ich ziehe zufälligerweise eine Brust vor, die ich in einer Hand halten kann, Sie nicht? Aber ich weiß, dass zum Beispiel die Amerikaner Quantität vorziehen.

Unter einer Schellackschicht von Kultiviertheit und Couchtischbüchern sind ihre Manieren und ihre Moral die einer erfahrenen Hure, die es geschafft hat, sich früh zur Ruhe zu setzen, und ihre Fertigkeiten jetzt nur noch dem persönlichen Vergnügen widmet. Darin ist sie wirklich gut. Wage ich zu behaupten.

Sie versucht überhaupt nicht, auf jung zu machen, aber dennoch ist sie auf subtile Weise falsch gekleidet (das gilt für diese und eine andere Beziehung). Sie trägt Kleider, die exakt drei Jahre zu jugendlich für sie sind – nie mehr, nie weniger –, und wie jene Männer, die es fertigbringen, stets einen Zweitagebart zu tragen – nie mehr, nie weniger –, genauso ist auch sie immer teuer gekleidet auf der modischen Höhe des Vorjahrs: weder ganz up-to-date noch ganz daneben.

Dies freut natürlich ihre Freundinnen mächtig, obwohl deren Mannsvolk oben erwähnte Tatsache nicht spitzkriegt und sowieso mehr damit beschäftigt ist, Sonias Brustwarzen zu bewundern.

Sie ist selbstverständlich eine vollendete Lügnerin – aber das sind sie ja schließlich alle, oder? (Oder sind Sie nicht verheiratet?) George ist durchaus klug genug, um ihre Lügen durchschauen zu können, aber sowohl Erziehung als auch gesunder Menschenverstand verbieten ihm selbiges.

Sonia und George haben zwei Söhne. Einer davon, ein kluges Kerlchen, sitzt gerade den Rest seiner Zeit in einer Schule namens Wellington ab; es macht Sonia nichts aus, einen schulpflichtigen Sohn zu haben – obwohl sie es fertigbringt, den Eindruck zu vermitteln, dass er in die Vorschule geht –, aber sie ist ein wenig ärgerlich ob der Existenz des anderen Sohnes, der das ist, was man erwachsen nennt. Er ist bewundernswert blöde und fliegt einen Hubschrauber für das Heer oder die Marine oder für sonst einen überlebten Schwachsinn. Ständig fliegt er wertvolles Fluggerät zu Bruch, was aber seinen Vorgesetzten nichts auszumachen scheint; sie kaufen ihm einfach ein neues. Schließlich zahlen sie nicht selbst dafür. *Sie* tun das.

Jetzt zu Sam Davenant,

und sofort entdecken wir einen falschen Unterton, eine gewisse Affektiertheit, denn seit Hunderten von Jahren ist niemand mehr »Sam« getauft worden. Sein wirklicher Name lautet natürlich Sacheverell. In der Schule wäre er lieber gestorben, als das zu enthüllen, aber heutzutage macht es ihm ziemlichen Spaß, wenn man es herausfindet.

Er neigt dazu, so zu tun als ob und hofft, dass man seinen Kardinalfehler, angeborene Faulheit oder *accidie,* als aufgesetzt durchgehen lässt. Sein unregelmäßiges Abdriften in manische Aktivitäten, von dem viel hergemacht wird, hilft ihm, damit Erfolg zu haben.

Er würde es für eine Schande halten, vormittags außerhalb des Betts angetroffen zu werden – es sei denn, er wäre die ganze Nacht aufgeblieben –, und hat seit zwanzig Jahren nicht mehr gefrühstückt.

Er ist nahezu unangenehm belesen. In der Öffentlichkeit ist er gewöhnlich in einen Schundroman in Taschenbuchausgabe vertieft; so gut wie sicher aber liest er in seinem Schlafzimmer Gibbon, Fénelon, Horaz und *tous ces défunts cockolores.* Andererseits leugnet er störrisch, jemals von Marcuse oder Borges gehört zu haben, wer immer sie sein mögen. (Was mich betrifft, so glaube ich unerschütterlich daran, dass man die Jugend so früh wie möglich mit Fénelon, Racine, Milton und Gibbon vertraut machen sollte; man kann nicht früh genug im Leben lernen, dass der Großteil der klassischen Literatur sowohl langweilig wie auch unwichtig ist.)

Sam ist lächerlich freundlich, leichtlebig, tolerant und hat für niemanden ein böses Wort, aber ich habe in ihm schon vor langer Zeit einen wahnsinnigen, eisernen Kern entdeckt, der ihn – wenn er sich schließlich doch provozieren ließe – zu einem wirklich schlimmen Feind machen würde. Früher spielte er ungewöhnlich gut Backgammon, bis die Lebewelt das Spiel entdeckte, woraufhin er es aufgab; so ist er nun mal. Ab und zu kann ich ihn beim Poker schlagen.

Irgendwie scheint er ziemlich reich zu sein, wenngleich niemand weiß, wie oder warum. Er macht dunkle Andeutungen, dass er in seiner Jugend Waffenschmuggel oder Schlimmeres betrieben habe – vielleicht auch Mädchenhandel –, aber ich tippe auf eine Reinigungskette in Nordirland; warum sonst sollte er von Nachrichten über Bombenanschläge in Belfast so beunruhigt sein?

Er ist groß, blass, hat lockiges Haar, wird ein wenig dick und ist ein bisschen älter als ich. Sagen wir, fünfzig.

Andererseits

ist seine Frau winzig, süß, einfältig und heißt Violet, falls Sie das glauben können. Sam nennt sie »Die Furchtsame«. In der Tat fürchtet sie sich vor fast allem, ich habe sie oft beobachtet. Sam behandelt sie mit belustigter Toleranz, betet sie insgeheim jedoch an, wenn ich mal aus den Frauenzeitschriften zitieren darf. Sie ist von einer nervös machenden Verletzlichkeit und kann erröten und in Ohnmacht fallen, ganz wie zu Opas Zeiten.

Bei seltenen Gelegenheiten ist sie eine geniale Köchin, meistens aber lässt sie das Essen anbrennen oder verdirbt es auf andere Art. Glücklicherweise ist Sam nicht gefräßig, und er kann kochen. Ich vermag keinerlei Wissen über ihre ehelichen Beziehungen vorzutäuschen, aber insgesamt glaube ich: eher nicht. Er behandelt sie mit so erlesener Höflichkeit, dass es verzeihlich wäre zu denken, er hasst sie, aber man läge falsch.

Etwas undefinierbar Mysteriöses haftet Violets Mutter an, von der immer als »die arme Mammi« gesprochen wird. Sie ist, vermute ich, entweder verrückt oder Alkoholikerin oder Kleptomanin oder etwas ähnlich Blödsinniges, und es gibt Zeiten, da ich mir über Violet selbst Gedanken mache: Ihre sprachlichen Gewohnheiten sind eigenartig, und sie pflegt Dinge zu sagen wie: »Kaninchen vermehren sich wie warme Semmeln.«

Und jetzt, als mein letzter Trick,

kommt der Erzähler ins Spiel, wenn Sie den zufälligen Umstand entschuldigen wollen, nämlich ich. Mein Name ist Charlie Mortdecai (ich wurde tatsächlich Charlie getauft; ich glaube, meine Mutter wollte meinen Vater auf den Arm nehmen), und ich bin ein Honble, weil mein Vater einer war – und mein Bruder (Gott lasse seine Seele verfaulen) ist ein Baron, was eine Art gescheiterter Viscount ist, könnte man sagen, falls man sich aus dieser Art Schwachsinn etwas macht. Was mein Vater tat.

Zurzeit wohne ich ein paar hundert Meter über die Felder von den beiden Häusern entfernt in einer Hälfte eines wunderschönen Herrenhauses (ein Herrenhaus ist – bei Grundstücksmaklern und anderen Immobilienhändlern – ein Haus mit zwei Treppenhäusern) namens »Wutherings« mit meiner wahnsinnig schönen, brandneuen österreichisch-jüdisch-amerikanischen Frau Johanna und meinem einäugigen, einzahnigen Handlanger Jock (ich bin, wie das Leben so spielt, Kunsthändler, wissen Sie; deshalb auch muss ich mir einen Gorilla halten). Ich wohne nicht ständig hier; so viel Geld, dass es sich lohnen würde, die Steuern zu umgehen, habe ich nicht, und meiner Frau ist es egal, sie ist zu reich. Eigentlich wohne ich in London, aber – obgleich ich dort nicht gerade *persona non grata* bin – eine spezielle Abteilung der Polizei sieht es irgendwie lieber, wenn ich mich für einige Zeit dort nicht blicken lasse. An den Gründen sind Sie sicher nicht interessiert, und im Kleingedruckten steht nicht, dass ich nicht ein bisschen zwielichtig sein dürfte, oder?

Genauso wenig sind Sie vermutlich an meinen Gründen, Johanna zu heiraten, interessiert; es möge genügen festzustellen, dass es nicht wegen ihres Geldes war. Sie liebt mich glühend – aus Gründen, die mir ein Rätsel sind –, und ich meinerseits habe sie mit der Zeit recht lieb gewonnen. Wir verstehen einander nicht im Mindesten, was vermutlich eine gute Sache ist, aber wir sind uns absolut darin einig, dass Mozart wunderbar und Wagner vulgär ist. Sie redet nicht viel, was der wichtigste Bestandteil einer glücklichen Ehe ist – in Runyons unsterblichen Worten: »Natürlich ist 'ne Puppe, die lieber zuhört, als selbst zu quasseln, zwangsläufig beliebt, denn wenn es irgendwas gibt, das die meisten Leute hassen und verabscheuen, dann ist das 'ne Quasselstrippe.« Wie auch immer, wir sind ganz wesentlich voneinander verschieden, denn sie ist dem Kontrakt-Bridge ergeben – eine Art irres Whist –, wohingegen mir Gin Rommé lieb und teuer ist, wovor es Johanna ekelt, weil es einfach zu geistlos ist und vielleicht weil ich immer gewinne. Sie ist wirklich eine erstaunlich schöne Frau, aber zu gut erzogen, um anderen Männern schöne Augen zu machen. Wir zanken uns nie; der Sache am nächsten sind wir einmal gekommen, als ich unerträglich war und sie sagte: »Charlie, Lieber, wer von uns soll das Zimmer verlassen?«

Unsere drei Häuser stehen in der Gemeinde St. Magloire,

der kleinsten Gemeinde auf Jersey. Der Ort liegt eingekeilt zwischen St. Jean und Trinity und verfügt über ein eigenes kurzes Küstenstück an der Belle Etoile Bay, genau östlich – oder ist es westlich? – der Bonne Nuit Bay. Wunderschöne Namen, denke ich immer.

2

Und Pan am Mittag, Bacchus bei Nacht,
Schneller als Hirsche auf hirschschnellem Pfade
Folgen im Tanz, dass aufspringet und lacht
Die Bassaride und die Mänade;
Und weich wie die Lippen, die hüllen und lächeln
Die lächelnden Blätter der Bäume fächeln,
Verbergen dem Blick und enthüllen die Pracht
Des Gottes, der jagt, der verborgnen Dryade.

Atalanta in Calydon

Das Ganze – oder jedenfalls die Geschichte, die ich anzubieten habe – begann zu Ostern letzten Jahres; jener Jahreszeit, in der wir einander an den vor zweitausend Jahren erfolgten Justizmord an einem jüdischen Revolutionär erinnern, indem wir an Kinder von Leuten, die wir nicht mögen, Schokoladeneier verteilen.

Ich war den ganzen Tag schlecht gelaunt gewesen und hatte Jock rundheraus verwünscht. Er wusste sehr wohl, dass ich das nur tat, weil es keine Zeitungen und also auch kein *Times*-Kreuzworträtsel gab, aber aus Gründen, die nur er kannte, zog er vor zu schmollen. Als ich fragte, was es zum Essen gebe, wies er hoheitsvoll darauf hin, dass Diener von echten Gentlemen am Ostermontag immer frei hätten und dass jene mit rücksichtsvollen Herren oft sogar das ganze Wochenende frei bekämen.

Ich erklärte ihm freundlich, dass er kein echter zum Dienst an einem Gentleman erzogener Diener sei, sondern lediglich ein Handlanger, und dass ich in letzter Zeit bemerkt hätte, dass er bezüglich seiner Stellung im Leben Flausen entwickelt habe.

Seine Antwort erfolgte prompt und ließ mich erblassen.

Vor Wut zitternd darüber, dass ich eine solche Viper an meinem Busen genährt hatte, warf ich mir ein paar Sachen über und fuhr los, um in St. Helier zu essen, wobei meine Reifen wild durch den Kies pflügten und ihn auf dem Rasen verteilten. (Der Gärtner hatte sowieso schon seit Wochen in sich hineingebrummelt, und ich war besser dran ohne ihn; sein schneckengleiches Arbeitstempo hatte ihm von Johanna den Spitznamen »Blitz« eingetragen.)

In St. Helier war das Restaurant, auf das ich meine Magensäfte bereits vorbereitet hatte, natürlich geschlossen. Es war nicht nur Osterhasenzeit, es war auch Wieder Mal So Ein Tag. Das reichte. In meinem Magen rumorte es vor Ärger und wegen der aufgeregten Pepsine, und so ging ich zum Club, entschlossen, mich mit kalter Steak-und-Nieren-Pastete zu verwöhnen und mit scheinbar neuen Kartoffeln, die auf Zypern mit Hühnermist und Bauernpisse auf eine blasse Reife getrimmt worden waren.

Auf den Stufen traf ich George. »Schon gegessen?«, fragte ich ihn.

»Nein. Hab die Speisekarte gelesen. Eine Verkäuferin würde jede Menge davon essen. Ich hau ab. Komm mit und lass uns Backgammon spielen. Im Kühlschrank steht noch 'ne halbe Ente, falls das Mädchen sie nicht stibitzt hat. Und du könntest einen deiner Kartoffelsalate machen. Und ich mach 'ne Flasche von dem Fleurie auf, der dir so gut schmeckt.«

Das war ein Wort. Wir brausten los, er in seinem Rover, ich in meinem lächerlichen Mini GT, den ich gekauft hatte, weil ich nie einem Widerspruch in sich selbst widerstehen kann.

Als wir in den Hof einbogen und George den Motor abstellte, hörte ich die Schreie. Er hörte sie erst, als er die Tür seines besser gedämmten Wagens öffnete. Ich erreichte die verschlossene Haustür als Erster. Er fummelte mit seinem Schlüssel herum und war durch die Diele hindurch und die Treppen hinauf, noch bevor ich mich von dem kräftigen Stoß erholt hatte, den er mir versetzt hatte.

Im Schlafzimmer befand sich seine Frau, ziemlich nackt, Beine weit gespreizt, und kreischte wie eine Bummelbahn, die eine irre Steigung anging.

Ich konnte nicht umhin zu bemerken, dass ihr Busch, im Gegensatz zur gängigen Praxis, eine hellere Schattierung aufwies als ihr Kopfhaar. Das Fenster stand weit offen, ein warmer Wind bewegte die Vorhänge, und der Raum roch nach Sex. George war bereits aus dem Fenster geklettert und hing an der Kletterpflanze an der Außenmauer. Unter seinem Gewicht löste sie sich, und er landete unten auf dem Kies mit etwas, das ich einen Übelkeit erregenden Plumps nennen möchte, und einem Fluch, der eher in einer Offiziersmesse als in Georges Hof angebracht gewesen wäre.

Sonia stellte das Kreischen ein, zerrte ein zerknülltes Laken über ihre zerknitterten Reize und begann, sich auf einen tragischen Gesichtsausdruck und hässliche Schniefgeräusche zu konzentrieren. Ich musterte sie neugierig. Sie spielte Theater, aber schließlich war sie eine Frau, also spielte sie eventuell doch kein Theater, falls Sie mir folgen können. Noch nie zuvor hatte ich die Verhaltensmuster einer Frau beobachtet, die eben erst das Opfer einer Vergewaltigung geworden war, noch hatte ich eine vorgefasste Meinung dahingehend, wie sich ein solches Opfer verhalten sollte, aber irgendwie fand ich die Vorstellung unbefriedigend; ich wurde meine Ungläubigkeit einfach nicht los. Auf jeden Fall war keine Zeit zu verschwenden. Ich brauche wohl kaum zu erwähnen, dass ich nicht die Absicht hatte, George oder dem Vergewaltiger zum Fenster hinaus zu folgen; ich bin – nur vorübergehend – ein wenig korpulent, und zudem trug ich einen neuen, kostspieligen Mohairanzug, nichtsdestotrotz hatte ich das Gefühl, dass etwas getan werden müsse, und außerdem kam ich mir in diesem Schlafzimmer etwas überflüssig vor.

»Ist ja gut«, sagte ich und tätschelte, was ich unter dem Laken für ihre Schulter hielt, sich aber peinlicherweise als das herausstellte, was Verfasser pornografischer Schriften einen *bebenden Hügel* nennen, und schon legte die Dampfpfeife von Neuem los.

»Hoppla, 'tschuldigung«, murmelte ich, während ich eilends die Flucht ergriff. Mein sorgfältig aufgebauter guter Ruf war ein für alle Mal zum Teufel.

Ich lief die Treppe hinunter und durch die Hintertür hinaus; dort konnte ich rein nichts erkennen außer den verschwommenen Umrissen edler Sträucher, nichts riechen außer den einschläfernden Düften nachtgeschwängerter Wie-heißen-sie-doch-gleichs und nichts hören außer dem Grummeln meines noch immer leeren Magens.

George konnte sonst wo sein, der Vergewaltiger erst recht, falls seine Heldentat ihm noch ein Quäntchen Kraft gelassen hatte.

»Chemise de femme,
Armure ad hock
Pour la gaie prise
Et la belle choque«

ging mir durch den Kopf. Sonias Nachthemd – die kurze, für Meereshöhe berechnete Art – hatte auf dem Boden gelegen, was einen Vergewaltiger nahelegte, der Zeit hatte und Ansprüche stellte.

Hier draußen im Garten gab es nichts zu tun. Ein schmutziger Kampf gehört, ob Sie's glauben oder nicht, zu meinen

Lieblingssportarten, aber ich habe gern einen kleinen Vorteil – von wahnsinnigen Vergewaltigern wimmelndes, schattiges Gebüsch entspricht nicht meiner Vorstellung von einem vorteilhaften Kampfplatz. Ich führe mein langes Leben und meine gute Gesundheit auf Feigheit zurück.

Ich ging wieder hinein und hob den Telefonhörer ab. Dann legte ich ihn wieder auf. Eventuell würde Sonia keinen Arzt *wollen*, wahrscheinlich würden ein Bidet und eine Kodeintablette ihre Bedürfnisse befriedigen, wenn ich es mal so ausdrücken darf. Eventuell würde George nicht *wollen*, dass die Polizei oder Dritte von der Invasion des geheimen Gartens seiner Frau erführen.

Was ich dann tat, war, einen steifen Drink aus Gin, Orangensaft und Tonicwasser zu mixen, wie, das wusste ich, Sonia ihn liebte, ihn ins Schlafzimmer hinaufzutragen und ihr mit vielen »na komm, komm, Kind« zu verabreichen. Dann ging ich hinunter und stellte mir eine ähnliche Mischung, jedoch aus Whisky und Sodawasser, zusammen. Ich genehmigte mir einen zweiten, der noch besser schmeckte und mir blitzartig so viel Entscheidungskraft gab, um über den Hof zu gehen und Sam zu holen.

»Sam«, sagte ich, als er auf mein Klopfen öffnete, »da drüben gibt's Ärger.«

»Nur Ärger?«, meinte er. »Es klang wie ein Dampflokrennen. Fast wäre ich rübergegangen, aber ich hielt es für aufdringlich, mich in etwas einzumischen, was vielleicht ein privater Krach war.«

Ich schilderte ihm kurz die Lage, und er ging, um Violet vom anderen Ende des Hauses zu holen. Ihr Gesicht war rot und tränennass, und ich zog fragend eine Augenbraue in die Höhe.

»Schon in Ordnung«, sagte sie, »es ist bloß wegen der Krebse.«

»Wegen der Krebse?«, rief ich, schockiert von solcher Offenheit. »Aber meine Liebe, wie hast du die bloß gefangen?«

»Nicht ich. Der Klempner.«

»Du heulst wegen der Krebse des Klempners?«

Normalerweise hätte Sam das so weiterlaufen lassen und Violets verzwickte Gedankengänge genossen, aber die Zeit drängte. »Der Klempner«, erklärte er, »ist ein begeisterter Fischer, wie alle hier. Heute hat er uns zwei schöne Schenkelkrebse gebracht, und zwar quicklebendige. Violet kocht sie gerade, und zu hören, wie sie gegen den Deckel der Kasserolle klopfen, erfüllt sie mit Mitleid. *Hinc illae lacrimae.*«

Violet lächelte lieblich und untröstlich durch ihre Tränen hindurch.

Eine Minute später waren wir in Les Cherche-fuites, wo fröhliche Geschäftigkeit herrschte. George war mit Matsch, Teilen der Glyzinie und den Abdrücken von Kieselsteinen bedeckt und schnarrte krächzende, brigadiermäßige Geräusche ins Telefon. Sonia trug eine wohlgeschändete Haltung zur Schau, die an Emma Hamilton bei der Darstellung von Lukrezia erinnerte, und holte laute, unangenehme Schluchzer aus den Tiefen ihres Brustkorbs. Violet eilte an ihre Seite und fing auch mit dem »Ist ja gut«- und »Na, na«-Getue an, allerdings erfolglos, denn Sonia wechselte lediglich in eine höhere Tonart. Violet steuerte sie energisch ins Badezimmer, um ihr das Gesicht zu waschen oder was immer sonst Frauen in Zeiten der Anspannung füreinander tun.

George sank in einen Sessel und stierte auf das Glas mit Scotch, das ich ihm in die Hand gedrückt hatte. »Verdammtes Schwein«, knurrte er. »Hat meine Frau vergewaltigt und meine Glyzinie ruiniert.«

»Ich werde morgen als Erstes meinen Burschen rüberschicken, damit er sie sich ansieht«, sagte Sam. »Die Glyzinie, meine ich. Die sind ganz schön zäh – erholen sich schnell. Die Glyzinien«, fügte er hinzu; grundlos, wie mir schien.

Ich wollte auf Zehenspitzen hinausgehen; ich liebe Dramen, bin aber alles andere als ein Gartenbauexperte.

»Geh nicht«, sagte George.

»Nein, geh nicht«, sagte Sam.

Ich ging nicht. Eigentlich hatte ich auch gar nicht gehen wollen. Ich fragte mich, ob George die halbe Ente und die Flasche Fleurie vergessen hatte. Ich schenkte mir noch ein wenig mehr von seinem Scotch ein.

»Wen hast du angerufen, George?«, fragte Sam.

»Den Arzt.«

»Glaubst du, das war klug? Wird das nicht ein bisschen peinlich für Sonia?«

»Unerheblich. Der Bastard hat sie vielleicht innerlich verletzt oder ihr eine schmutzige Krankheit verpasst, vielleicht sogar ein Balg ... weiß der Himmel ...« Seine Stimme verlor sich in drückendem, hasserfülltem Schweigen. »Was ich jetzt entscheiden muss«, fuhr er schließlich fort, »ist, Polizei oder nicht?«

Das war allerdings bedenkenswert. Nicht einmal von der Bezahlten Polizei – sollte man sie schließlich doch aus St. Helier herausschmeicheln können – war zu erwarten, dass sie aus ein oder zwei möglichen Fußabdrücken und dem unzusammenhängenden Gebabbel einer geschändeten Ehefrau viel machen konnte, wohingegen die Ehrenamtliche Polizei in der Person des örtlichen Vingtenier, auch wenn dieser eine noch so große Stütze der Gemeinde war, kaum mehr tun konnte, als sein Gedächtnis nach bekannten oder mutmaßlichen Vergewaltigern in seinen zwanzig Familien zu durchforsten (ausgenommen all die, mit denen er verwandt war, was schon mal die meisten ausschließen würde) und dann seinen Centenier kommen zu lassen. Der Centenier, ein ausgezeichneter und scharfsinniger Mann, konnte wenig mehr tun, als wiederum *sein* Gedächtnis zu durchforsten. Seine Kompetenzen und seine Spezialausbildung waren in etwa jenen des Vorstehers eines Gemeinderates in England gleichwertig, und er hatte weder Ausrüstung und Männer noch Fähigkeiten, die für eine Fahndung oder die Durchsuchung aller Häuser erforderlich wären. Und worauf hätte man bei einer solchen Suche achten sollen? Am schlimmsten aber wäre, dass solch öffentlicher Wirbel Sonia für alle Zeiten als »die arme Dame, was se letzte Ostern geschändet haben« abstempeln würde.

»Im Ganzen gesehen«, meinte Sam sanft, »würde ich sagen: nein.«

»Ja«, sagte ich, wie üblich vieldeutig.

»Ich sehe das alles«, sagte George, »und es ist klar, dass ich derselben Meinung bin. Aber es gibt so etwas wie Bürgerpflicht. Persönliche Peinlichkeiten sollten nicht ins Gewicht fallen. Es geht um das Gesetz, versteht ihr? Viel wichtiger als wir. Sogar wenn es scheiße ist. Wo kämen wir anderenfalls hin?«

»Aber wenn wir wissen, dass es nichts nützen wird?« (Sam)

»Hm, ja, das ist genau der Punkt, nicht wahr?« Er dachte eine Weile nach, den Drink in seiner Hand ignorierte er.

»Ich hab's«, sagte er schließlich. »Ich habe ein Offizierspatent der Königin, und außerdem gibt es ein Gesetz, dass jeder Bürger einen anderen festnehmen kann, wenn kein Ordnungshüter zur Stelle ist, oder? Ich werde morgen ein privates Schwätzchen mit dem Centenier halten und meine Lage erklären. Dann bilden wir drei einen Landsturm und jagen das Schwein. Ja, genau. Gute Nacht, Männer. Meldet euch hier morgen Mittag. Bringt belegte Brote mit.«

Sam starrte ihn entgeistert an. Die Natur hatte ihn nicht zum Landsturm-Mitglied geschaffen.

Auch ich starrte ihn entgeistert an. Es war klar, dass es in dieser Nacht keine kalte Ente geben würde.

Violet kam herein, schon wieder hemmungslos heulend. »Es ist wirklich entsetzlich«, sagte sie, »armes Mädchen. Er hat ihr *höchst* eigenartige Dinge angetan, außer dass er sie, na ja, ihr wisst schon, und ihr eine Todesangst eingejagt. Es muss ein Wahnsinniger gewesen sein, er trug eine Maske und merkwürdig riechende Kleider, und auf seinen Bauch war ein Schwert aufgemalt.«

George knurrte und fluchte; Sams Augenbrauen schossen in die Höhe, und ich begann heftig zu grübeln.

»Verdammter Bastard«, sagte George.

»Das ist ja wirklich höchst außergewöhnlich«, sagte Sam.

»Was für eine Maske?«, fragte ich.

Die anderen sahen mich mit einem Hauch von Tadel im Blick an, als hätte ich vor den Kindern »Gemeindeschwester« gesagt.

»Eine dieser Gummimasken aus einem Scherzartikelgeschäft, glaubt sie. Ihr wisst schon: Dracula oder das Ungeheuer aus 5000 Faden Tiefe.«

»Genau«, sagte ich. »Das Ungeheuer.«

»Aha!«, sagte Sam. »Ich glaube, jetzt versteh ich. Aber die Sache mit dem Schwert ist neu, oder?«

»Ja, aber ich glaube, es passt.«

»Wie?«

»Bin jetzt nicht ganz sicher, sag's dir ein andermal.«

»Würde vielleicht irgendjemand die Freundlichkeit besitzen, *mir* zu sagen«, ereiferte sich George, »was zum T–«, er hielt inne und nahm sich zusammen. »Entschuldigt«, nahm er den Faden wieder auf, »ich meine, ich kann euch Burschen nicht ganz folgen.«

»Das Ungeheuer von Jersey«, erklärte Sam. »Du weißt schon: der Kerl, der die Insel ein dutzend Jahre terrorisiert hat. Er schlich sich in die Zimmer von Kindern, trug sie durch das Fenster hinaus, machte in den Feldern merkwürdige Sachen mit ihnen – nicht immer waren es schlimme Sachen – und steckte sie dann wieder in ihre Bettchen. Die Polizei glaubt, dass es mehr als hundert solcher Überfälle gegeben hat, aber natürlich wurden die meisten nicht angezeigt aus Gründen, die ihr – ähm – sicher einseht. Er trug immer eine Gummimaske, die meisten Opfer berichteten, dass er einen eigenartigen Geruch hatte, und er trug bizarre Kleidung, die mit Nägeln beschlagen war. Kurz bevor ihr hierhergezogen seid, schnappten sie einen Kerl namens Paisnel, der jetzt, ob zu Recht oder zu Unrecht, sei dahingestellt, dreißig Jahre absitzt.«

»Ich möchte nicht mit ihm tauschen«, warf ich ein, »Sträflinge sind verdammt gefühlsbetont und tun Kinderschändern ganz *gemeine* Dinge an, sodass sie hinterher Sopran singen. Ihr versteht, was ich meine.«

»Ja, ich glaub schon, dass so was passiert. Hab allerdings selbst keine Erfahrung auf dem Gebiet. Im Gegensatz zu dir, scheint's.«

Das war niveauloser, als es Sams Scherze für gewöhnlich zu sein pflegten; ich machte im Geist eine Notiz, dass er dafür würde büßen müssen. Ich bin kein rachsüchtiger Mensch, aber ich kann meinen Freunden nicht gestatten, billige Scherzchen zu machen, nicht? Das ist eine Frage der Lebensqualität.

»Was übrigens interessant war«, fuhr Sam fort, während ich meinen Ärger hinunterschluckte, »ist, dass Paisnel immer wieder sagte, dass alles ›Teil von etwas‹ sei, aber er wollte nicht sagen, was. Und er sagte auch, dass er im Augenblick seiner Verhaftung auf dem Weg gewesen sei, ›bestimmte Leute‹ zu treffen, aber er wollte nicht sagen, wen.«

»Ganz klar«, sagte George, »der Lump war einer dieser Hexenmeister oder Hexen. Jetzt erinnere ich mich wieder. Der Klempner hat mir alles erzählt, als er kurz nach Weihnachten mal betrunken vorbeikam. Es scheint, als ob dieser Paisnel unschuldig war. Die Einheimischen wissen alle, wer es war, einschließlich der Ehrenamtlichen Polizei ... oder hat er gesagt, dass Paisnel lediglich dazugehörte?«

»Schon wieder diese Weise«, murmelte Sam, »die ersterbend verklingt ...«

»Ganz recht. Und dieser Paisnel hatte eine geheime Kammer, in der er einen Frosch oder eine Kröte aus Porzellan aufbewahrte, und *die* sollte auch ›ein Teil davon‹ sein. Und in dem

Auto, in dem er geschnappt wurde, fand man eines dieser papistischen Palmsonntagskreuze, und es heißt, dass er zu kreischen anfing, als er es berühren sollte.«

»Ein Kunstliebhaber?«, suggerierte ich.

»Nicht unbedingt. Hab selbst zu viele komische Sachen gesehen, als dass ich leichtfertig über, äh, seltsame Sachen spotten würde.«

»In Indien, vermute ich?«

Er warf mir einen misstrauischen Blick zu. »Ja«, sagte er knapp. »Dort und anderswo. Also, jetzt sollte ich euch Burschen nicht länger aufhalten. Nett von euch zu helfen, sehr nett.«

Hunger quälte mich, als ich heimfuhr. Im Kühlschrank fand sich nichts Einladendes und schon gar keine halbe kalte Ente, aber zufällig weiß ich, wo Jock seine »Nebeneinnahmen« versteckt, und so schlang ich boshaft eine ganze Dose Kaviar auf Toast hinunter (vom Allerfeinsten; Jock stiehlt nur das Beste, für Beluga und Ocietrova hat er nur Verachtung übrig) und hinterließ die Küche in schauderhafter Unordnung. Mit Absicht.

Oben schien Johanna bereits zu schlafen, und verstohlen wie ein Dieb in der Nacht kroch ich ins Bett.

»Hab ich dich!«, schrie sie triumphierend.

»Um Gottes willen, sei vorsichtig, oder ich singe im Kinderchor.«

»Wo bist du gewesen, du ungezogener kleiner Hengst?«

Ich erzählte ihr die ganze Geschichte, und sie hörte fasziniert zu.

»Lass uns Vergewaltigung spielen«, sagte sie, als ich geendet hatte.

»Ich werde ganz bestimmt durch kein verdammtes Fenster klettern.«

»Den Teil erlass ich dir.«

»Aber ich habe keine Gummimaske.«

»Improvisiere.«

»Muss das sein?«

»Ich werde so tun, als ob ich schlafe, und du wirst dich ins Zimmer *schleichen* und auf mich draufspringen und mir deinen sündhaften Willen aufzwingen, und ich werde schreien und schreien, aber nur ganz leise, um unseren netten Vermieter nicht aufzuwecken.«

»Versprichst du, nicht zu kratzen?«

»Nur ganz sanft.«

Viel später stahl ich mich in die Küche hinunter, um mir ein Marmeladenbrot zu machen. Jock war da und aß gedankenverloren gebackene Bohnen. Er zeigte alle Anzeichen eines Bediensteten, der schwere Verluste beim Dominospielen hatte hinnehmen müssen. Wir sagten nichts, und ich zumindest dachte nach.

3

Wer hat dir gegeben, verkaufte dir
Wissen von mir?
Redete die Wildnis mit dir?
Hörtest du es vom Meer?
Hast du mit der Nacht im Geiste Gespräches gepflogen,
Haben die Winde sich beraten mit dir?

Hertha

Johanna und ich schlafen nicht in einem Schlafzimmer, geschweige denn in einem Bett. Im selben Bett mit einem Angehörigen des anderen Geschlechts zu schlafen ist barbarisch, unhygienisch, unästhetisch und, in diesen gesegneten Zeiten der Heizdecken, ziemlich unnötig. Es bedeutet zudem, dass die Schlaflosigkeit des einen sich auf den anderen überträgt und, was am schlimmsten ist, es verleitet zur Fleischeslust am Morgen – das ist fürchterlich schlecht fürs Herz und bringt einen dazu, zu viel zu frühstücken. Wenn ich eine Frau finde, mit der ich die ganze Nacht im selben Bett verbringen möchte – ich meine, Schlaf eingeschlossen –, dann werde ich wissen, dass ich verliebt bin – oder senil. Wahrscheinlich beides.

Deshalb weckte mich Jock am Ostermontag in meinem eigenen Schlafzimmer. Sein »Guten Morgen« war nicht mürrischer als sonst; vielleicht gab es Hoffnung, dass er zu einem Waffenstillstand bereit war. Trotzdem probierte ich meinen Tee mit einiger Vorsicht, denn die schärfste Waffe in Jocks Arsenal ist, dass er Tee mit Wasser zubereitet, das *nicht richtig gekocht hat*: eine grauenvolle Rache, aber Jock ist ein Gewaltmensch, deshalb habe ich ihn ja eingestellt.

Der Tee war gut. Jock hatte die Assam-Auslese aus Jacksons *atelier* genommen und sie mit der allergrößten Sorgfalt zubereitet. Ich strahlte ob des ehrlichen Burschen. »Jock, heute soll ich an einem Landsturm teilnehmen. Sei doch so gut, und leg mir einen Jeansanzug raus, einen breitkrempigen Cowboyhut, hochhackige Stiefel, eine Winchester '73 und ein starkes, ausdauerndes Pferd.«

»So was haben wir nicht, Mr Charlie.«

»Dann Golfhosen, feste Schuhe und einen dicken Knüppel.«

»In Ordnung. Nehmen Sie mich mit?«

»Diesmal noch nicht, aber bitte bleib in der Nähe des Telefons, bis ich anrufe.«

»In Ordnung. Natürlich wissen Sie, dass Sie ihn nicht kriegen werden, oder?«

Ich sperrte den Mund auf. »Wen kriegen?«

»Den Kerl, der Mrs Breakspear flachgelegt hat, wen sonst? Selten dämlicher Blödmann – er hätte doch bloß bitte zu sagen brauchen, nicht?«

»Halt deine Zunge im Zaum. Mr Breakspear ist mein Freund.«

»Tut mir leid, Mr Charlie. Aber alle Welt …«

»Halt den Mund. Überhaupt, wie hast du eigentlich von dem, äh, Zwischenfall erfahren?«

»Das Mädchen, das die Zeitungen bringt.«

»Aber die Zeitungen kommen aus Grouville, und sie sind nicht vor acht hier. Wie kann sich das über Nacht so weit rumgesprochen haben?«

»Jersey«, sagte er geheimnisvoll.

»Ja, natürlich. Aber was soll das, von wegen wir würden ihn nie kriegen?«

»Gebrauchen Sie Ihren gesunden Menschenverstand, Mr Charlie. Zuerst mal, *wo* wollen Sie denn suchen?«

»Ich gebe zu, das hab ich mich auch schon gefragt. Was war das Zweite?«

»*Sie* sagen, Sie kriegen ihn nicht. Die Jerseys. *Die* wissen Bescheid.«

»Hm, ja, das ist was anderes.«

»Genau.«

Zur Mittagszeit trampelte ich, in dicken irischen dornenabweisenden Tweed gekleidet und einen Eschenknüttel schwingend, in meinen fabelhaften Schuhen ins Empfangszimmer von Les Cherche-fuites. George trug Flanellhosen und ein weißes Hemd, Sam Bermudas und ein seidenes Hawaiihemd. Sie starrten mich an.

»Wir beratschlagen hier nur«, erklärte George freundlich.

»Ach so.«

»Hast du viele Treiber mitgebracht?«, fragte Sam.

»Nein.«

»Aber vielleicht einen Gewehrträger?«

Ich parierte mit Lichtgeschwindigkeit. »Um diese Zeit trinke ich meistens ein Glas Flaschenbier«, sagte ich und ging in die Küche, um es zu holen.

Wieder im Empfangszimmer, bemerkte ich einen großen, ungelenk wirkenden Mann in einem blauen Anzug, der auf der Kante eines hochlehnigen Stuhls hin- und herrutschte. Sein Kopf war entschieden zu klein für seine riesige Statur, aber seine schaufelgroßen Hände machten das wieder wett. Es stellte sich heraus, dass er der Centenier war, ein gewisser Hyacinthe le Mignone, und er schüttelte einem ganz behutsam die Hand wie jemand, der Angst hat, Sachen kaputt zu machen. Sein Tonfall war ein melancholisches, langes, gedämpftes Donnern, wie es einst Matthew Arnold entzückte.

Die Beratung hatte noch kaum begonnen, lediglich Höflichkeiten und dergleichen waren bislang ausgetauscht worden.

Der Centenier begann, sich zu äußern. »Also, Mr Breakspear«, donnerte er, »hab bis jetzt noch nichts gefunden, was man 'nen echten Anhaltspunkt nennen könnte. In dieser Gemeinde haben wir nur zwei wegen Sexualdelikten Vorbestrafte, die den Namen verdienen, und keiner von ihnen scheint ins Bild zu passen. Einer von ihnen ist zwar krank im Kopf, eh?, aber sein Modus Operandi ist ganz anders als das, was Ihre Lady so erzählt hat. Hauptsächlich ist er an den Fahrradsätteln kleiner Mädchen interessiert, was wir bei 'nem älteren Mann für 'n harmloses Hobby halten. Aber wir lassen ihn natürlich nicht aus den Augen, eh? Hat tatsächlich schon mal so 'ne Lütte überredet, mit ihm ins Narzissenfeld zu gehen, aber kaum wollte er auf sie drauf, steckt sie ihm die Finger in die Augen und rennt und erzählt es ihrem Vater, der zufällig der Vingtenier war und den alten Mann ganz schön in die Mangel genommen hat. Glaube nicht, dass der das noch mal versucht, eh?«

Das war eine hinreißende Geschichte und ließ mich wünschen, ich wäre Schriftsteller.

»Der andere ist man bloß ein Kind von etwa fünfzehn. Er ist mit einem ungewöhnlich großen Glied gesegnet und kann es nicht lassen, es ab und zu anständigen Frauen zu zeigen, eh? Keine von ihnen hat sich je beschwert, aber der Junge kommt immer zu mir und beichtet und versucht, mit ihm vor meiner Nase rumzuwedeln – er sagt, er möchte, dass ich ihn verstehe.«

»Und, gucken Sie hin?«, fragte ich mit ausdruckslosem Gesicht.

»My Chri', nein. Ich sag ihm, er soll's bei der medizinischen Fakultät versuchen, und tret ihn dann in den Arsch, eh? Hab vermutlich sowieso schon Besseres gesehen«, fügte er mit falscher Bescheidenheit hinzu. »Die einzige andere Möglichkeit«, fuhr er fort, »oh, danke, ich sollte eigentlich nicht, meine Frau macht mir die Hölle heiß, wenn sie's an meinem Atem riecht. Die einzige andere Möglichkeit wäre eine oder mehrere unbekannte Personen, die im Frühling oder in den Frühsommermonaten immer wieder Damenunterhosen von den Wäscheleinen klauen. Aber das klingt nicht sehr nach einem verzweifelten Typen, der durchs Fenster klettert und sich eine kräftige junge Dame schnappt, oder? Es klingt mehr wie jemand, der dem, was wir ›Laster der Einsamen‹ nennen, frönt. Außerdem lässt er immer diese großen alten Dinger mit Bein mitgehen, eh?, die wir seinerzeit Liebestöter nannten, und nicht diese hübschen Spitzendinger, die Ihre Lady wahrscheinlich trägt.« Er fiel in nachdenkliches Schweigen.

»Na weiter, Mann«, blaffte George.

»Also ist er vermutlich nicht aus unserer Gemeinde. Aber woher dann? Trinity ist die Gemeinde, die uns am nächsten liegt, aber dort haben sie niemanden Vergleichbares.« In seiner Stimme lag verzeihlicher Stolz. »Sie haben zwei oder drei Spinner, wie wir alle, und eine Reihe Miezen, die mitmischen – die Böse Betsie und Sonderangebot-Sonia und so –, aber die bleiben in St. Helier, wo das Geld ist, eh? Oh, und dann ist da noch ein alter Knacker, der Damen anruft und ihnen vorschwafelt, was er alles mit ihnen anstellen will, aber wir alle wissen, wer das ist, und er ist allseits beliebt und tut niemandem was zuleide, er hat Angst vor seiner Frau. Und das wär's auch schon.«

»Was ist mit St. John?«, fragte George gleichmütig.

»Weiß ich wirklich nicht. Gibt 'n Haufen Wilde dort, aber ich hab noch nie gehört, dass die so was hätten, was wir hier suchen. Natürlich der alte La Pouquelaye, aber der ist einfach nur ekelhaft. Treibt's mit Kälbern.«

Wir saßen schweigend da, benommen von den Enthüllungen darüber, wie die andere Hälfte lebt. Ich hatte das Gefühl, das Leben sei an mir vorbeigegangen.

»Haben Sie mit der Bezahlten Polizei gesprochen?«, fragte George.

»Selbstverständlich, Sir. Die haben gesagt, sie hörten immer gern, was bei uns auf dem Land so los sei, sie sähen aber nicht, wie sie uns helfen könnten. Es sei denn, ich und meine Vingteniers könnten ihnen Ansatzpunkte liefern.«

»Zum Beispiel?«

»Na, zuerst einmal Fußabdrücke. Wenn wir ein paar gute hätten, meinten sie, dann kämen sie, um sie mit Gips auszugießen.«

»Da haben wir kein Glück, fürchte ich. Ich habe schon nachgesehen. Ich bin ziemlich schwer gelandet, als ich den Kerl verfolgte, und muss dabei die Spuren unter dem Fenster verwischt haben. Danach scheint er sich auf dem Kies gehalten zu haben. Überhaupt keine Spuren.«

»Sind Sie sicher, Sir?«

»Ich half bei der Bildung des Aufklärungskorps im Jahre 1942.«

»Aha. Ich half etwa zur selben Zeit bei der Bildung der Widerstandsbewegung auf Jersey.«

Sie sahen einander durchdringend und soldatenmäßig an, so wie das die starken Männer in Kiplings Werken tun.

»Dann erwähnten sie Fingerabdrücke und andere Anhaltspunkte.«

»Auch da haben wir kein Glück. Das Mädchen meiner Frau hat das Zimmer gründlich sauber gemacht, noch bevor wir aufstanden. Übereifrige Gans. Normalerweise kriegt man sie nicht mal dazu, einen Aschenbecher zu leeren.«

»Das ist aber Pech, eh?«

»Kann man wohl sagen. Ich nehme aber sowieso nicht an, dass Sie auf der Insel eine regelrechte Fingerabdruckkartei führen.«

»Keine, die auf dem neuesten Stand wäre. Nun denn, die andere Sache wären Samenflecken. Scheint so, als ob man die jetzt klassifizieren kann wie Blut.«

»Nein«, sagte George.

»Wenn Sie mir also die Laken der Dame überlassen könnten oder irgendwelche Kleidungsstücke –«

»Ich sagte Nein.«

»Vielleicht hat der Arzt einen Abstrich gemacht ...«

»Ganz entschieden und verdammt noch mal NEIN!«, brüllte George, und wir fuhren alle zusammen.

»Ja, natürlich, Sir. Die Sache ist etwas heikel.«

George stand auf.

Der Centenier verstummte.

»Möchten Sie vielleicht auf ein zweites Frühstück bleiben?«, fragte George mit einer Stimme aus dem neunzehnten Jahrhundert. »Nein? Na, dann danke ich Ihnen für Ihre Hilfe. Wirklich sehr freundlich. Sie hatten keinen Hut dabei? Ein schöner Tag heute, nicht wahr? Auf Wiedersehen.« Er schloss die Haustür recht leise. Als er ins Zimmer zurückkam, beäugte er uns – wehe, wenn wir grinsten! Schließlich grinste er selbst.

»Der Ausdruck, der dir nicht einfällt«, sagte ich bedachtsam, »heißt ›Fick 'ne alte Ratte‹.«

»Fick 'ne alte Ratte«, sagte er. »Ein alter Ausdruck der Kavallerie. Also hat die Kavallerie doch noch eine Bedeutung für das moderne Leben.«

Sam schien aus tiefem Schlummer zu erwachen. »Ich könnte 'ne alte Ratte *essen*«, sagte er.

»Im Kühlschrank war eine halbe kalte Ente«, sagte George entschuldigend, »aber ich fürchte, die hab ich letzte Nacht gegessen, nachdem ihr gegangen seid. Sonia ist jetzt nicht in der Lage zu kochen, und das Mädchen kann eine Zwiebel nicht von einem Schnellkochtopf unterscheiden. Lasst uns zur Bonne Nuit Bay fahren und Hummer essen.«

»Aber werden sie Charlie reinlassen?«, erkundigte sich Sam mit zuckersüßer Stimme. »Ich meine, irgendwie sieht er ein klein wenig daneben aus.«

Ich starrte ihn nachdenklich an. Er hatte seit jeher eine spitze Zunge, aber in letzter Zeit schien er mit Säure gegurgelt zu haben. »Ich gehe und zieh mich um«, sagte ich steif. »Bitte bestellt doch schon mal für mich. Ich nehme ein mittelgroßes

Hummerweibchen in Stücken und mit viel Butter gegart, drei Kartoffelkroketten und einen Salat aus zwei Kopfsalatherzen. Die Sauce für den Salat mach ich selbst.«

»Wein?«, fragte Sam.

»Danke, wie aufmerksam. Ich trinke, was immer du mir empfiehlst. Du bist für dein Urteil in diesen Dingen berühmt.«

Beim Lunch waren wir uns einig, dass sehr wenig getan werden konnte, solange wir nicht mehr Informationen hatten. George setzte als Kriegskasse einhundert Pfund aus: zehn Bestechungsgelder im Wert von je fünf Pfund für Gärtner und andere käufliche Kreaturen, die zu Verrat bereit waren, und fünf Belohnungen à zehn Pfund für jeden, der mit konkreten Informationen aufwartete. Höhere Belohnungen, bemerkte er schlau, könnten eher die Fantasie anregen, statt harte Tatsachen zutage zu fördern.

Wir trennten uns um drei, ich für meinen Teil im Zustand zaghafter Verdauung, wie sie nur ein gekochter Hummer und eine Flasche Gewürztraminer zustande bringen, verstärkt durch den Umstand, dass Sam tatsächlich für den Wein bezahlt hatte.

Ich fuhr nach St. Helier und zur Museumsbibliothek der *Societé Jersiaise.* Man sagte mir, die sei privat, aber ich murmelte den Namen eines gelehrten Rektors, und auf der Stelle erblühten rote Teppiche unter meinen Füßen. Die Unterlagen, die ich suchte, waren verstreut untergebracht und schwer zu finden, denn ich wollte auf keinen Fall die Hilfe des Bibliothekars in Anspruch nehmen, und als ich sie schließlich fand, war ein großer Teil im *Patois Jersiais* geschrieben und der Rest in altertümlichem normannischem Französisch. Ein Beispiel des Patois wird genügen, denke ich, um Ihnen eine Vorstellung von den Schrecken dieser Mundart zu geben: *»S'lou iou que l'vent est quand l'soleit s'couoche la séthée d'la S. Michel, ché s'la qu'nous etha l'vent pour l'hivé.«* Das soll bedeuten, dass aus der Richtung, aus der der Wind bei Sonnenuntergang an Michaeli weht, der

Wind auch den folgenden Winter vorherrschend wehen wird – eine glaubhafte Geschichte, muss ich sagen.

Ich stolperte hinaus in den Abendsonnenschein und unter grässliche Heerscharen von Touristen, mein Kopf randvoll mit schwer verständlichen Informationen. Es war klar, dass Gelehrsamkeit dieser Art nichts für Mortdecai war. Ein Spezialist war vonnöten. Trotzdem wusste ich jetzt ein paar Dinge über Paisnel, die der Polizei unbekannt waren. Zum Beispiel waren er und seine Porzellankröte tatsächlich »Teil von etwas« gewesen, von etwas, das vor dreihundert Jahren gestorben sein sollte, etwas, das fast so widerlich war wie die Leute, die es ausgemerzt hatten – oder dies zumindest glaubten.

Johanna war ausgegangen, als ich zu Hause ankam. Sie spielte vermutlich irgendwo Bridge, eines ihrer wenigen anstrengenden Laster – zum Teufel mit ihr. Mit ein bisschen Glück würde sie sehr spät heimkommen und zu müde für Balgereien sein. Ich schrieb an Hatchards wegen eines Exemplars des *Malleus Maleficarum*, dieses großartigen Handbuchs mittelalterlicher Schrecken, und flehte sie – vermittels vieler Unterstreichungen – an, darauf zu achten, dass es eine *englische* Ausgabe sei.

Jock und ich, die wir wieder miteinander auf freundschaftlichstem Fuße verkehrten, ergötzten uns in der Küche an Schweinekoteletts, geschmorten Erbsen und Kartoffelpüree, das Menü wurde gekrönt von einem überbackenen Käsesandwich, um nächtlichem Verhungern vorzubeugen. Danach halfen wir der Verdauung mit einer Flasche vom besten und klarsten Whisky nach, wobei wir uns Bogart und die Bergmann in *Casablanca* ansahen, jener makellosen Perle von Film. Im ganzen Haus blieb kein Auge trocken. Falls es das Fernsehen nicht gäbe, müsste es jemand erfinden, sage ich immer.

Ich lag in tiefstem Schlummer, als Johanna in mein Bett kletterte. Sie glühte in jenem strahlenden Glanz einer Frau, die gerade mehr als achtzig Pfund von einer guten Freundin gewonnen hat. Mindestens diesen Betrag gibt sie jeden Monat für Champagner zum Frühstück aus, aber ihre Freude war enorm, und sie versuchte, mir dies in der ihr eigenen Art mitzuteilen.

»Bitte, nein«, protestierte ich, »es ist verflixt spät, und ich laboriere an einem Übermaß an Tafelfreuden.«

»Dann erzähl mir wenigstens, was heute passiert ist«, schmollte sie. »Habt ihr die Bestie in menschlicher Gestalt geschnappt?«

»Wir haben gar nicht gesucht. Wir kamen überein, dass alles, was wir momentan tun können, ist, die Ohren aufzusperren und auf Klatsch zu hoffen. Wir haben aber einen bezaubernden Centenier kennengelernt, der uns alles über die örtlichen Perversen erzählt hat.«

Mit untertassengroßen Augen lauschte sie, als ich alles berichtete, woran ich mich bezüglich der Satyre in der Nachbarschaft erinnerte.

»Und in St. John«, schloss ich, »gibt es einen allseits respektierten Mann, der es mit *Kälbern* treibt. Was sagst du dazu?«

Sie rollte sich auf alle viere und reckte kokett ihr entzückendes Hinterteil in die Höhe. »Muuh?«, fragte sie hoffnungsvoll.

»Ah, na gut.«

4

Seine Rede ein brennendes Zehren:
Er müht sich mit seinem Munde,
Im Herzen ein blindes Begehren,
Im Aug steht die Todesstunde.
Er webt – Kleid des Hohneslachens,
Er sät – Ernte ohne Frucht,
Sein Leben Hellsicht des Wachens,
Zwischen Schlaf und Schlaf eine Schlucht.
Atalanta in Calydon

»Jock«, sagte ich zu Jock, als ich am Morgen des Ostermittwoch die zweite segensreiche Tasse Earl Grey schlürfte. (Ich nehme doch an, dass es einen Ostermittwoch gibt? Für mich ist das einzig bewegliche Fest, das einen gewissen Charme hat, ein Einkaufswagen mit Hammelrücken bei Simpson.)

»Jock«, sagte ich, »obwohl du ein ungehobelter, ungebildeter Bursche bist, habe ich gewisse Qualitäten an dir beobachtet, die ich schätze. Zum ersten Mal spiele ich dabei nicht auf deine vom Himmel gesandten Talente bezüglich der Teekanne und der Bratpfanne an, sondern auf ein anderes, weitaus selteneres.«

Er bewegte leicht seinen Kopf, sodass er mir mit seinem Glasauge einen unverbindlichen Blick zuwerfen konnte.

»Diesmal beziehe ich mich auf deine angeborene Fähigkeit, mit Leuten im Pub ins Gespräch zu kommen, ewige Freundschaften oder Streit zu beginnen.«

»Hm. Sie haben mir ganz schön eingeheizt, als ich das letzte Mal eine kleine Klopperei hatte, oder nicht?«

»Ja, schon, aber das war doch, weil du den Burschen *umgebracht* hast, und ich hab dir wieder und wieder gesagt, du sollst das lassen, und du weißt genau, was das meiner Verdauung antut, und ich musste der Polizei vorflunkern, dass du den ganzen Abend mit mir im Fernsehen Molière gesehen hättest, und sie haben nicht ein Wort geglaubt, stimmt's?«

Er schenkte mir sein schönstes Lächeln, jenes Lächeln, das sogar mir noch immer Angst einjagt und das einen einzelnen, langen, gelben, an die leberfarbene Unterlippe geschmiegten Fang entblößt.

»Sei dem, wie ihm wolle«, fuhr ich fort, »diese deine Begabung oder Fertigkeit soll jetzt nutzbringend angewandt werden. Hier sind zehn Pfund, die schönsten, die der Amtsbezirk Jersey drucken kann. Das sollst du in Bier, Apfelmost, Rum oder was auch immer einem ungebändigten Jersey-Mann mundet, anlegen. Kauf Drinks bitte nur für echte Eingeborene. Sie sind diejenigen, die es wissen werden.«

»Was wissen werden, Mr Charlie?«

»Wer wo am Ostermontag war. Wer die Art Typ ist, der eine tückische Glyzinie hinaufklettern würde, um seine gesetzlose Lust zu befriedigen, wer noch immer an überholten und unanständigen Lustbarkeiten teilnimmt – und wer vielleicht auf seinem Kaminsims eine Porzellankröte hat.«

Er dachte ein oder zwei Minuten lang nach, oder jedenfalls verzog er das Gesicht und kaute auf der Lippe, wie er das bei anderen Leuten gesehen hat, die nachdenken.

»Derartiges Zeug kann ich diese Jerseys nicht fragen. Sie würden wie die verdammten Muscheln zuklappen.«

»Du sollst sie nicht fragen. Sag es ihnen. Sag ihnen, was *du* von der ganzen Sache hältst. Erzähl irgendeinen Blödsinn, während du ihnen die Biergläser nachfüllst. Dann pass auf, wer lächelt. Spitz die Ohren, und merk dir, wer dich einen Idioten nennt. Stoß sie nicht vor den Kopf, spiel den Einfaltspinsel, lass dich ruhig auf den Arm nehmen. Irgendjemand wird in die Falle gehen.«

»Sie meinen, ich soll Les Kellet nachmachen?«

»Genau.«

(Les Kellet ist ein hervorragender Ringer und vollendeter Clown. Scheinbar glücklich stolpert er benommen herum, aber er stolpert meist dann, wenn sein Gegner sich auf ihn wirft, um ihm den Gnadenstoß zu versetzen. Er ist verblüfft und untröstlich, wenn der Gegner durch die Seile schießt und außerhalb des Rings auf seiner Rübe landet. Manchmal hilft er dem anderen Burschen wieder in den Ring, staubt ihn ab und landet dann einen furchtbaren Schwinger, der den Mann auf die Bretter schickt und ihm selbst den Sieg bringt. Manchmal hebt er geistesabwesend den Schiedsrichter hoch und schlägt mit ihm seinen Gegner. Er ist überaus tapfer und stark und amüsant.)

Ich ließ Jock aus den Tiefen meiner Unkenntnis noch ein paar weitere Instruktionen zukommen und scheuchte ihn dann in Richtung der Kneipentüren davon. Bald hörte ich sein großartiges Motorrad starten und den Weg hinunterbrummeln. Ich sage »brummeln«, weil es sich um eine dieser wunderbaren 1000-Kubik-Vorkriegsmaschinen Marke Ariel handelt, mit vier Zylindern und einem Fischschwanz Marke Brookland. Sie ist Jocks ganzer Stolz, und ich finde sie äußerst furchterregend.

Die Pubs waren geöffnet und mit Sicherheit gedrängt voll; in Jersey scheinen sie nie zu schließen (es gibt regelmäßige Flüge ab Heathrow – buchen Sie jetzt, um Enttäuschungen zu vermeiden). Ich ging wieder ins Bett, vom Wissen beruhigt, dass die Versorgung der Bauernschaft mit alkoholischen Getränken in den Händen eines Meisters lag. Wieder ins Bett zu gehen ist unendlich süßer, als überhaupt ins Bett zu gehen.

Ich hatte kaum die Augen geschlossen, so schien es, als

Johanna mich hochbrachte – und ich gebrauche das Wort »hochbringen« mit Absicht. Ich machte ein Auge auf. »Hast du mir Tee gebracht?«, fragte ich.

»Natürlich nicht. Du bist aber komisch, Charlie.«

»In diesem Fall NEIN, und lass mich dich an Onkel Fred und Tante Mabel erinnern, die am Frühstückstisch zusammenbrachen.«

»Charlie, es ist nicht Morgen, es ist kurz nach eins. Und du frühstückst doch nie.«

Ich flüchtete unter die Dusche, war aber zu langsam. Sie kam mit rein. Wir führten noch einmal General Custers letztes Gefecht auf. Später entdeckte ich, dass es doch erst halb zwölf war. Es ist schon bitter, wenn einen die eigene Ehefrau belügt, finden Sie nicht?

Dann fuhr sie uns hinüber nach Gorey im Osten der Insel zu einem erstaunlichen Mittagessen bei »The Moorings«, wo der Schellfisch ausgezeichnet ist. Johanna schaute mich ständig besorgt an, als ob sie fürchtete, ich könnte bei Tisch zusammenbrechen. Auf dem Heimweg hielt sie aus irgendeinem geheimnisvollen amerikanischen Grund, um mir eine große Flasche Multivitamintabletten zu kaufen.

Jock war noch immer unterwegs. Johanna und ich saßen auf dem Rasen in der Sonne und tranken trockenen Weißwein und Selterswasser. Normalerweise trinkt sie am Nachmittag nichts, aber ich erklärte ihr, es sei Oscar Wildes Geburtstag – und wer weiß, womöglich stimmte es.

Am Abend besuchten wir eine Dinnerparty auf der Insel Alderney, die treffend beschrieben worden ist als ein Felsen, an den sich eintausendfünfhundert Alkoholiker klammern. Es war ein köstliches Dinner, aber der Heimflug in Sams kleiner Piper war fürchterlich: Er stank nach Alkohol.

Als wir zurückkamen, war Jock in der Küche. Nach seinen Maßstäben war er keinesfalls betrunken, aber seine Züge waren starr und seine Haltung verräterisch hölzern, ein Hinweis darauf, dass seine Jersey-Kumpel die zehn Pfund nicht ohne Hilfestellung vertrunken hatten.

Johanna, die – wie wir in Roedean sagten – »vom Spielfeld beurlaubt« war, ging zu Bett.

»Nun, Jock, irgendwas Neues?«

»Nicht wirklich, Mr Charlie, aber man könnte sagen, ich hab ein paar Nachtangeln ausgelegt. Hab 'n bisschen Zeit mit so 'nem Typen verplempert, um dann festzustellen, dass er aus Guernsey kommt – das konnt ich doch nicht wissen, oder?«

»Ich glaube, die tragen andere Pullover.«

»Ich bin doch kein verdammter Modeschöpfer!«

»Nein, Jock. Nur weiter.«

»Also, ein paar von den Jerseys schienen irgendwie interessiert, und ich schätze, ein oder zwei wären ein bisschen aufgetaut, wenn ihre Kumpels nicht dabei gewesen wären. Na, jedenfalls hab ich einen dazu gekriegt, morgen Abend zum Dominospielen hierherzukommen. Ich hab ihm vorgeschwindelt, ich hätte 'ne Flasche von Ihrem Scotch geklemmt.«

»*Vorgeschwindelt?*«

»Jaa. Oh, und so 'n alter Knacker will kommen und ein paar Stunden in der Woche im Garten aushelfen. Hoffe, das geht in Ordnung. Er schien ganz in Ordnung zu sein, traf ihn in Carrefour Selous im Pub. Der Chef dort sagt, dieser alte Knacker kennt jeden Zoll von Jersey und hat in seinem Leben noch kein Bad genomm'.«

»Was für ein außerordentlicher Bursche das sein muss, ich freu mich schon drauf, ihn zu treffen. Was isst du denn da?«

»Cormbeef Samwitsch.«

»Mit jeder Menge Senf?«

»'türlich.«

»Und womöglich mit dick geschnittenen Zwiebeln?«

»Richtig.«

»Das Brot klingt frisch und knusprig.«

»Na gut, lassen Sie mich zu Ende essen, und ich mach Ihnen auch eins.«

»Wie du bloß immer meine Gedanken lesen kannst!«, gab ich meiner Verwunderung Ausdruck.

»Mr Charlie?«

»Ja, Jock?«

»Was ist ein Crappo?«

»Ich hab' keine Ahnung. Warum?«

»Dieser Guernsey-Typ sagte, das wär was Nettes, was man den Jerseys sagen könnte, und dann brachte er mich dazu, dass ich es zu einem von ihnen gesagt habe, und der Jersey versuchte, mich zusammenzuschlagen.«

»*Versuchte?* Jock, hast du dich wieder geprügelt?«

»Nee. Ich erwischte seine Faust und hab sie 'n bisschen gequetscht, bis er sagte, das wär alles ein Irrtum gewesen, und der Wirt sagte dann, ich hätte nichts Böses gewollt, aber als ich fragte, was das denn heißt, wurden sie alle wieder ungemütlich, also ließ ich's dabei und gab noch 'ne Runde aus, und keiner trug irgendwas nach, außer dass sie dem Guernsey-Mann in den Hintern getreten haben, glaub ich, als sie ihn rausschmissen. Komisch, dass Sie nicht wissen, was Crappo heißt – ich hab doch gehört, dass Sie recht nett Französisch sprechen.«

»*Crapaud!*«, rief ich.

»Ja, genau. Crappo.«

»Das ist ein französisches Wort und bedeutet ›Kröte‹.«

»'ne Kröte, eh?«

»Ja. Und du sagst, das gefiel den Jerseys gar nicht?«

»Sie finden's *grässlich*. Sie halten's für 'ne diabolische Unziemlichkeit.«

»Und ›diabolisch‹ trifft die Sache vielleicht besser, als du ahnst.«

»Eh?«

»Schon gut. Wo bleibt das Sandwich?«

»Kommt schon. Oh, und noch was, was ich beinah vergessen

hätt. Als ich weiter von dieser Schändertype geredet hab und dass er 'n Schwert auf 'n Bauch gemalt hat, haben sich ein oder zwei gegenseitig angestoßen, und der alte Knacker, der im Garten helfen will, hat auch ein bisschen in sich reingegluckst. Ich hab nich gefragt, ich konnte sehen, dass sie sich nicht weiter darüber auslassen würden. 'n privater Scherz, schätz ich. Oder vielleicht bedeutet das was Schmutziges.«

»Vielleicht beides. Ich glaube, ich höre das entfernte Klingen phallischer Zimbeln.«

»Eh?«

»Tja. Ah, das Sandwich. Wirklich lecker. Ich werd es mit ins Bett nehmen. Gute Nacht, Jock.«

»Nacht, Mr Charlie.«

Ich erinnere mich, dass ich eigentlich noch Johanna Gute Nacht sagen wollte, denn ich weiß, wie viel diese kleinen Höflichkeitsbezeugungen dem schwächeren Geschlecht bedeuten, aber dann *vergaß* ich es wohl. Nicht einmal Männer sind perfekt.

5

Ja, sag's: Er ist gewaltig,
Geheimnis vielgestaltig,
Getier gehorcht, es flieht der Vögel Heer,
Die blinde Nacht erkennt ihn, und der Tod
Verbirgt sich zitternd, wo sein Atem droht,
Und seine Rechte lastet auf dem Meer.
Wir wissen: Er erschuf uns und regiert.
Nicht aber: Gibt es etwas, das ihn rührt?

Victor Hugo

Am folgenden Tag passierte nichts Besonderes, abgesehen davon, dass meine Leber und ich partout nicht miteinander auskamen. Ich trank Magnesiummilch, Alka Seltzer und Eno's Fruchtsalz – in dieser Reihenfolge –, bis mein Magen nur noch eine Höhle der Wasser und Winde war; aber es nutzte nichts.

»Sie brauchen einen Drink, Mr Charlie«, sagte Jock mit rauer Anteilnahme.

»Glaubst du wirklich, das würde helfen?«

»Würd es verdammt sicher.«

Ich genehmigte mir einen, nur um Jock einen Gefallen zu tun, und wissen Sie was? Er hatte tatsächlich recht. Er weiß wirklich Bescheid.

Auch in den Zeitungen stand an jenem Tag nichts Besonderes, außer dass ein paar Araber ein paar Juden ermordet, ein paar Juden es ein paar Arabern heimgezahlt, ein paar Inder eine Atombombe fertiggestellt hatten, um sie auf Pakistanis zu werfen, und eine Reihe Iren verschiedener Couleur einander in unerfreulicher Art und Weise um die Ecke gebracht hatten. Das muss man Gott wirklich lassen, er hat fantastisches Stehvermögen. Jehova gegen Mohammed, Brahma gegen Allah, Katholiken gegen Protestanten – Religion sorgt für immerwährenden Spaß, stimmt's? Wenn Gott nicht existierte, müssten die Militärs ihn erfinden, nicht wahr?

Nichts so Kriegerisches war in Jersey passiert, außer dass eine alte Dame einen Nachbarn dabei erwischt hatte, wie er Kartoffeln ausbuddelte, die er irrtümlich auf Land gepflanzt hatte, das mittlerweile ihr zuerkannt worden war; also erhob sie den altehrwürdigen *Clameur de Haro,* der auf Rollo, den ersten normannischen Lord der Insel, zurückgeht. Um den *Clameur* anzustimmen, muss man einen oder zwei Zeugen zusammenholen, auf die Knie fallen und rufen: *»Haro! Haro, Haro! A l'aide, mon prince! On me fait tort!«* Woraufhin der Übeltäter unverzüglich beenden muss, was auch immer Übles er gerade tut, und die ganze Situation wird sozusagen eingefroren, bis sie von höherer Stelle geklärt werden kann. Man muss sich seiner selbst ganz schön sicher sein, um den *Clameur* anzustimmen, auf Jersey nehmen sie das ernst, und auch wenn man theoretisch im Recht ist, kann man mit einer saftigen Geldstrafe belegt werden, falls man die Zeit des Gerichts aus Bosheit oder mit Trivialitäten vergeudet hat – oder falls Ihr Einspruch nicht die Bedingungen für einen rechtmäßigen *Clameur* erfüllt.

Auch chez Mortdecai passierte nichts, außer dass der neue Gärtner auftauchte. Sein Name könnte gut etwa Henry Le Pieton Gastineau gelautet haben; seine einheimischen Naturlaute wurden stark entstellt durch völliges Fehlen von Zähnen, und auch nachdem er sie aus der Hosentasche genommen, an seinem Hosenboden poliert und sie sich in den Mund gesteckt hatte, war es schwierig, eine wirkliche Seelengemeinschaft herzustellen. Was ich begriff, war, dass er *»quat' louis les Sept heures«* wollte, was mein rasiermesserscharfes Gehirn umsetzte in siebenundfünfzig Pence pro Stunde – ein fairer Preis, falls er zu echter Plackerei fähig wäre. Wie sich herausstellte, war er ein ausgesprochener Dynamo. »Blitz«, unsere zahme Schnecke, versuchte vergebens, Obergärtner zu spielen und ihn herumzukommandieren; dann spielte er seinen letzten Trumpf aus und bot seine Kündigung an, die wir zu seinem großen Verdruss annahmen.

Es gab nichts Neues, außer dass es der 1. Mai war, der in meinen Tagen auf der Mädchenschule Po-kneif-Tag hieß, aber jetzt bekannt ist als der Tag der Arbeit, an dem wohlbeleibte, gut bezahlte Gewerkschaftsbosse magere, schlecht bezahlte Gewerkschaftsbeitragszahler aus sicherlich ausgezeichneten Gründen dazu überreden, mit Hurra-Geschrei durch die Straßen zu marschieren. Sie tragen wunderschöne gewebte Transparente, von denen jedes einzelne so viel wert ist, dass die verhungernde Frau eines Dockarbeiters dafür eine Woche Bingo spielen könnte. Aber ich schweife ab.

Nichts passierte mir persönlich, außer dass mir im »Pistol and Rifle Club«, den ich an jedem ersten Donnerstag im Monat aufsuche, etwas Eigenartiges zustieß.

Ich hatte beschlossen, meiner alten, wunderschönen 455er Smith & Wesson-Militär- und Polizeipistole aus dem Jahr 1902 etwas Luft zu verschaffen. Die anwesenden Männer stichelten deswegen wie üblich; die meisten haben erstaunlich kleinkalibrige Waffen mit handgearbeiteten Griffen und unterschiedlich einstellbaren Visieren, aber sie wissen, dass ich es noch immer schaffe, das mannsgroße, abklappbare Ziel auf dem Schießstand – gemessen an der olympischen Durchschnittsnorm – recht kaputt aussehen zu lassen. Obwohl es das eigentlich nicht sollte. Sie wiegt, voll geladen, zweidreiviertel Pfund, und der Lauf ist sechs Zoll lang; lädt man sie mit vernickelter militärischer Hochgeschossmunition, kann sie Löcher in eine Ziegelmauer reißen, wobei sie ein taub machendes und höchst zufriedenstellendes Geräusch von sich gibt. Jeder mit einer Organschwäche behaftete Mensch sollte so eine Waffe haben (wie zum Beispiel Bach?).

Ein netter Polizeiwachtmeister riss sein übliches Witzchen, indem er sagte, falls ich ein paar Räder dazukaufen würde, könnte ich ein Patent von der Königlichen Artillerie bekommen, und dann stieß mir etwas Eigenartiges zu. Er fragte mich, ob ich meine Kugeln speziell anfertigen ließe.

»Ja, bei einem netten Burschen in London«, sagte ich.

»Blei?«, fragte er.

Ich war verwirrt. »Natürlich Blei – was sonst?«

»Oh, nichts. Ich frage nur. Hier auf der Insel gibt es einen Kerl, der macht sie aus *allem*, sollten Sie mal welche brauchen.«

»Gut, danke«, meinte ich noch immer verwirrt.

Das war die eigenartige Sache, die mir widerfuhr.

Ich verschwendete keinen zweiten Gedanken daran. Ich war zu sehr mit dem beschäftigt, was mich immer am 1. Mai beschäftigt: der grundlegende *Schwindel*, den alle englischen Monate – und der Mai im Besonderen – darstellen. Wieso haben wir den Dichtern und auch den Politikern gestattet, uns all diesen Blödsinn über die Monate zu erzählen? Ich meine, der Mai beschwört die Vorstellung von glücklichen, sonnenverbrannten Maiden herauf, die auf dem Dorfanger herumstolzieren und sich bei Dämmerung hinter die nächste Hecke zurückziehen, um dort in glückliche, sonnenverbrannte, unverheiratete zukünftige Mütter verwandelt zu werden; die Wahrheit aber ist, dass die bleiche, picklige Dorfmaid von heute ihre plumpen Hüften in der Diskothek der nahen Stadt schwenkt und dabei eine Antibabypille kaut, während draußen der Regen herunterrauscht und der Piccolo im Glase perlt. Jeder, der sich im englischen Mai in eine Hecke traut, und sei es auch in Ölzeug, beschwört sowohl eine Lungenentzündung als auch eine Insektizidvergiftung herauf. Vielleicht ist der einzige

Monat, auf den man sich verlassen kann, der Januar, wenn es immer so kalt ist wie versprochen und man vom Weiher her bisweilen das Schlürfen der Schlittschuhe hört und, wenn man Glück hat, den Schrei eines ertrinkenden Schlittschuhläufers.

Wenn ich sagte, dass an diesem Tag nichts passierte, wollte ich damit nicht andeuten, dass in der Nacht nichts passierte. Es passierte viel. Johanna beobachtete mich liebevoll, wie ich den Bratensaft von einem der besten Coq-au-vins (Coqs-au-vin?) meines Lebens mit einem Riesenstück krustigen Brotes aufwischte, als das Telefon läutete.

»Sag ihnen, ich sei ausgegangen«, knurrte ich, »oder tot oder bankrott – ist mir egal, aber ich gehe nicht an den Apparat. Sag der Post Bescheid, sie sollen das Ding morgen früh abholen, wir brauchen keins.«

»Es ist für Sie, Mr Charlie«, sagte Jock einen Augenblick später.

»Hör mal, bist du unfähig …«, fing ich an, aber dann sah ich Jocks Gesichtsausdruck. Ich wischte mir die Lippen ab und ging zum Telefon. Sam war dran. Es war ein Sam, wie ich ihn noch nie gehört hatte.

»Komm her, Charlie, und zwar schnell. Es ist wegen Violet.«

»Du meinst …?«

»Ja. Komm her.«

Das tat ich. Um genau zu sein, sagte ich zu Jock, er solle auf dem Motorrad hinfahren und seinen Unterschichtfreund (der wahrscheinlich froh war, der Lektion im Dominospielen zu entrinnen) auf dem Sozius mitnehmen, während ich Johanna im Mini verstaute. Ich wusste, dass sie vor Schändern ziemlich sicher war (selten besitzen sie die Unverfrorenheit, in einer Nacht zweimal zuzuschlagen), aber ich wusste auch, dass alle Frauen liebend gern ihre schwächeren Schwestern in der Not trösten.

Sam stand auf dem Hof von La Gouluterie und gab Jock und seinem Dominofreund mit der hässlichsten Stimme, die ich je gehört hatte, Anweisungen. Er schickte sie los und wandte sich an mich. »Charlie, schick Johanna zu Violet rauf. Der Arzt und die Polizei sind schon unterwegs. Jock fährt mit dem Motorrad in Richtung Belle Etoile Bay und zurück über Wutherings Patrouille, und sein Freund nimmt sich die Felder vor – erschieß ihn nicht aus Versehen. Du wirst mich nach Sion fahren, und ich arbeite mich von dort aus zurück. Dann wirst du wie der Teufel zur St.-John's-Kirche fahren und langsam, ohne Licht, zurückkommen. Bist du bewaffnet?«

»Natürlich.«

»Dann schnapp dir alles, was Hosen anhat. Wer nicht absolut zufriedenstellend sagen kann, wo er war, wird ins Auto gezwungen. Ich komme für alle Geldstrafen wegen unrechtmäßiger Gefangennahme auf. Alles begriffen? Dann also los.«

»Was macht George?«

»Nichts. Sie sind ausgegangen.«

Mit diesen Worten öffnete er ein Gewehrfutteral und begann, seine wunderschöne Schrotflinte Marke Churchill XXV mit einer Brutalität zusammenzusetzen, die mich zusammenzucken ließ. Und los brausten wir. Wir sahen keine Menschenseele. Ich setzte ihn in Sion ab, fuhr rasch zur St.-John's-Kirche, kroch zurück und hielt dann und wann an, um mich umzusehen und zu horchen. Eine Gruppe Betrunkener, die erbittert über Fußball debattierte. Eine stämmige Anhalterin aus Wigan: Sie hatte niemanden gesehen. Ein finsterer Bursche, der – wenn ich je einen solchen gesehen habe – ein Frauenschänder war, aber er hatte bereits eine örtliche Maid bei sich: Der schmutzige Blick, den diese mir zuwarf, gab mir zu verstehen, dass sie tatsächlich *hoffte*, ihren Maidenstatus zu verlieren, auch wenn das bedeuten sollte, einer Hecke zu trotzen, und dass ich die Dinge nur verzögerte. Ihr Verehrer behauptete, zehn Minuten zuvor ein großes Motorrad rasch in Richtung der *Route Militaire* fahren gehört zu haben, das dann anhielt. Ein paar Minuten später sei es wieder angelassen worden und nach Norden gefahren, und zwar viel langsamer. Das war offensichtlich Jock gewesen; dieser Bursche war trotz seines unverschämten Gebarens ein guter Zeuge. Sein unruhiges Opfer zerrte ihn am Ärmel und maulte: »Na, komm schon, Norman, das geht uns nichts an« und so weiter, also erweckte ich sein Interesse, indem ich den fetten, kleinen Bankers-Spezial-Revolver herausholte und die Trommel drehte, als ob ich prüfen wollte, ob er geladen sei. Das faszinierte ihn – der Wilde Westen war Wirklichkeit geworden.

»Dann sind Sie von der Polizei, eh?«

Ich lachte dreckig in mich hinein. »Nein, nein, es ist ein bisschen wichtiger als das«, sagte ich mit einer Stimme, die für ihn vermutlich nach Geheimdienst klang. »Haben Sie noch irgendjemanden gesehen oder gehört – zu Fuß vielleicht?«

»Nein.«

»Hätten Sie es bemerkt, was meinen Sie?«

»Na, klar doch. Ich halt meine Lauscher offen wegen dem Daddy von der jungen Dame, verstehnse?«

»Ja, natürlich. Ganz richtig. Also, dann danke für Ihre Hilfe.« Ich war schon fast beim Auto, als er mit der Zunge schnalzte und mich zurückwinkte. Ich ging zurück.

»Komisch, dass Sie das gefragt haben, Mister. In dem Stoppelfeld hinter uns ist so 'n Arsch, kam gerade durch die Hecke. Ich kann ihn nicht sehen, aber hören.«

»Oh, Norman, das geht uns nichts an« und so weiter.

»Halt die Klappe, dumme Kuh.« (Wie sich doch seit unseren Tagen das Freien verändert hat, nicht?)

Norman und ich stahlen uns ins Feld, und da schlich doch tatsächlich so 'n Arsch auf Zehenspitzen durch die Stoppeln. Als Ort und Zeit reif waren, zog ich ihm rasch die Füße weg, und Norman hechtete auf ihn. Der Mann quiekte, fluchte fürchterlich, trat um sich und kratzte. Als wir ihn endlich untergekriegt hatten, stellte er sich als Jocks ziemlich erbitterter Dominoschüler heraus: Das Ganze kostete mich fünf Pfund.

Ich verpasste auch Norman ein Trostpflaster, und er bot eifrig Namen und Anschrift an, falls ich jemals Hilfe bei weiteren tollkühnen Taten brauchen sollte.

Der Dominomann und ich kamen just in dem Augenblick in La Gouluterie an, als auch Georges Rover mit George und Sam drin auftauchte. George hatte Sam auf der *Route Militaire* aufgelesen. Jock rauschte auf seiner Ariel heran, noch bevor wir das Haus betraten. Nichts zu berichten, von keiner Seite.

Mit Ausnahme des Doktors. Ihm gefiel bei dieser Sache überhaupt nichts; er war ein Masern-und-Mumps-Mann, und seine Maske professioneller Zuversicht verrutschte allmählich. Viel von dem, was er sagte, war nur für Sams Ohren bestimmt, aber wir anderen konnten sehen, wie sich Sams Gesicht beim Zuhören verzerrte und dunkler wurde. Das professionelle Gemurmel ging weiter, während Sam mit den Zähnen knirschte. George guckte unbeteiligt in die Luft, und ich zappelte herum. Wie die Kinder heutzutage sagen: Das war ganz und gar nicht meine Szene.

Die Situation war so spannungsgeladen, dass Sam beinahe vergaß, dem Doktor wie gewöhnlich ein Glas braunen Sherry einzuschenken, bevor er ihn hinaustrieb zu einer weiteren Fahrt der Barmherzigkeit. (Er war wahrscheinlich ein ausgezeichneter Bursche, eine Zierde der Medizinerzunft, aber es fällt mir schwer, Ärzten mit großen, unhygienischen Schnurrbärten zu vertrauen. Wer da sündigt, möge in die Hände des Arztes fallen, sage ich immer.)

Johanna, die ziemlich fertig aussah, kam die Treppe herunter; Violet war schließlich doch einer massiven Sedativdosis unterlegen, die der Doktor in sie hineingepumpt hatte (ob Sie's glauben oder nicht – fünfzehn Milliliter Paraldehyd!), aber ihr Zustand war insgesamt recht beklagenswert. Wir setzten uns alle zu einer Beratung zusammen, und Die-Geschichte-bis-jetzt entpuppte sich wie folgt:

Der Angreifer war scheinbar durch das Küchenfenster in

das Haus eingedrungen. Violet befand sich im Schlafzimmer und schminkte sich ab, bevor sie unter die Dusche ging. Sie war lediglich mit diesen vernünftigen wollenen Höschen bekleidet, die Mädchen wie Violet immer tragen. Plötzlich war eine scheußliche Gestalt in ihrem Ankleidespiegel aufgetaucht, aber nur für einen Moment, denn einen Augenblick später ging das Licht aus. Sam befand sich in seinem Studierzimmer, an dessen Wänden und Türen überall Bücher stehen, die es gleichsam schalldicht machen; aber Johanna glaubt sowieso nicht, dass Violet geschrien hat, wahrscheinlich war sie vor Angst wie versteinert. Der Vergewaltiger war grob gewesen, um es milde auszudrücken, und hatte sie allseits brutal attackiert. Er schien mehr von Hass denn von Lust getrieben zu sein. Violet hatte ein paar Minuten lang unzusammenhängendes Zeug vor sich hin gemurmelt, bevor sie in eine Art angespanntes Schweigen fiel, und die wenigen beweiskräftigen Aussagen, an die sich Johanna erinnerte, lauteten wie folgt:

»Er stank entsetzlich, wie eine Ziege.«

»Er roch nach Fett, aber scheußlich.«

»Er trug eine entsetzliche Maske, die nach Gummi stank.«

»Er hasste mich.«

»Auf seinem Bäuchlein hatte er ein Schwert aufgemalt.« (In Violets Dummerchenwelt haben sogar verrückte Vergewaltiger ein Bäuchlein und keinen Bauch. Enid Blyton, Enid Blyton, wie viel wir dir doch verdanken!)

»Er hatte Nieten auf den Armen.« (George und ich sahen uns an; das war geradewegs aus der Fallakte des Ungeheuers von Jersey.) »Er sagte die ganze Zeit gemeine Dinge in einer sonderbaren Sprache – nein, nicht Patois, aber ich weiß hundertprozentig, dass es gemeine Dinge waren.«

»Seine Hände waren ganz mit Erde bedeckt, er hat mir damit *wehgetan*.«

Das wirklich Abscheuliche aber, was sie dann schließlich zum Kreischen gebracht hatte, war, dass sie – nachdem der

Feind aus dem Fenster geschlüpft war – etwas Kaltes und Nasses oben zwischen ihren Schenkeln gespürt hatte.

»Es war ein Frosch – du lieber Jesus«, sagte Sam voller Abscheu, »der Mann ist ganz offensichtlich geisteskrank.«

»Ein *Frosch*?«, fragte ich.

»Das sagte ich doch.«

»Sam, war der etwa grün-gelb mit langen Hinterbeinen?«

»Gottverflucht, Charlie, du kannst anderer Leute Geduld ganz schön auf die Probe stellen. Ich war nicht in der Stimmung, mir die Hinterbeine von dem Ding anzusehen. Ich hab's mir einfach geschnappt und weggeworfen.«

»Wohin?«

Er machte Anstalten aufzustehen, Mord im Blick, und besann sich dann eines Besseren. »Ich glaube, ich hab ihn in den Papierkorb geworfen«, sagte er mit der mühsam beherrschten Stimme, mit der man spricht, wenn man jemandem bedeuten will, dass weitere Fragen nicht mehr beantwortet werden.

»Johanna«, sagte ich, »würdest du bitte gehen und ihn suchen?« Sie ging. Sie fand ihn. Er war nicht grünlich gelb mit langen Beinen; er war braun mit muttermalartigen Flecken und untersetzt.

»Das ist eine *Kröte*«, sagte ich.

»Na und?«

»Nichts.«

»Blödmann.«

»Ich glaube, hier ist keiner«, meinte ich bedachtsam, »dem nicht nach einem Drink zumute wäre.«

Sam stand roboterhaft auf und fing an, den Alkohol herauszustellen – höflich von mir unterstützt, denn ich fürchtete, dass ich bei seinem Kummer die falsche Sorte Scotch bekommen könnte, was mir den Abend ganz entschieden verdorben hätte. Wir schütteten unsere Drinks ruhig und respektvoll in uns hinein, wie entfernte Vettern, die sich nach dem Begräbnis auf gebratenen Schinken stürzen.

»Ach, da ist noch etwas, das Violet erwähnte«, sagte Johanna. Wir hielten mit dem Saufen inne; Johanna schafft es bei den meisten Menschen, dass sie bei fast allem innehalten, wenn sie das möchte, und zwar ohne ihre Stimme zu heben. Ich frage mich, wie das kommt. »Ja, genau«, fuhr sie fort, »sie sagte, sie hätte die Stimme des Mannes erkannt.«

»Was?«, brüllten zwei von uns dreien.

»Ja.« Ihre lieblichen Augen blickten unschuldig und ziellos durch das Zimmer und brachten allem und jedem Licht, nur nicht Sam. »Also, um genau zu sein, mitten in einem beunruhigenden Geplapper über ihre Mutter und so weiter sagte sie plötzlich: ›Ich würde diese Stimme überall herauskennen, *überall* – ich irre mich bestimmt nicht‹ – oder etwas in der Art.«

Sie machte eine Pause; etwas zu lange.

»Also wer, um Gottes willen?«, knurrte George schließlich.

»Hat sie nicht gesagt. Vielleicht meinte sie nur, sie würde sie wiedererkennen.«

Das Schweigen, das meinerseits darauf folgte, war ein verblüfftes; Georges und Sams Schweigen schien lediglich Abscheu auszudrücken, aber man weiß ja nie. Ich war deshalb verblüfft, weil Johanna ihre warme, wahrhaftige Stimme benutzte, was sie nur tut, wenn sie lügt. Was natürlich nicht oft vorkommt; warum sollte sie, bei ihrem Aussehen und ihrem Geld?

Ich hatte das intensive Gefühl, dass eine Menge komplizierter Reaktionen im Zimmer stattfanden, denen ich nicht ganz folgen konnte, weil ich nicht wusste, wonach ich suchte. Ich bin keinesfalls sicher, dass Johanna es etwa wusste, aber mir war klar, dass sie weniger schwamm als ich. Nach einer Weile gab ich mit einem oder zwei innerlichen »Ach je!« auf und wandte mich Sams Scotch zu. Wie ein guter Gast achtete ich darauf, dass auch Sam genug der köstlichen Flüssigkeit zu sich nahm, um ihm trotz allem eine gute Nachtruhe zu sichern, dann schlichen wir uns davon.

Johanna ging zu Bett und küsste mich, aber nicht sehr liebevoll.

Jock war auf und braute einen »Sergeant-Major«, das ist die Art Tee, die man freudig trank, wenn man in der Dämmerung eines Januarmorgens vom Wacheschieben kam: Der billigste indische Tee wird mit Zucker und Kondensmilch *aufgekocht*. Er ist in keiner Weise vergleichbar dem Tee, den Sie und ich kennen, aber er ist wirklich hervorragend. Ich starrte voll Verlangen darauf.

»Davon werden Sie doch sicher nichts haben wollen, Mr Charlie«, sagte Jock, »Sie woll'n doch wohl eher in Richtung Heia.« Ich glotzte.

»Hast du an Schlüssellöchern gehorcht?«, wollte ich wissen.

»'türlich nicht. Hab gehört, dass Madam das Wort häufig in der Öffentlichkeit gebraucht.«

»Ach.«

»Ja.«

Ich wandte mich ab.

»Mr Charlie«, sagte er.

»Ja?«

»Dieser Kumpel von mir, dem ich Domino beigebracht habe – der, den Sie in die Mangel genommen haben.«

»Ja?«

»Der hat sich noch über Kröten ausgelassen. Er schätzt, dass die Jerseys 'ne Menge von ihnen halten, und darum lassen sie sich auch nicht gern so nennen.«

»Das hast du wirklich hübsch gesagt, Jock.«

»Ja. Er hat deshalb noch mehr davon erzählt, weil dieser alte Knacker, der hier zum Gärtnern hergekommen ist, grade eine lebendig in einem Gurkenglas begraben hat, damit die Blumen wachsen.«

»Damit die Blumen wachsen? Red weiter.«

»Das machen sie alle hier, glaubt er. Scheint den Kröten nichts auszumachen, sie sind fast alle noch am Leben, wenn sie

sie im Herbst wieder ausgraben. Komisch, nich? Man sollte doch meinen, die kriegen Hunger.«

»Oder Durst.«

»Ja. Also auf jeden Fall glaubt 'n Haufen Jerseys, besonders die alten, dass 'ne Kröte was Heiliges is, und sie mögen's nich, wenn man sich drüber lustig macht.«

Ich trank einen Schluck von seinem Tee. »Du solltest da 'n bisschen Rum reintun«, schlug ich vor.

»Ja, aber ich hab doch keinen Rum, oder?«

»Willst du damit sagen, du hättest vergessen, wie man das Schloss vom Getränkeschrank knackt?«

Er verharrte in beleidigtem Schweigen. Ich ging den Rum holen, während er noch mehr Sergeant-Majors machte. Als wir rittlings fest vor unserem Tee saßen und gewissen Käsesandwiches, die Jock hervorgezaubert hatte, damit wir ihn hinunterkriegten, wurde ich redselig; ein Laster, das ich mir partout nicht abgewöhnen kann. »Jock«, sagte ich, »wusstest du, dass die Menschen fünfzehn Jahrhunderte lang geglaubt haben, dass die Kröte in ihrem Schädel ein kostbares Juwel beherbergt?«

»Wirklich?«, meinte er. »Wie sind se denn auf die Idee gekommen?«

»Plinius oder Aristoteles oder einer dieser Burschen hat das mal in einem Buch geschrieben.«

Jock kaute und sinnierte eine Weile. »Hat denn niemand dran gedacht, mal eine aufzuschneiden und nachzusehen?«

»Soweit ich weiß, nicht.«

»Verdammte Ignoranten, diese Brüder, stimmt's?«, bemerkte er dunkel. Ich brachte es nicht übers Herz, ihm zu widersprechen. »Er hat dann auch was über Hasen gesagt«, fuhr Jock fort. »Wie's scheint, gibt's auf dieser Insel gar keine Hasen, aber vor 'n paar Jahren wurde ein richtig großer Rammler gesichtet, und die Farmer glaubten, dass er den komischen kleinen Kühen, die se hier haben, alle Milch aussaugte. Also ham se ihm aufgelauert und schossen auf ihn und schossen noch mal, hat aber gar nichts genützt, also tut einer von ihnen einen Silberknopf in seine Flinte und schießt ihn in den Hintern, und der Hase macht sich hinkend aus dem Staub, und am nächsten Tag hat diese unheimliche Alte, die in der Nähe wohnt, am Bein einen Verband.«

»Das ist wahrscheinlich eine der ältesten Geschichten der Welt«, beschied ich ihn, denn das war sie. Ich war zu müde, um an jenem Abend noch zu duschen; alles, was ich wollte, war, in die Heia zu gehen. Natürlich putzte ich mir die Zähne. Dabei begriff ich dann, warum der nette Bursche im »Pistol and Rifle Club« so scharf darauf gewesen war, mich dem Burschen vorzustellen, der Kugeln aus praktisch allem goss.

An *Silber* hatte er dabei gedacht.

6

Ich sprach: Weiß muss sie sein und schnell,
Subtil, geschmeidig, ungerecht,
Und süß wie Biss in Früchte, weich und grell,
Schlangenbehende, halb pervers, halb echt.
Ich riet nicht schlecht.

Felise

Am nächsten Morgen hatten wir eine weitere Beratung. Sonia, so schien es, kam langsam wieder auf die Beine, aber Violet ging es schlechter: Sie hatte das Sprechen völlig eingestellt, und obwohl sie einen mit den Augen verfolgte, blieb sie ansonsten vollkommen reglos. Sam hatte ihr einen Löffel von Brand's berühmter Kalbsfußsülze verabreichen können; beim zweiten Mal hatte sie in den Löffel gebissen. Danach wollte sie ihren Mund überhaupt nicht mehr aufmachen. Der Arzt hatte etwas von psychotischem Rückzug gemurmelt, mit dem er augenfällig auch nicht auf vertrautem Fuße stand, und hatte ihr noch eine reichliche Dosis Beruhigungsmittel verpasst.

»Er hat nicht direkt gesagt: ›Nehmen Sie diese Tabletten weiter‹«, sagte Sam, »aber die Worte lagen ihm auf der Zunge. Wenn sie bis morgen nicht wieder zu sich gekommen ist, werde ich eine zweite Meinung einholen.«

Wir nickten alle und gaben freundliche, leise Laute von uns mit Ausnahme von George, der mehrmals »verfluchtes Schwein« sagte.

Sam fragte mich, ob ich ihm eine gute Pistole empfehlen und wie er sich eine solche beschaffen könne. Ich riet ihm zu einem Stück aus guter Produktion, das zudem eine gute Anlage wäre. An diesem Gesichtspunkt schien er weniger interessiert zu sein, er wollte etwas, bei dem er sicher sein konnte, dass es große und schmerzhafte Löcher in Frauenschänder riss.

»Beruhige dich«, drängte ich ihn. »Die beste und modernste Pistole wird nicht das kleinste Löchlein in irgendjemanden reißen, wenn man nicht ganz genau mit ihr zielt. Die meisten Pistolen sind bloß dazu da, Leute zu erschrecken und Krach zu machen. Wesentlich ist, dass man sie *bei der Hand* hat. Burschen wie du und ich brauchen eine Pistole vielleicht nur einmal im Leben«, in diesem Punkt war ich nicht ganz aufrichtig, »aber dann brauchen wir sie wirklich verflixt schnell. Hör auf meinen Rat, und kauf leistungsfähige Markenware, mit der du auch noch Gewinn machen kannst, wenn die Sache hier vorbei ist. Es gibt zum Beispiel eine ganz vorzügliche alte Mauser 7.65 mm nicht ganz fünf Meilen von hier, die für hundertfünfzig Pfund zu haben ist. Sie steckt in einem Halfter aus Holz, das man an den Pistolenschaft klemmen kann, um damit einen kleinen Karabiner zu machen. Es ist eine höchst zuverlässige Pistole, und wenn man sie gerade halten kann, haut sie einen Ochsen auf eine halbe Meile um. Es handelt sich außerdem auf hässliche Weise um ein sehr schönes Objekt.« Er grummelte ein bisschen, aber er nahm meinen Rat und die Telefonnummer des Mauser-Burschen an.

»Ja, ja«, sagte George, »recht nett, dieser Vortrag über Handfeuerwaffen, aber wir sind hier eigentlich eine O-Gruppe und sollten eine Lagebewertung vornehmen.«

(Diejenigen von Ihnen, die nicht das Glück hatten, in der Army zu dienen, sollten wissen, dass eine O-Gruppe eine Besprechungsrunde ist, die von einem Führer der Infanterie unteren Ranges einberufen wird, der sich schließlich eingestehen muss, dass er nicht weiterweiß, und der möchte, dass seine

Untergebenen und Unteroffiziere zugeben, dass auch sie nicht weiterwissen. Eine O-Gruppe tritt immer außerhalb der Hörweite der Mannschaften zusammen – natürlich –, obwohl die Männer schon *Stunden* vor der Einberufung der O-Gruppe gewusst haben, dass ihre Offiziere nicht mehr weiterwissen. Ihre Vorstellung von einem guten Offizier läuft darauf hinaus, dass er eine O-Gruppe zu einem Zeitpunkt einberuft, wenn sie *Tee* wollen. Soldaten bis zum Rang eines Majors – und manchmal auch diese – sind großartige Burschen: Treten Sie *jetzt* in die Armee ein – Sie sind zu spät dran für die Japaner, aber mit den Iren kann man noch auf Jahre hinaus Spaß haben.)

»Ich habe hier«, sagte George in geschäftigem Ton, »eine Liste aller Frauen im heiratsfähigen Alter, die im Umkreis von einer Meile um dieses Haus wohnen. Ich schlage vor, wir legen uns nachts abwechselnd auf die Lauer, beobachten ihre Häuser und pusten dem dreckigen Saukerl den Arsch weg, wenn er das nächste Mal versucht – ähm – zuzuschlagen.«

»George«, meinte ich sanft. »George? Wer hat dir diese Liste gegeben?«

»Der Centenier – er hat mit seinen Vingteniers Stunden mit ihrer Erstellung verbracht.«

Ich schwieg lange, damit jeder begriff, wie dämlich diese Idee war. Dann sagte ich: »Gut. Tja. Aber wir sind nur drei und haben selbst Grundstücke und Frauen, die wir beschützen müssen, und mit dem Terrain sind wir auch nicht gerade übermäßig vertraut. Um genauer zu sein: Wenn du heutzutage einen Burschen umbringst – und sei es in deinem eigenen Haus –, den du mit einer Hand in deinem Safe und mit der anderen in deiner Frau erwischt hast, hast du eine Mordanklage zu gewärtigen. Ein flugs engagierter Psychiater wird dem Gericht erzählen, dass der Angeklagte ein armer, gestörter Mensch ist, der durch einen widerwärtigen Film, den er die Woche zuvor im Odeon gesehen hat, völlig durcheinandergebracht worden ist, dass er jedoch seiner alten Mutter ein liebevoller Sohn ist. Alte Mütter machen sich im Zeugenstand hervorragend, sie sind alle geborene Schauspielerinnen, können sogar Polizisten zum Weinen bringen, ich hab's gesehen, das ist so gut wie Fernsehen. Die würden dir ganz schön die Hölle heiß machen.«

George grummelte noch ein Weilchen und stieß gurgelnde Laute aus. Er wirkte nicht sehr überzeugend, aber wir bekamen trotzdem den Eindruck, dass die Welt ein besserer Ort wäre, falls man ihn ein paar Stunden lang mit einem Maschinengewehr Typ Vickers Medium frei herumlaufen lassen würde. Alle potenziellen Vergewaltiger würden ausschließlich auf Kathedralenvorplätzen Schlange stehen, um sich für eine Stelle als Falsettsänger zu bewerben.

Sam und ich betrachteten ihn neugierig. Ich glaube, wir hatten beide das Gefühl, dass dies nicht der ruhige, kompetente George war, den wir beide kannten und in gewisser Weise respektierten, der George, dessen hervorstechendster Charakterzug seine Langweiligkeit war. Wir schrieben das der ihm kürzlich widerfahrenen schweren Prüfung zu, und Sam, wenngleich er auf die Welt einen erstaunlich gesammelten Eindruck machte, empfand für ihn zweifellos die Sympathie des Leidensgenossen. (Ich selbst habe derlei Sympathiegefühle in meinem letzten Schuljahr aufgegeben, weil ich mich gründlich auf meinen Eintritt in die Universität vorbereitete. Mir gefällt zudem der Gedanke, dass ich im Grunde meines Herzens *prüde* bin.)

»Ich glaube«, sagte ich, als der Lärm etwas verebbt war, »ich fahre wohl besser nach Oxford.«

Sam ließ kurz seine alte Schlagfertigkeit aufblitzen. »Ist das wirklich die beste Zeit, an die Vervollständigung deiner Bildung zu denken, Charlie? Ist der Ruf der Kreuzgänge plötzlich so stark? Welche Vorlesung wirst du belegen – Theologie?«

»Pah!«, entgegnete ich. »Ich fahre, um meinen alten Tutor zu besuchen, der mehr über Hexerei, Dämonologie und ähnlichen

Blödsinn weiß als jeder andere Lebende. Es ist doch vollkommen klar, dass wir in einer abscheulichen Situation stecken, wo irgendein ekelhafter Untermensch aus urzeitlichen, widerlichen Gründen, die wir nicht verstehen, Vergewaltigungen begeht. Wir können ihm nicht das Handwerk legen, solange wir nicht wissen, was er glaubt, dass er tut, und warum. Ich werde fahren und meinen alten Tutor fragen. Hat irgendjemand einen besseren Vorschlag?«

Niemand hatte einen besseren Vorschlag.

»Meine eigene Frau«, fuhr ich fort, »ist, soweit ich weiß, noch nicht geschändet worden, also ist meine Mission eine ziemlich uneigennützige. Unter den gegebenen Umständen – und da die Bewirtung von Universitätslehrern in Oxford verflixt teuer kommt – könnte ich mir vorstellen, dass ihr euch vielleicht an meinen Unkosten beteiligen wollt.«

Sie griffen in die Jackentaschen, in der sie ihre Scheckbücher hatten, aber ich winkte ab. »Bezahlung auf Erfolgsbasis«, sagte ich. »Wenn bei meiner Reise irgendwas rauskommt, reiche ich euch meine Abrechnung ein.«

»Aber was ist mit Johanna?«, jammerte eine tragische Stimme von halber Höhe der Treppe herunter. Es war Sonia; bleich, dick eingepackt, nur hier und da mit einem dezenten Hauch von Make-up, den die meisten Burschen – *nette* Burschen – nicht bemerkt hätten. Wir sprangen alle auf die Füße und wogten hierhin und dahin, um ihr Stühle, Kissen, Fußhocker und andere ausgesuchte Stärkungsmittel zu holen. (Da ich schon dabei war, mixte ich mir gleich selbst ein leichtes Stärkungsmittel, denn George war an diesem Abend als Gastgeber nicht in Form.)

»Was ist mit Johanna?«, fragte sie erneut. »Sollte sie, während du weg bist, nicht lieber hierbleiben, damit ich sie beschützen kann?«.

Ich sah sie freundlich an. »Das ist sehr lieb von dir«, sagte ich, »aber Jock ist diesbezüglich auch kein Schlappschwanz.

Heutzutage nennt man es Kampfsport, aber als Jock in der Besserungsanstalt war, war selbiges bekannt als ›fliegender Sprungtritt gegen das Hochzeitsgeläut‹. Ich würde Jock gegen den tollsten Kung-Fu-Künstler antreten lassen, den Mr Metro-Goldwyn auftun kann. Er hat eine Begabung dafür, weißt du?«

Sie nickte weise. Sie weiß, dass sie nicht klug ist, denkt aber, ich sei's, das arme, irregeleitete Weibsbild.

»Ja, aber traust du dem Burschen?«, erkundigte sich George.

Das brachte mich auf die Palme, aber ich beschloss, höflich darauf zu antworten. »Jock ist so zuverlässig wie Stahl«, meinte ich vorsichtig. »Seit seinem vierzehnten Lebensjahr ist er in Shirley Temple verliebt, und das wird sich so schnell nicht ändern. Er ist kein Schmetterling. Zweitens schuldet er mir ein oder vielleicht zwei Dinge, und Gauner wie Jock nehmen so was allemal ernster als manch ehrlicher Mensch. Drittens – ich weiß, das klingt absurd – bin ich der einzige Mensch, vor dem Jock Angst hat.«

Sam und George rutschten unbehaglich auf ihren Plätzen hin und her. Sie wussten nicht, wie sie solchem Quatsch begegnen sollten. Sonia meinte: »Oh, das finde ich einfach wundervoll. Ich meine, eine solche Beziehung zu haben, ich meine, gegründet auf so wundervolles gegenseitiges … ähm.«

Ich blickte sie erneut freundlich an. Vielleicht ein wenig freundlicher als beim letzten Mal. Wissen Sie, wir Antifeministen mögen die Frauen durchaus: Wir schätzen sie, halten sie in Ehren und bemitleiden sie. Wir sind mitfühlend. Meine Güte, wenn man bedenkt, dass diese armen Würmer mit all diesen absurden, fetten Anhängseln, mit denen sie versehen sind, durchs Leben watscheln müssen, dass sie während der besten Zeit ihres Lebens dreifach geplagt werden durch Verstopfung, Menstruation und Niederkunft. Am schlimmsten aber ist, mit diesen Handikaps fertigwerden zu müssen, obwohl sie nur so etwas wie ein flockiges Halbhirn haben – ein hübscher Kopf, der aufs Geratewohl wie eine Wundertüte vollgestopft ist mit leuchtendem, farbigem, unnützem Krempel – also wirklich, es bricht einem vor Mitleid das Herz. Sie wissen doch, wie Ihr Hund Sie manchmal bekümmert anstarrt und seine nahezu menschlichen Augen danach hungern zu verstehen, sich danach sehnen, sich mitteilen zu können? Erinnern Sie sich, wie oft Sie das Gefühl hatten, dass er gleich durch die Sperre brechen und sich Ihnen zugesellen wird? Ich glaube, deshalb sind Sie und ich so freundlich zu den Frauen – Gott schütze sie. (Zudem sieht man sie nur selten Katzen jagen oder die Gehwege verunreinigen.)

»Ja«, antwortete ich ihr.

Als wir gerade gehen wollten, stürzte Sonia uns nach, immer noch ganz edle Wohltäterin. »Charlie«, rief sie, »kümmert sich denn jemand um deinen lieben kleinen Kanarienvogel, wenn du weg bist?«

»Wahrscheinlich«, meinte ich vage.

»Wie meine alte Kinderschwester immer sagte«, grummelte George, »sollten sich nur Leute Haustiere anschaffen, die in der Lage sind, sich anständig um sie zu kümmern.«

»Genau das sage ich immer in Bezug auf Ehefrauen«, antwortete ich locker. Na ja, das war vielleicht nicht sehr geschmackvoll. Ich habe nie unterschrieben, dass ich die Grenzen des guten Geschmacks nicht überschreiten würde – lieber träte ich sofort den Temperenzlern bei.

Johanna ging ins Bett, ohne Gute Nacht zu sagen. Jock war ausgegangen und schlug wahrscheinlich Leute zusammen; er wird dessen nie müde. Ich machte mir deshalb keine Gedanken – er ist jetzt vorsichtig: Leute, mit denen er Streit anfängt, ziehen sich meistens sofort zurück (und tragen dabei ihre Zähne im Hut). Ich machte einige Anrufe bei Reisebüros und alten Oxford-Lehrern, dann ging ich verdrießlich zu Bett und nahm einen Band Beatrix Potter mit, um mein betrübtes Herz zu trösten, es war *The Tale of Mrs Tiggywinkle*, und es gefällt mir immer wieder.

7

Gott ist tot und liegt längst begraben,
Der Geist der Erde ward längst verloren,
Die Freiheit! Und werden nimmer sie haben,
So brüllte man uns voll Hohn in die Ohren,
Hat man uns unter Tränen berichtet –
Und ein Gott ohne Antlitz, das Aug zernichtet,
Wer soll singen von ihm? Von ihm, totgeboren?

Walt Whitman in America

Am nächsten Tag nahm ich um Mittag den Flug nach Heathrow. Ich gehöre nicht zum Jetset, sondern eher zum Doppeldeckerset, wie Johanna sagt; aber Fliegen macht mir überhaupt nichts aus außer in diesen entsetzlichen kleinen Flugzeugen, wo man hinter dem Piloten im Freien sitzt und ihm auf den Helm klopfen muss, will man ihm bedeuten, er solle mit der Geschwindigkeit runtergehen. In diesem Fall handelte es sich um ein großes, erfahren aussehendes Flugzeug, und auf einer Außenwand hieß es, dass die Motoren aus dem Rolls-Royce-Stall stammten – äußerst beruhigend. Zwei Jersey-Honoratioren, die ich oberflächlich kannte, belegten die Plätze neben mir, und als wir in der Luft waren, bestellte ich mit meiner üblichen großzügigen Art drei große Gin Tonic. Die Stewardess fragte schnippisch, wie mir schien, ob ich die alle in einem Glas haben wolle.

Heutzutage muss man nicht nach London hineinfahren,

wenn man in Richtung Westen will. Ein Bus der Fluggesellschaft bringt einen recht schmerzlos von Heathrow nach Reading, und der Züge sind viele, die von dort gen Oxford fahren, wo Dryden, mein alter Tutor, haust.

Du lieber Himmel – haben Sie den Bahnhof in Oxford gesehen, seitdem sie ihn auf Vordermann gebracht haben? Er ist wirklich erstaunlich schick und modern und kaum mehr als doppelt so labyrinthisch, wie er vorher war.

Mir passierte etwas wirklich Schreckliches, als ich vor dem Bahnhof stand und auf Dryden wartete. Eine lepröse Kreatur, in schmutzige Lumpen gehüllt, mit verfilztem Bart und barbarischen, klimpernden Halsketten behangen, trottete Grimassen schneidend auf mich zu; ihr Auftreten wirkte gleichermaßen mitleiderregend und bedrohlich.

»Scheren Sie sich fort!«, brachte ich tapfer mit zitternder Stimme heraus, wobei ich meinen Regenschirm schwenkte. »Ich werde mich von Ihren Drohgebärden nicht beeindrucken lassen. Zufällig bin ich ein persönlicher Freund des Bahnhofsvorstehers – jawohl! – und des Vorstehers von Allerseelen!«

»Mr Mortdecai?«, flötete er in den reinsten Wykeham-Tönen. »Mein Name ist Francis. Ich bin ein Schüler von Dr. Dryden, der mich gebeten hat, Sie abzuholen. Er kann leider nicht selber kommen, er hat Bauchgrimmen. *Ich* hab Krätze, wenn Sie's wissen wollen«, fügte er düster hinzu. »Und morgen ein Tutorium und zwei Demos.«

Ich suchte eine Weile verstört in meinem Sprachschatz herum. »Wie geht es Ihnen?«, sagte ich schließlich.

Er bemächtigte sich meines Koffers und führte mich zu einem etwa fünftausend Pfund und ein paar Zerquetschte teuren italienischen GT-Flitzer, in dem wir rasant in Richtung der traumhaften Kirchturmspitzen der Stadt rauschten. Ich wusste nicht genau, worüber ich reden sollte; ich nehme an, das liegt an der Kluft zwischen den Generationen. Er war außergewöhnlich höflich und bei genauerer Betrachtung so sauber, wie's nur geht. Ich glaube, mit der Krätze wollte er nur angeben.

Das Scone College, meine Alma Mater, hatte sich nicht ein bisschen verändert, außer dass die Wände reich geschmückt waren mit aufgemalten Worten wie »FRIEDEN«, »SCHEISSE«, »TROTZKI LEBT« und ähnlichen Gefühlsäußerungen. Ich fand, das war eine Verbesserung, denn es lenkte den Blick von der Architektur ab. In der Portiersloge hatte Fred Dienst, wie auch beim letzten Mal, als ich hier gewesen war. Er erinnerte sich gut an mich und behauptete, dass ich ihm im Zusammenhang mit einem längst vergessenen Pferderennen noch einen halben Sovereign schuldete. Ich glaubte das zwar nicht, aber ich blechte.

Meine Zimmer waren fertig und recht wohnlich, außer dass der junge Zimmerbewohner (es waren Semesterferien, wissen Sie) ein Poster von einem kleinen, fetten Burschen namens Maharadschi Guru so aufgehängt hatte, dass er einfältig auf das Bett herablächelte. Natürlich konnte ich das Poster von dem Knaben nicht abnehmen, also verrückte ich das Bett. Gebadet und umgezogen, hatte ich noch eine halbe Stunde Zeit, bevor ich mich im Gemeinschaftsraum des Lehrkörpers einfinden sollte, wo mich Dryden, falls er sich erholt haben sollte, treffen und zum Abendessen an den Lehrertisch im Speisesaal mitnehmen würde, also schlenderte ich hinüber zur Kantine. Auf dem Rasen, wo wir in den guten alten Tagen Krocket gespielt hatten, lümmelten sich schweigend etwa vierzig abgerissene Gestalten – ein bejammernswerter Anblick. Zweifellos meditierten oder protestierten sie. Ganz sicher aber machte es ihnen keinen Spaß. Als ich in meinem enorm gut aussehenden Smoking an ihnen vorbeischlenderte, hob ich segnend eine Hand.

»Frieden!«, sagte ich.

»Scheiße!«, sagte einer ihrer Sprecher.

»Trotzki lebt!«, antwortete ich unerschütterlich. Sehen Sie, man *kann* mit den jungen Leuten kommunizieren, wenn man sich die Mühe macht, ihren Jargon zu lernen.

»Hallo, Mr Mortdecai«, meinte Henry, der Verwalter der Kantine, »sind Sie weg gewesen?«

»Nein, nein, nein«, sagte ich. »Ich bin erst vor sieben Jahren hier gewesen.«

»Ach, stimmt ja, Sir. Ich glaube, das war am Ende des Sommertrimesters, und Sie waren zu einem dieser Ungarn unhöflich, die hier jetzt überall herumschwirren. Ich kann nicht mal ihre Namen aussprechen, ohne dass es unhöflich klingt.«

»Ich weiß genau, was Sie meinen, Henry. Und ich komme um vor Durst.«

Er erinnerte sich tatsächlich an mich, denn er holte einen dieser verbeulten Zinnkrüge hervor, aus denen wir Giganten in den alten Tagen unser Ale zu schlürfen pflegten. Ich schlenderte mit meinem Seidel hinaus, um dort die Hälfte seines Inhalts verstohlen auf den Rasen zu gießen, denn ich bin nicht mehr der Mann, der ich einmal war.

»Ich nehme an, dass Ihnen die Dinge hier ein wenig auf die Nerven gehen, stimmt's, Henry?«, bemerkte ich, wobei ich mit der Hand in Richtung des trübsinnigen Sit-ins auf dem Rasen wedelte.

»Oh, ich weiß nich. Ich bin mein Leben lang hier gewesen, wie Sie wissen. Sie unterscheiden sich nicht sehr von Ihrem oder jedem anderen Jahrgang. Als ich hier ankam, trugen sie sonntags Zylinder und Schwalbenschwänze. Dann waren Reithosen und Foxterrier in Mode. Danach waren es sehr weite Hosen und *Bull*terrier. Nach dem Krieg trug man diese blauen Demobilmachungsanzüge, dann Tweedjacketts und Flanellhosen. Danach kamen flache Strohhüte und Blazer, anschließend waren Jeans und bloße Füße dran, und jetzt heißt es eben Bärte und Perlenketten – vermutlich kommen morgen wieder Zylinder in Mode. Das Einzige, was ich gegen diese Bengel habe, ist, dass sie zu ihrem Bier Schokoladenriegel essen, und die Hälfte ihres Geldes stecken sie in den Pariserautomaten im Gemeinschaftsraum. Sie sollten ihr Bier trinken und ihre Boote rudern und sich hinter die Bücher klemmen – es bleibt noch jede Menge Zeit für Sex, wenn sie ihren Abschluss hinter sich haben.«

»Ganz recht«, meinte ich. Ich entbot ihm einen guten Abend, warf mir den Umhang um und setzte Segel in Richtung Dozentenzimmer.

Dryden entschuldigte sich wortreich, dass er mich nicht am Bahnhof abgeholt hätte. »Ich hoffe doch, Margate fand Sie ohne Schwierigkeiten?«

»Margate? Nein, es war ein Penner namens Francis.«

»Ja, genau – Francis Margate. Ein *äußerst* netter Bursche. Der aufgeweckteste Viscount, den ich seit Jahren unterrichtet habe.«

»Ich hoffe, Ihr – äh – Bauchgrimmen hat sich gebessert, John? Ihr Schüler schien sich Sorgen um Sie zu machen.«

»Ach du meine Güte – das stört mich nicht, das hab ich schon seit Jahren. Sehen Sie, das liegt am Portwein – der schlechteste Port in Oxford. Weiß nicht, warum ich noch bleibe. Ich habe fabelhafte Angebote aus allen möglichen Gegenden: Sussex, Lancaster, Uganda – alle möglichen Gegenden.«

»Scheinen alle ziemlich gleich zu sein. Was hat Sie nun wirklich davon abgehalten, mich abzuholen?«

»Oh, ich hab zu Mittag in einem dieser Frauen-Colleges gegessen – kann mich nicht an den Namen erinnern –, die machen einen fürchterlich betrunken. Sie kennen das wahrscheinlich – eine schockierende Bande, jede Einzelne eine Säuferin. Deswegen fühlte ich mich nach dem Essen ein wenig *müde*, und da Francis seinen Essay noch nicht fertig hatte, hab' ich ihm angeboten, stattdessen Sie abzuholen.«

»Ah ja«, sagte ich. (Ich finde, dass ich in Oxford ziemlich häufig »ah ja« sage – ich frage mich, warum?)

Dann gab er mir ohne ein Wort der Entschuldigung ein

schmutziges Glas Sherry und brachte mich zum Rektor, dem ich meine Aufwartung machen sollte. Das tat ich.

»Wie nett«, sagte der Rektor überaus höflich, »ein altes Glied unserer Gemeinschaft wiederzusehen.«

Bis zum heutigen Tage bin ich nicht sicher, ob das eine Stichelei oder schlicht eine unglückliche Wortwahl war.

Ich durchforschte den Raum, bis ich eine versteckte Topfpflanze fand, die meinen Sherry zu verdienen schien. Einen Augenblick später bildeten wir die übliche Prozession und schlurften los in Richtung Speisesaal, Lehrertisch und Abendessen. Der Lehrertisch sah aus wie immer, abgesehen vom Schnitt der Smokings und der absurden Jugendlichkeit der Dozenten, aber ein Blick über meine Schulter in die Bärengrube des Speisesaales ließ mich schaudern. Zweihundert abgerissene Tollhäusler mit ihren Miezen und Flittchen balgten und zankten sich an Cafeteriatheken aus rostfreiem Stahl, wobei sie handgreiflich wurden und die Zähne bleckten wie die walisischen Nationalisten bei einer Sitzung oder italienische Pressefotografen, die einem seitenspringenden Mitglied der königlichen Familie auf der Spur sind. Ab und zu brach jemand aus dem Tumult aus, einen Teller umklammernd, auf den unsägliche Dinge und Pommes frites gehäuft waren, die dann unter Fluchen und Aufstoßen brutal am Tisch attackiert wurden. Auf den schweren Eichentischen fand sich nichts von dem Silber aus meiner Jugend – heutzutage müssen sie das hinter Schloss und Riegel halten –, sondern es gab lange, stolze Flaschenreihen voll Daddy's Bester Sauce; ich möchte behaupten, die schmeckt nicht schlecht. Aber ich wandte mich ab mit Schaudern und tauchte einen widerstrebenden Löffel in die Mock-Turtle-Suppe, die vor mir stand. (Wie sogar noch die Erinnerung daran mich fertigmacht, können Sie daraus ersehen, dass ich den letzten Satz mit einer Konjunktion begonnen habe, was ich sonst nie tue.)

Sie müssen nicht glauben, dass ich krittelig bin, wenn ich

sage, dass das Abendbrot aus fünf Gängen giftigen Unflates bestand. Ich hatte damit gerechnet und wäre verstört gewesen, wäre dies nicht der Fall gewesen. Das Essen am Lehrertisch in Oxford ist, wie Sie vielleicht wissen, umso miserabler, je mehr Geistesgrößen das jeweilige College beherbergt. Und Scone ist wahrhaftig ein geistig sehr hochstehendes College. Wenn Sie sich wirklich etwas Gutes einverleiben wollen, müssen Sie nach Pembroke, Trinity oder St. Edmund Hall gehen, wo man Rugby und Hockey und dergleichen spielt. Erwischt man Sie dort beim Lesen eines Buches, nimmt Sie irgendjemand auf ein ernstes Wort beiseite.

Nein, was mir den Abend wirklich verdarb, war, dass Scone sich den letzten Schrei geleistet und einen weiblichen Dozenten angestellt hatte. Sie erinnerte fatal an ein schlecht zusammengeschnürtes Bündel alter Strippen. Ihr Lächeln war das bittere, verkrampfte Grinsen einer Frau, die vorgibt, an natürlicher Niederkunft Gefallen zu finden, und zu unserer beiderseitigen Befriedigung konnten wir einander auf Anhieb nicht leiden. Sie trug weder Mieder noch BH, so viel stand fest: Ihre Bluse sprengte es fast etwa auf Höhe des Nabels.

Ich konnte natürlich nichts sagen – als bloßes altes Glied der Gemeinschaft war ich nur Gast, und sie lauschte aufmerksam –, aber ich begegnete dem Blick des Rektors und blickte ihn lange von gleich zu gleich an. Er lächelte dümmlich, was wohl eine Art Entschuldigung sein sollte.

Nach dem Abendessen stellte uns Dryden im Dozentenzimmer boshafterweise einander vor. »Gwladys«, meinte er genüsslich, »Charlie Mortdecai brennt darauf, Sie kennenzulernen.«

»*Brownen*«, erwiderte sie kurz angebunden. Es war klar, dass Dryden diese Eröffnung schon öfter verwendet hatte.

»Entzückt«, rief ich in jenem ritterlichen Ton aus, von dem ich hoffte, dass er sie am meisten ärgern würde, »es ist höchste Zeit, dass dieses muffige alte Gemäuer mal durch ein paar hübsche Gesichter aufgehellt wird.«

Sie bedachte mich mit jenem besonders ekligen Blick, den einem der Frühstücksbückling zuwirft, wenn man einen Kater hat. »Und was ist Ihr Fachgebiet?«, fragte ich.

»Sexuelle Soziometrie.«

»Das hätte ich mir denken können«, erwiderte ich heimtückisch. Sie wandte sich ab. Lass nie einen Tag vergehen, ohne dir einen Feind zu machen, sage ich immer, auch wenn es nur eine Frau ist.

»Sie haben eine Eroberung gemacht«, flüsterte Dryden in mein Ohr.

»Haben Sie vielleicht Whisky auf Ihrem Zimmer?«

»Nur Chivas Regal.«

Seine Räume sind die besten, die es in Scone gibt; sie sind mit Holz verkleidet und mit Bücherregalen ausgestattet, die ihresgleichen nur in der Pepys-Bibliothek in Cambridge und in einem Haus in Sussex finden, dessen Name mir stets entfällt. Außerdem hat er ein eigenes Badezimmer, was in Scone ein unerhörter Luxus ist, wo der *corpus sanum* – oder auch »das Anstößige« – ziemlich weit hinter der *mens sana* durchs Ziel geht. (Es heißt, dass vor langer Zeit, als im College-*concilium* zum ersten Mal der Vorschlag gemacht wurde, den Studenten Badezimmer zur Verfügung zu stellen, ein ältliches Verwaltungsratsmitglied auf Lebenszeit mit Piepsstimme protestierte, dass die Jungen wohl kaum solche Dinge bräuchten: »Also wirklich, die sind doch bloß acht Wochen am Stück hier!« Dann aber kam die merkwürdige, spätviktorianische, von obskuren Schuldgefühlen durchsetzte Epoche, in der die Engländer – die Erasmus als die schmutzigste Rasse Europas bezeichnet hatte – das Gefühl hatten, dass es nichts Wichtigeres gebe, als sich von Kopf bis Fuß abzuschrubben, wann immer sie einen Augenblick zwischen dem Aufmischen von Schwarzen und anderer gesetzloser Brut erübrigen konnten. Heute gibt es in Scone dreimal so viele Studenten und noch genauso wenig Badezimmer wie damals, aber jetzt scheint das niemandem mehr etwas auszumachen.)

»Also dann«, meinte Dryden, als die perlenden Bläschen des Chivas Regal am Glasrand aufblinkten, »wie ich das verstehe, haben Sie sich dem Hexenkult ergeben und fühlen dadurch den unwiderstehlichen Drang, die Gegend zu durchstreifen und Enten zu stehlen.«

»Nein, nein, *nein*, John, da müssen Sie mich am Telefon falsch verstanden haben: Das Wort ›Ente‹ habe ich nicht benutzt, und es geht auch überhaupt nicht um mich, sondern um einen anderen Burschen.«

»Das sagen sie alle«, meinte er freundlich und traurig zugleich, »aber erzählen Sie mir alles über Ihren, äh, *Freund*.«

Er zog mich natürlich auf, und er wusste sehr gut, dass ich wusste, dass er wusste, dass ich das wusste – ich hoffe, ich drücke mich verständlich aus. Ich fing am Anfang an, denn ich habe nicht viel Übung im Erzählen, und fuhr fort bis zum Schluss. Das elektrisierte ihn – er setzte sich aufrecht hin und schenkte uns verschwenderische Drinks ein.

»Also, das nenn ich wirklich fabelhaft«, frohlockte er und rieb sich die großen rosa Hände. (Übrigens, können Sie frohlocken? Ich kann kichern oder wiehern, aber frohlocken oder stillvergnügt in mich hineinlachen liegt außerhalb meines Vermögens. Es ist eine aussterbende Kunst; ein moderner Cecil Sharp* sollte sich die Mühe machen und die wenigen letzten Praktiker auf Band aufnehmen.)

»Wie meinen Sie das, *fabelhaft?*«, fragte ich, als das Frohlocken verebbt war. »Meine Freunde und ihre Frauen halten das für kein bisschen fabelhaft, so viel kann ich Ihnen sagen.«

»Natürlich, natürlich. Verzeihen Sie mir. Mein Herz fühlt mit ihnen. Was ich meinte, war, dass es inmitten all dieses sogenannten Wiederaufblühens der Teufelsanbetung für einen Gelehrten sehr befriedigend ist, dass ein ernsthafter Rückfall

---

* Cecil Sharp (1859–1924), engl. Musiker und Sammler von Volksmusik und -tänzen.

in die wahre Tradition ausgerechnet in einer so rückständigen Basisgemeinde stattfindet, wo, wie man in der Tat gehofft hat, die letzten Funken der alten Tradition tatsächlich noch nicht vollständig erloschen sein könnten.« (Was für wunderbare Sätze er konstruiert. Ich wünschte, ich könnte nur halb so gut schreiben, wie er redet.) »Ja«, fuhr er fort, »es ist alles da: zuerst mal die Entweihung des Osterfestes. Vermutlich fängt es jedes Jahr zu Ostern an, wissen Sie, aber nur wenige Schändungsopfer gehen zur Polizei; und zwar aus Gründen, die Ihnen zweifellos sofort gewärtig sein werden: Die wechselseitigen Anklagen und Kreuzverhöre vor Gericht können in Fällen dieser Art äußerst beschämend sein. Außerdem dürfte die robuste eingeborene Jersey-Frau in den meisten Fällen wohl zu schätzen wissen, dass gerade sie für etwas auserwählt wurde, was auf einen religiösen Ritus hinausläuft – das ist genauso, wie wenn der Vikar einer Engländerin sagt, dass diesmal sie zu Ostern die Blumen in der Kirche arrangieren soll. Es ist lästig, aber eine Ehre. Können Sie mir folgen?«

»Bis jetzt bin ich noch auf Ihrer Höhe.«

»Dann hätten wir da das umgekehrte Kreuz –«

»Was für ein umgekehrtes Kreuz?«, unterbrach ich ihn.

»Nun, natürlich das auf dem Bauch des Hexenmeisters. Haben Sie das nicht kapiert? Die Damen haben es selbstverständlich für ein Schwert gehalten. Es könnte durchaus an der Spitze zugespitzt gewesen sein in Nachahmung der geflochtenen Kreuze, die am Palmsonntag in der Kirche verteilt werden, wodurch sich eine Beleidigung des Christentums in Verbindung mit einem alten Sexsymbol ergibt. Wissen Sie zufällig, welche Farbe es hatte?«

»Ich fürchte, nein.«

»Versuchen Sie, es herauszufinden – seien Sie ein braver Junge. Und finden Sie heraus, ob irgendwelche Farbflecken zurückgeblieben sind. Es wäre ganz fabelhaft – ich meine, sehr interessant –, wenn es überhaupt nicht aufgemalt, sondern auf psychosomatische Weise hervorgebracht worden wäre. Der Körper vermag Wunder unter Hypnose oder durch selbstherbeigeführte Hysterie hervorzubringen, wie Sie vielleicht wissen. Natürlich fallen einem sofort die Stigmata ein und die Levitation. Es gibt viel zu viele Beweise, als dass man daran zweifeln könnte.«

Ich warf ihm einen verstohlenen Blick zu. Er zeigte eine Spur zu viel Eifer für sein Steckenpferd; Hingabe grenzt oft sehr an Verrücktheit, besonders bei ältlichen Dozenten.

»Sie denken sicher, dass ich mein Steckenpferd ein wenig zu scharf reite«, sagte er und strahlte, weil ich schuldbewusst auffuhr, »und ich bekenne, dass ich das Thema schon fast unanständig faszinierend finde.«

Ich murmelte ein paar Dementis, die er mit der Hand fortwischte.

»Die Worte ›Steckenpferd‹ und ›Levitation‹«, nahm er den Faden wieder auf, »bringen uns zum nächsten Punkt, der Hexensalbe.«

»Wie bitte?«

»Hexensalbe. Es gibt viele Namen dafür, aber die Zusammensetzung ist immer ziemlich ähnlich. Es ist eine beißend riechende Mischung, die eine Hexe oder ein Hexer sich auf den Körper schmiert, bevor sie oder er zum Sabbat geht. Der fettige Hauptbestandteil der Salbe verstopft die Poren und ändert dadurch unmerklich die Körperchemie. Eine weitere Zutat rötet und reizt die Haut, während der bizarre Gestank – im Verein mit dem schuldbewussten Wissen darum, woraus die Salbe gemacht wurde – die unanständige Erregung des Hexers dermaßen steigert, dass er *weiß*, er kann fliegen. Im Fall einer Hexe steigert ein Galopp durch die Küche mit einem Besenstiel zwischen den Beinen zweifellos die freudige Erwartung.«

»Zweifellos«, stimmte ich zu.

»Ob dann irgendeiner wirklich fliegt, ist eine noch offene Frage. Es ist ihre feste Überzeugung, *dass* sie es können, die zählt. Würden Sie vielleicht gern erfahren, aus welchen Zutaten die Hexensalbe gemacht wird?«

»Nein danke. Das Abendessen in meinem Magen verursacht mir nach wie vor ein wenig Übelkeit.«

»Vermutlich ist das eine kluge Einstellung. Nebenbei bemerkt, haben Sie zufällig in Ihrer örtlichen Zeitung etwas darüber gelesen, dass kurz vor Ostern neugeborene Babys vermisst wurden?«

»Was hat denn das nur ...?«, sagte ich. »Ah ja, ich verstehe. Das ist überaus scheußlich. Tun sie das wirklich? Nein, auf so was hätte ich auch gar nicht geachtet. Nur Leute, die auch auf sie aufpassen können, sollten sich Babys anschaffen, sagte meine alte Kinderschwester immer.«

»Sie könnten das einfach mal überprüfen, lieber Junge. Wenn, dann wäre es bei Neumond vor Ostern passiert. Aber natürlich hätte es sich auch um ein Baby handeln können, das nirgendwo registriert wird – Sie wissen schon: ›Von einer Schlampe im Graben geboren‹.«

»Genau. ›Das Auge eines Wassermolches und das Blut einer Fledermaus.‹«

»So ist es. Aber *versuchen* Sie's. Jetzt kommen wir zu den Kröten. Ich hatte immer das Gefühl, dass die Vorliebe der Jerseys für Kröten ein Indiz dafür sein könnte, dass dort der letzte Außenposten der alten Religion zu finden ist, denn die Kröte war den Hexen der liebste Gefährte. Sehen Sie, die Warzen auf ihrer Haut erinnern an die zusätzlichen Brustwarzen, die angeblich jede Hexe haben sollte, und das geht zurück auf – langweile ich Sie etwa, lieber Junge? Wie sieht's mit Ihrem Glas aus? –, das geht zurück auf die Polymastie, Vielwarzigkeit, und den Überfluss an Brüsten in der Antike. Ich brauche Sie nicht an die Diana von Ephesos zu erinnern, die wie ein Tannenzapfen ausgesehen haben muss.«

»Ich dachte, die Katze sei der Hexen liebster Gefährte gewesen? Ich meine, Grimalkin und so weiter.«

»Ein weitverbreiteter und verzeihlicher Irrtum, Mortdecai. Sehen Sie, zur Zeit der großen Hexenverfolgungen im siebzehnten Jahrhundert – die sind, weil politisch inspiriert, am bekanntesten, wissen Sie, denn es gab so etwas wie eine Konfrontation zwischen der Anglikanischen Kirche und den papistischen Royalisten, von denen man seltsamerweise annahm, dass sie die alte Religion mehr oder weniger tolerierten – vielleicht wussten sie davon Gebrauch zu machen? –, sowie den Puritanern, die die Hexerei lieber als einen Auswuchs Roms sehen wollten. Zu dieser Zeit waren die echten Hexer und Hexen untergetaucht, und die Einzigen, die an der Oberfläche verblieben, waren ein paar alte Weiber, die etwas schwarze Magie ausübten, um ihren freundlichen Nachbarn zu helfen und ihren engstirnigen Verfolgern eine Freude zu machen.

Also, eine Grundregel zum Aufspüren einer Hexe lautete, dass diese immer eine Teufelsbrustwarze hatte, mit der sie ihren Gefährten säugen konnte. Man fesselte diese armen alten Hühner und überwachte sie in der Gewissheit, dass der Gefährte, sollte er hungrig werden, wegen seiner Ration schon auftauchen würde. Bis heute haben die meisten alten Damen eine Miezekatze, und die meisten alten Damen neigen dazu, ein oder zwei Warzen oder Muttermale zu haben. Das ist allgemein bekannt. Verstehen Sie? Zudem besteht hier eine althergebrachte Begriffsverwirrung, denn das Wort ›Katze‹ bedeutete auch ›Stock‹, wie die, auf denen eine Hexe reitet. Kurz und gut, Sie können sicher sein, dass die Kröte und nicht die Katze der beliebteste und wirkungsvollste Gefährte ist. ›War‹, sollte ich vielleicht sagen. Oder noch besser ›wurde als solcher erachtet‹«, schloss er lahm. Die Intensität, mit der er die Kröte verteidigte, weckte bei mir die unbehagliche Vermutung, dass eine gründliche Durchsuchung seines Quartiers ziemlich sicher irgendwo ein gemütliches, von diesen kleinen Froschlurchen wimmelndes Vivarium zutage fördern würde.

»Nun, John«, meinte ich bedächtig, »das ist alles ziemlich

fesselnd, und ich bin mehr als dankbar für den Einblick, den Sie mir in die Denkweise dieses grässlichen Burschen verschafft haben und so weiter, aber jetzt, glaube ich, sollten wir uns damit beschäftigen, was man dagegen tun kann, meinen Sie nicht? Für Sie sind die Ereignisse von Jersey zweifellos ein hinreißendes Stück lebendiger Folklore, aber die Frauen von zwei guten Freunden sind auf schauderhafte Weise attackiert worden, und falls ich mich nicht irre, läuft eine von ihnen Gefahr, ernsthaft geistig zu erkranken. Was ich meine, ist, ich bin durchaus für die Pflege alter Bräuche und so, und ich bin der Erste, der einer Gesellschaft zur Erhaltung des Buxtehuder Fruchtbarkeitstanzes beitritt, aber man würde sich doch auf keinen Fall an einem Fonds zur Erhaltung des *Würgerunwesens* beteiligen, oder? Meiner Meinung nach sollte diesem Kerl Einhalt geboten werden. Oder bin ich etwa altmodisch?«

»Oh, Mortdecai, Mortdecai«, sagte er – es klang komisch, als ob sich zwischen den Wörtern Bindestriche befänden, »was Geistesdinge angeht, waren Sie schon immer ungeduldig. Ich entsinne mich, dass Sie in Ihrem zweiten Jahr zeitweilig relegiert wurden, war es nicht so? – wegen ...«

»Ja.«

»Und in Ihrem letzten Jahr erneut wegen ...«

»Ja, John, aber gehört das zur Sache?«

»Ja, natürlich – *nein,* Sie haben völlig recht. Was Sie brauchen, ist ein Gegenmittel, ich sehe das ein, wirklich. Also, lassen Sie mich nachdenken. Wir werden davon ausgehen, dass der Schänder sehr versiert ist – und ich habe nicht den geringsten Zweifel, dass er es ist –, was das ganze Brimborium dieser furchterregenden Religion betrifft. Daher kann er auf verschiedene Weise abgeschreckt werden. Zuerst einmal und am leichtesten anzuwenden ist einfaches Salz – Steinsalz wäre besser –, das man großzügig auf alle Zugänge der Zimmer verstreut: Türschwellen, Fensterbretter, Kaminplatten und sogar auf Oberlichter und Lüftungsschlitze. Zweitens werden Girlanden aus wildem Knoblauch, die man um die gleichen Öffnungen windet, als vorzügliches Gegenmittel erachtet, aber Sie dürften sich schwertun, zu dieser Jahreszeit auf Jersey oder sonst wo wilden Knoblauch zu finden, und sein Geruch ist überaus abscheulich.«

»Ich weiß. Ich habe versucht, Wildenten zu essen, die sich davon ernährt hatten – sogar der Mülleimer verweigerte die Annahme.«

»Genau. Drittens – und das hat, soviel man weiß, noch nie versagt – sollte die Person, die Angst vor der Heimsuchung einer Hexe oder eines Hexenmeisters hat, beim Zubettgehen ein Kreuz aus Holz oder – besser – aus Gold und Silber umklammern. Am allerbesten ist ein Kreuz aus einem harten Holz wie Ebenholz oder Lebensbaum, das mit Silber und Gold eingelegt ist. Er oder sie sollte dann vor dem Abgesandten des Ersehnten – ähem –, das heißt, des *Bösen*, einen Zauberspruch rezitieren, den ich Ihnen jetzt diktieren werde.«

»Hören Sie, John – verzeihen Sie mir, aber ich glaube nicht, dass wir an diese Sache richtig herangehen. Erst mal habe ich nicht die Absicht, an alle vergewaltigungsfähigen Frauen in der Gemeinde St. Magloire Zaubersprüche und kostspielige Kruzifixe zu verteilen. Zum anderen wollen wir den Lumpen nicht einfach aus unseren Schlafzimmern heraushalten, wir wollen ihn, wenn möglich, dingfest machen – falls notwendig, sogar töten –, ihn auf jeden Fall aber ein für alle Mal ausschalten.«

»Oh Himmel, das ist aber eine wirklich knifflige Sache. Sie sollten ihn, wenn Sie es vermeiden können, nicht töten. Es könnte sich bei ihm sehr gut um das letzte lebende Gefäß eines außerordentlich alten Wissens handeln. Wir können ja nicht wissen, ob er schon einen Nachfolger in das Geheimnis der Schwarzen Ziegenhaut eingeweiht hat. Nein, nein – Sie müssen sich bemühen, ihn nicht zu töten. Es könnte außerdem ein wenig schwierig werden, hihi.«

»Ich weiß. Ich denke schon daran, eine Schachtel silberner Patronen in Auftrag zu geben.«

»Aah, Mortdecai«, rief er und klatschte fröhlich in die Hände, »Sie waren schon immer ein einfallsreiches Bürschchen – das meinte sogar der Dekan, als Sie beinahe den Newdigate-Preis gewonnen hätten, indem Sie aus Shelleys *Cenci* tausend Zeilen abgeschrieben hatten. Sind Sie denn damals relegiert worden?«

»Nein, ich gab das Stück ›jugendlicher Schelm‹ zum Besten. Man verpasste mir eine Fünfzig-Pfund-Strafe, die mein Vater bezahlte. Ich drohte damit, ein Barmädchen zu heiraten, falls er es nicht täte.«

»Da haben wir's wieder. Sie sind einfach *einfallsreich.* Aber wirklich – versuchen Sie zu vermeiden, dass er getötet wird. Was seine Gefangennahme betrifft, kann ich Ihnen keine Vorschläge machen. Er dürfte die Gabe der Feindestäuschung besitzen, verstehen Sie, und über jede Menge anderer Ressourcen verfügen, die wir nicht abschätzen können. Es hängt alles davon ab, ob er in Chorazin war oder nicht.« Er schien mit sich selbst zu reden.

»Chorazin?«

»Ah, tja, nun – das war eine gelehrte Randbemerkung, tut eigentlich nichts zur Sache. Es handelt sich um einen Ort, der in der Bibel erwähnt wird. Heute sind es nur noch ein paar Hügel, jedenfalls hab ich das gehört, und man geht dorthin, oder jedenfalls Burschen wie Ihr Hexenmeister gehen dorthin, um ihre Ausbildung zu komplettieren.«

»Eine Art Studienaufenthalt?«, suggerierte ich.

»Ganz genau, haha. Sehr gut. Tja, die sind dort hingegangen, um jemandem ihren Respekt zu erweisen, man nannte das *Peregrinatio Nigra,* die Schwarze Pilgerfahrt, wissen Sie.«

»Danke«, sagte ich.

»Tut mir leid, lieber Junge – ich hatte vergessen, dass die Studenten früher ein paar Brocken Latein konnten. Also, zum

Einfangen dieses Burschen. Mir fällt keine Methode ein, die viel Hoffnung auf Erfolg böte. Ich nehme an, man könnte eine attraktive junge Frau unbewacht in einem Gebüsch oder Gehölz aussetzen – aber wer würde sich freiwillig als Köder melden? Man könnte sie wohl kaum anbinden, nicht – das sähe verdächtig aus. Nein, ich glaube, Ihr bester Plan ist der, ihn auf seinem eigenen Terrain zu bekämpfen und ihn aus Ihrer Gegend zu vertreiben. Bringen Sie ihn dazu, *vicisti* zu rufen, das heißt –«

»Vielen Dank«, meinte ich.

»Tut mir leid. Ja – ihr müsst ihn Pulverdampf riechen und wissen lassen, dass der Kampf für ihn aus ist. Ich bin mir sicher, er wird Fersengeld geben und seine Talente woanders spielen lassen. Kurz: Ihr müsst eine Messe lesen lassen.«

»Eine *Messe*?«

»Eine schwarze Messe natürlich. Eine echte, richtig knackige. Ihr werdet dann – das ist sicher – unter dem Schutz seines, äh, Vorgesetzten stehen, und er wird keine andere Wahl haben, als euch und die Euren in Ruhe zu lassen. Man könnte sagen, das dürfte ihm einen teuflischen Schrecken einjagen, hihi.«

Ich befand mich in einem Dilemma. Wie echt war das Element der Hexerei bei unserem Frauenschänder? Dryden, der Topgelehrte auf dem Gebiet, war offensichtlich damit zufrieden, dass der Mann ein gefährlicher Adept war – andererseits, wie verrückt war Dryden? Konnte ich nach Jersey zurückfahren und George und Sam erzählen, was wir bräuchten, sei eine schwarze Messe? Auf der anderen Seite – was war auf der anderen Seite? Jede Nacht in feuchten Kartoffelfeldern liegen und hoffen, dass der Bursche einem in die Arme stolperte? Und was wäre damit bewiesen? Oder in den Schlafzimmern möglicher Opfer im Schrank auf der Lauer liegen? Ziemlich absurd; außerdem würde unser Mann das auserwählte Haus natürlich stunden-, wenn nicht tagelang beobachten, und vergewaltigungsfähige Frauen gibt es in Jersey im Überfluss (wenn man sich nicht an nachttopfgleichen Beinen stört).

»Na schön«, sagte ich schließlich. »Wir werden der Satansmesse eine Chance geben. Ich bin sicher, Sie wissen am besten, was zu tun ist.«

»Ausgezeichnet, ausgezeichnet. Ich hab schon immer gesagt, dass Sie ein fähiger Mann sind. Ich entsinne mich, dass ich das zum Dekan sagte, als –«

»Ist ja gut, John. Nun also, wie arrangiert man diese Art Allotria?«

»Sie haben recht, wir sollten praktisch sein. Zuerst mal müssen wir eine geeignete Messe aussuchen. Wie bitte? Du meine Güte, ja – es gibt viele. Viele. Bei Weitem die beste ist die Medici-Messe, die versagt nie. Sie ist auf jeden Fall tödlich, aber es gibt keine verlässlichen Texte bezüglich ihres *Graduale* – die sind alle verfälscht, jedes einzelne. So eine Schande. Also jedenfalls gehört zur *Missa Mediciensis* die Zerstückelung eines wunderschönen jungen Knaben; allerdings könnte ich mir vorstellen, dass Sie das für eine schreckliche Verschwendung halten – oder verwechsele ich Sie jetzt mit einem jungen Mann mit einem ähnlichen Namen wie dem Ihren, der im selben Jahr ankam wie Sie?«

»Bonfiglioli?«, fragte ich.

»Ja, das war er. Entschuldigung, Mortdecai. Und außerdem, falls Ihr Jersey-Hexer nicht außergewöhnlich bewandert ist, hat er vielleicht noch nie von diesem speziellen Ritual gehört, und es ist von größter Wichtigkeit, dass er *weiß*, welche Kräfte ihr gegen ihn ins Feld führt. Das sehen Sie doch ein, oder?«

»Jedenfalls ergibt es einen Sinn.«

»Ah. Tja. Jetzt hab ich's – genau das Richtige: die *Messe de Saint Sécaire*.«

»Und wer, bitte, war Saint Sécaire?«

»Also, wahrscheinlich war er gar kein Heiliger. Tatsächlich war er vermutlich noch nicht einmal das, was Sie oder ich eine

Person nennen würden. Aber sein Name ist vom Baskenland bis ins schottische Tiefland überall bekannt bei der Art Leute, die sich mit dieser Art Dinge beschäftigt.«

»Sie sprechen in Rätseln, John.«

»Natürlich. Also, Sie brauchen nur drei Dinge: erstens einen seines Amtes enthobenen Priester, so verlangt es das Ritual. Ich kenne schon den richtigen. Er unterrichtet an einer Vorschule in Eastbourne und ist sowohl zuverlässig als auch billig. Es wird Sie nur die Dampferüberfahrt kosten – Leute wie er reisen aus offensichtlichen Gründen nie per Luft – und ein paar Flaschen Pastis, etwas sauberes Stroh, auf dem er sich ausschlafen kann, und vielleicht ein paar Fünfer als Abschiedsgeschenk.«

»Ich habe einen Diener namens Jock, der ihm jeden seiner Wünsche von den Augen ablesen wird.«

»Großartig. Dann werden Sie den Text des Rituals brauchen. Es gibt davon nur ein ernst zu nehmendes Exemplar, das sich in der unvergleichlichen Bibliothek eines lächerlichen alten Lüstlings namens Lord Dunromin befindet. Ich werde Ihnen einen Brief an ihn mitgeben. Wenn Sie ein wenig auf dem Bauch kriechen und so tun, als glaubten Sie, dass er – wie er sich gern selbst bezeichnet – der verruchteste Mann Englands ist, lässt er sich vielleicht überreden, dass Sie einen Blick auf das Manuskript werfen und die Teile abschreiben können, die am stärksten von der Gottesdienstordnung abweichen. Achten Sie besonders auf die Eigenheiten des *Introit*, des *Kyrie* und des, nun, des Äquivalents zum *Agnus Dei*.«

Ich kritzelte mir einige Notizen auf die Manschette meines Hemdes, weil ich wusste, dass ihm ein solcher Anachronismus gefallen würde.

»Schließlich«, fuhr er fort, »und das könnte sich ein wenig schwierig gestalten, werden Sie eine verfallene Kirche brauchen, die entweiht worden ist. Vorzugsweise eine, in der unter dem Altar eine Kröte haust. Glauben Sie, das Sie das schaffen werden, eh?«

»Es gibt tatsächlich so einen Ort auf Jersey, er heißt La Hougue Bie. Eine verlassene Kapelle aus dem sechzehnten Jahrhundert steht dort auf einem Hügel, der eines der schönsten megalithischen vorchristlichen Gräber Europas beherbergt. Ich bin sicher, Kröten gibt es dort die Menge, aber falls nicht, wäre es die Sache eines Augenblicks – und sogar ein freundlicher Akt –, sie in einem solchen Paradies anzusiedeln.«

»Exzellent! Sind Sie sicher, dass die Kirche entweiht ist? Nein? Dann müssen Sie sich vergewissern. Sie könnten sie natürlich *selbst* entweihen, aber das ist eigentlich nicht das Gleiche, und womöglich finden Sie das Verfahren ein wenig anstrengend. An einem so antiken Ort könnte es eventuell *lästige Zwischenfälle* geben. Ich bin sicher, Sie verstehen mich.«

»Nur zu gut.«

»Dann, glaube ich, haben wir alles besprochen, und Sie möchten jetzt zweifellos gern ins Bett gehen.«

Ich schlief nicht gerade gut, vielleicht hatte ich etwas Schwerverdauliches gegessen. Einmal erwachte ich voller Panik; ein gräulicher Zauberspruch ging mir wieder und wieder im Kopf herum; es war aber nur ein unschuldiger Vers aus *Der Wind in den Weiden*:

Die klugen Herren von Oxford
wissen alles, was zu wissen ist.
Doch keiner von ihnen auch nur halb
an der Kenntnis von Herrn Kröte sich misst!

Ich konnte mir nicht erklären, warum mir dieser Vers einen solchen Schrecken eingejagt hatte.

8

Bei dem Einen, welchen das schwarze Gewand
Ob des Bockes, welcher kein Bock ist, bekleidet:
Nun bin ich da und ich recke die Hand
Furchtbar aus nach dem Preis, den die Lüge erleidet.

In hohem Turm, dem Arglosen unerkennbar,
Giert auf ewiger Wacht vor dem zweiglosen Pfahl
Lüstern und bleich ein Ding unnennbar
In schamlos den Gott sich ersehnender Qual.

O ekler Chemosh! O Ashtaroth!
Liebling Sidons, der du rasest zur Nacht!
Ich bringe dir den Kuss nackt und rot,
Für den sich dem Sklaven enthüllt deine Pracht.

Asmodeus

Dryden war so freundlich, mich am nächsten Morgen zum Zug zu bringen. Er fährt schnell und entschlossen, und er hat seine eigenen kleinen Theorien darüber, wie mit anderen, die die Straße benutzen, umzugehen sei; die Fahrt war kein Genuss. Einmal wies ich ihn schüchtern darauf hin, dass wir in falscher Richtung durch eine Einbahnstraße fuhren; mit an die Nase gelegtem Zeigefinger strahlte er mich an und rief: »Tja – aber in welcher Richtung? *Das* sagt man uns nicht!« Im Hochgefühl seines Triumphes geriet er auf den Bürgersteig, also ließ ich den Rest der Strecke ohne weiteren Kommentar und mit geschlossenen Augen über mich ergehen. Ich erinnere mich, dass ich wünschte, ich würde ein oder zwei Zaubersprüche kennen, die ich aufsagen könnte.

Wie Dryden einen in den Zug steckt, sieht folgendermaßen aus: Er stellt seinen angejahrten Wolseley auf der Markierung »Nur Taxis« ab, springt hinaus, klemmt den Wagenheber unter die Karre und kurbelt sie ein Stück hoch. Das verschafft ihm, so glaubt er, etwa zwanzig Minuten Spielraum. Dann nimmt er eine Jeanne-d'Arc-Haltung ein, mit dem Regenschirm zum Firmament weisend, und ruft wieder und wieder mit stetig anschwellender, theatralischer Stimme: »Träger!«, bis jedes vernunftbegabte Wesen in Hörweite hektisch nach einem Träger für den armen Herrn sucht und Sie, sein Passagier, vor Scham und Verlegenheit schon ganz magentafarben angelaufen sind. Wenn dann schließlich von der mitfühlenden Menge ein Träger nach vorn gestoßen wird, der sich die geröteten Augen reibt und im ungewohnten Tageslicht blinzelt wie eine Spinne, die aus dem Portemonnaie eines Schotten vertrieben wurde, nimmt Dryden ihn fest beim Arm.

»Dieser Herr«, erklärt er und legt Ihnen den Zeigefinger auf die Weste, »muss nach London. Es ist äußerst wichtig.« Sanft dreht er den Träger nach Osten und weist die Auffahrt entlang. »*London*«, wiederholt er. »Bitte kümmern Sie sich darum. Das ist für Sie.« Mit diesen Worten wendet er sich ab; seine Pflicht ist getan, er hat sich *um Sie gekümmert*. Der Träger blickt offenen Mundes auf die winzige Münze, die er in der Hand hält, aber sein Sinn für Humor behält die Oberhand, und er nimmt mit einer halben Verbeugung Ihre Tasche und bietet an, auch Ihren Schirm zu tragen. Er geleitet Sie zum Fahrkartenschalter und erklärt dem Bediensteten dort genau, was Sie brauchen. Wenn er Sie dann auf einem Eckplatz mit Blick zur Lokomotive in einem Abteil erster Klasse untergebracht und das Schondeckchen auf der Rückenlehne glatt gezogen hat, blickt er sich um, als suche er eine Reisedecke, um sie Ihnen über die Knie zu breiten. Ich brauche wohl kaum zu sagen, dass er ein dickes, viel zu hohes Trinkgeld bekommt. Man weiß, dass man das später alles äußerst amüsant finden wird, aber im Augenblick möchte man nur speien.

Als der Zug vorzeitig anruckte, stand ich auf und sah aus dem Fenster. Dryden war auf dem Bahnsteig – vielleicht hatte er den Schaffner gebeten, *nach mir zu sehen*. Aber nein, er lief rasch und sprang dabei hoch und suchte die Erste-Klasse-Abteile mit Blicken ab.

»Hallo!«, rief ich und winkte. Er verfiel in Galopp, aber der Zug war zu schnell für ihn.

»*Rüben!*«, schien er zu rufen, als er an Boden verlor. »*Rüben!*«

»Rüben?«, brüllte ich, aber er war bereits außer Hörweite. »Was zum Teufel meint er mit ›Rüben‹?«, fragte ich mich laut, als ich mich setzte. Von mir unbemerkt, hatte sich das Abteil gefüllt. Eine respektable alte Frau, die mir gegenübersaß und mir normalerweise ein oder zwei religiöse Traktätchen angeboten hätte, bedachte mich mit dem vernichtendsten Blick, den man sich vorstellen kann. Ich tat den einzig möglichen Gegenzug: Ich fischte meinen silbernen Flachmann heraus und nahm einen kräftigen Schluck. Das bekam ihr ganz ausgezeichnet. In der Ecke schräg gegenüber saß ein Albinopriester, der von seinem Brevier aufblickte und mir ein heiligmäßiges, sentimentales Lächeln zuwarf, wie um zu sagen, dass er – falls mein Delirium tremens unerträglich werden sollte – sich mit mir inbrünstig ins Gebet versenken würde. Die vierte Ecke war von einem unverkennbaren Handelsbankangestellten besetzt; sie können versuchen, was sie wollen, es gelingt ihnen nicht, die unsteten Augen und den rattenfallengleichen Mund zu verbergen. Er beschäftigte sich mit dem Kreuzworträtsel in der *Times* und bekam von Rüben, Flachmännern und allem anderen nichts mit; es ist die Macht der Konzentration, die einen Mann für eine Handelsbankenkarriere ausersieht.

Die alte Dame starrte weiterhin unverwandt auf die sepiabraune Ansicht des Klosters Tewkesbury, die über meinem Kopf hing – vielleicht versuchte sie, sie zum Runterfallen zu bringen. Ich muss sagen, dass mir ihr Anblick recht gut gefiel, und ihr deutlicher Widerwille gegen die Mortdecais dieser Welt sprach zu ihren Gunsten. Ich habe oft daran gedacht, eine alte Dame als Haustier zu erwerben. Natürlich wären sie für einen Jägersmann von geringem Nutzen – keine Nase, verstehen Sie, und unbrauchbar in sumpfigem Gelände –, aber für einen Städter bieten sie unvergleichliche Vorzüge. Ich kann nicht verstehen, warum die Leute ein Vermögen ausgeben für eklige Katzen und Hunde, die überall Pfützen und Junge hinterlassen, wenn sie für nichts weiter als deren Unterhaltskosten eine alte Dame haben können, die immer tipptopp sauber ist und garantiert keine Kinder mehr kriegt. Alte Damen können einem auch in vielen Dingen unschätzbare Dienste leisten, zum Beispiel beim Einnähen von Namensschildchen in Hemden oder beim Arrangieren von Blumen – Tricks, die man nur wenigen Hunden und Katzen überhaupt beibringen kann. Stimmt schon, sie können geräuschvoll sein, aber ich kann mir vorstellen, dass ein paar Hiebe mit der Peitsche sie davon abbringen würden; oder man bringt sie für eine geringfügige Summe chirurgisch zum Verstummen. Stimmt auch, dass sie eine schlechte Anlage sind, und wenn man das Pech hatte, sich einen Kümmerling herauszupicken, könnte sie bettlägerig werden und noch jahrelang herumhängen – sich selbst zur Qual und anderen eine Last. In einem solchen Fall, denke ich, sollte man demonstrativ eine Flasche Brandy und einen geladenen Revolver auf ihrem Nachttisch liegen lassen, wie man es einst mit Gardeoffizieren machte, die man mit den Fingern im Trommelschläger erwischt hat.

Nur Leute sollten sich Leute halten, die sich auch um sie kümmern können, stimmt's?

London war natürlich die Hölle; es wird jeden Tag schlimmer. Ich sehne mich nach der langsamen, lieblichen, ländlichen Lebensweise, derer man sich in New York noch immer erfreut. Ich ließ meine Tasche im Bahnhof und trödelte bis zum Mittagessen herum, indem ich hier bei einem Hemdenmacher, dort bei einem Herrenausstatter und dann bei einem Schuhmacher ein Pläuschchen hielt. Anschließend erfrischte ich mich mit Austern in einer Lokalität, deren Namen ich Ihnen nicht verraten werde, weil ich nicht möchte, dass Sie sie aufsuchen; es würde Ihnen dort nicht gefallen, und der Platz reicht kaum für mich.

Als es an der Zeit war, Lord Dunromin zu treffen, machte ich mich auf den Weg zu seinem Club – einem dieser alten, hassenswerten Clubs, die »Bogg's« und »Crutt's« oder »Frigg's« heißen. Dieser spezielle Pfuhl – bei anderen Clubs als »der Lustgreisladen« bekannt – ist ein *schlimmer* Ort. Mitglieder müssen alt, voller Verachtung, aus gutem Hause, aber von der guten Gesellschaft geächtet und teuer mit zurückhaltend schlechtem Geschmack gekleidet sein.

Der Portier des Clubs musterte rasch meine Kleidung, warf einen Blick auf das Etikett in meinem Hut und bekannte dann, dass sich der Earl im Rauchzimmer aufhalte und mich durchaus empfangen würde. Ob ich wüsste, wo das Rauchzimmer sei? Ich blickte ihn steinern an – ich bin schon von Experten fertiggemacht worden. Er führte mich ins Rauchzimmer.

Der Earl stand nicht auf. Seit Jahren ist er Englands verruchtester Mann, jetzt strebt er danach, auch der unhöflichste zu werden. Die prospektiven Gründer eines Groß-England haben schon lange ein kollektives Auge auf ihn. Er musterte meine Kleidung. Dieser zwei Sekunden lange Blick vereinte in sich echte Bestürzung, unterdrückte Amüsiertheit und vorgetäuschtes Mitgefühl. Das war gut gemacht – er spielte in einer anderen Liga als der Portier in der Halle. Ich wartete nicht auf die Aufforderung, ich setzte mich.

»Wie geht es Ihnen?«, fragte ich.

»Oink«, erwiderte er.

Das brachte einen Ober auf den Plan. Lord Dunromin bestellte laut »ein Glas vom hellen Port« für mich, während er sich selbst aus einer Karaffe, die neben seinem Ellbogen stand, eingoss. Er wandte sich zum Fenster und rümpfte über einen vorbeifahrenden Omnibus die Nase. Ich betrachtete ihn. Sein Gesicht war um ein oder zwei Schattierungen dunkler als mein Port und um ein oder zwei Schattierungen blasser als der seine. Durch mein Glas betrachtet, wurden seine Züge ziemlich schwarz, die Augen schimmerten rötlich. »Nun«, sagte er schließlich und wandte sich zu mir, »werden Sie mich interviewen oder nicht?«

Das warf mich irgendwie aus dem Gleis, schien mir aber eine Kleinigkeit zu sein, wenn ich ihm damit eine Freude machen konnte. »Sicherlich. Entschuldigung. Also, seit wann betrachten Sie sich als den verruchtesten Mann Englands?«, fragte ich.

»*Europas.* Und ich mag den Ausdruck ›betrachten als‹ nicht. Seit meinem fünfzehnten Lebensjahr. Aus allen drei Eliteschulen rausgeworfen, aus beiden Universitäten, vier Clubs und dem Auswärtigen Amt.«

»Alle Achtung. Und worauf führen Sie Ihren Erfolg zurück?«

»Lust. Was man heutzutage ›Sex‹ nennt. Hab meinen sündigen Willen Hausmüttern in der Schule, Hausmädchen, den Frauen und Töchtern meiner Kumpel aufgezwungen – diese Art Zeug.«

»War es ein Genuss für Sie, und haben Sie es jetzt aufgegeben?«

»Genuss? Ja, in jeder Minute. Und jetzt aufgegeben? Wiederum ja. Zu leicht, zu ermüdend – stört das Fernsehen. Fernsehgucken, meine ich, nicht den Empfang, harhar.«

Ich warf ihm einen interesselosen Blick zu.

»Zu *leicht?*«, fragte ich so unhöflich, wie ich konnte.

»Heutzutage, ja, ganz entschieden. Bedenken Sie bloß mal, wie leicht es diesen jungen Burschen mit den entsetzlichen Haaren gemacht wird: werden alle von ganzen *Herden* junger Frauen verfolgt, die schon ganz ermattet vor Lust sind und förmlich darum *betteln.* Nein, als ich ein Junge war, waren wir schon stolz, wenn wir auch nur ein hässliches Stück Fallobst kriegten, aber sehn Sie sich das heute mal an: Die müssen sich der Mädchen förmlich erwehren. Und zudem noch *hübscher* Mädchen. Die hässlichen scheinen alle von der Bildfläche verschwunden zu sein. Das ist wie mit den Polizisten, nehme ich an«, fügte er kryptisch hinzu.

»Aber seit jenen frühen Tagen, Lord Dunromin, ist es Ihnen doch nie schwer gemacht worden, oder?«

»Sicher nicht, sicher nicht. Ganz im Gegenteil. Tatsächlich habe ich nie verstanden, warum Männern unserer Generation« – ich fuhr auf: Er wollte doch wohl *mich* nicht miteinschließen? – »das Verführen je schwergefallen sein sollte. Ich meine, wir wenigen wirklich kompetenten Verführer können ob unserer Meisterschaft nie Eitelkeit empfinden, weil wir wissen, wie absurd, wie *beleidigend* einfach die Sache ist. Zum einen sind fast alle Frauen erstaunlich dumm – Sie wissen das sicherlich –, manchmal mag man kaum glauben, dass sie derselben Spezies wie Sie und ich angehören. Wissen Sie, dass neun von zehn Frauen Margarine nicht von Butter unterscheiden können? Das ist eine Tatsache, ich schwör es Ihnen, ich hab den Beweis wieder und wieder im Fernsehen gesehen. Dann gibt es noch etwas, was es dem Verführer erleichtert: Fast alle Frauen, ob sie es nun wissen oder nicht, lassen sich liebend gern verführen – das liegt ihnen sehr am Herzen. Die einen lassen sich verführen, weil sie nicht verheiratet sind, die anderen, *weil* sie es sind, die einen, weil sie wirklich schon zu alt dafür sind, und die anderen, weil sie zu jung sind – hähä. Schöne Frauen brauchen es, um ihrer Eitelkeit zu schmeicheln, und hässliche zur Rückversicherung, einige wenige brauchen es, weil sie zu viel für Sex übrighaben, sind aber Ausnahmen – die meisten sind ziemlich frigide, aber trotzdem gehen sie immer wieder in die Horizontale in der Hoffnung, dass der nächste Aufsteiger Mr Richtig persönlich ist, der sie endlich aufwecken und in ihrem absurden Inneren jenen magischen Moment verwirklichen wird, von dem sie alle so viel in dem Schrott, den sie ständig lesen, gehört haben. Kurz gesagt, ich bezweifle, dass es auf der Welt so etwas wie eine unverführbare Frau gibt. Das Tragische bei der Sache ist, dass nicht eine aus Tausend das Pulver, das man verschießt, wert ist. *Experto crede*. Im Großen und Ganzen sind die Älteren am besten. Sie denken immer, dass es das letzte Mal sein könnte, verstehen Sie?«

Ich hatte allmählich genug davon; es klang wie ein Leitartikel aus *Jungen unter sich* oder eine Schlussrede vom Präsidenten des Vereins Christlicher Junger Männer, aber als ich gerade dazwischenfahren wollte, nahm der Earl mit sonorer Stimme den Faden wieder auf, die vorstehenden rosa Augen auf die Zimmerdecke geheftet.

»Jeder mit diesem simplen Wissen ausgestattete Mann ist unbesiegbar. Er kann – wie Attila – eine große Schneise in die Reihen der Weiblichkeit schlagen, solange seine Drüsen mitmachen. Er muss nicht gut aussehend, gewandt oder reich sein, obwohl heutzutage ein Auto als ziemlich wichtig erachtet wird. Tatsächlich ist es oft sehr hilfreich, wenn man arm, mager und maulfaul ist. Sogar die Korpulenten brauchen nicht zu verzweifeln, denn erfahrene Mädchen fürchten die Attacke knochiger Lenden, und viele von ihnen assoziieren uns rundlichere Burschen mit ihren Vätern, für die sie gewöhnlich eine heimliche pubertäre Passion hegen. Wie ich immer sage, das bloße Wissen, dass er ein Heimspiel hat, sollte ausreichen, dem Möchtegern-Casanova den Vorteil zu verschaffen, den er braucht. Aber da ich schon dabei bin, könnte ich auch ein paar praktische Tipps preisgeben, für die ich keine Verwendung mehr habe. Machen Sie sich Notizen?«

»Eigentlich nicht«, sagte ich, »tatsächlich habe ich –«

»Dann tun Sie's. Hallo, Ober, bringen Sie für meinen, äh, für diesen, äh, Gentleman ein Glas Brandy. Nein, nein – Sie wissen schon, den *anderen* Brandy. Also hören Sie gut zu. (A)«, sagte er, wobei er die Klammern deutlich aussprach, »müssen Sie dem Zielobjekt ständig und so viel wie möglich schmeicheln, ohne selbst zu lachen anzufangen – man kann ihnen nicht genug Honig ums Maul schmieren. Kümmern Sie sich nicht drum, wenn sie Ihnen nicht glauben – das Thema wird sie trotzdem faszinieren. (B) Denken Sie daran, dass Frauen *kälteempfindlich* sind, das kann ich nicht genug betonen. Eine Frau, die in der Zugluft sitzt, ist nur ein Klumpen unbelebte Materie, wohingegen eine Frau mit warmen Händen und Füßen eine Armee ist, die Ihnen die Flanke darbietet – der Kampf ist halb gewonnen. Achten Sie darauf. (C) Generationen von HEIM & FRAU-Leserinnen ist beigebracht worden, das Herz eines Mannes erobere man, indem man ihn zum Reden über sich selbst ermutigt. Deshalb sollten Sie überhaupt *nie* von sich selbst reden, diese Zurückhaltung wird sie so verrückt vor Neugierde machen, dass sie mit ihrem keuschen Schatz oft nur deshalb herausrücken, um Ihr Vertrauen zu gewinnen. (D) Stopfen Sie sie in regelmäßigen Abständen mit heißem Essen voll, das ist sowohl billiger als auch besser als Alkohol, der sie nur zum Weinen oder Erbrechen bringt oder andere trostlose Verhaltensweisen hervorruft. Essen bewirkt bei ihnen eine köstliche Mattigkeit, die den Geschlechtsgenuss fördert. Versuchen Sie's; das Essen kriegen Sie natürlich bei Fortnum's und bei Paxton und Whitfields und, ähm, bei Fortnum's ... und dergleichen. (E) Bevor Sie die endgültige Attacke auf die Tugend einer Frau reiten, bewegen Sie sie unter allen Umständen dazu, ihre Schuhe auszuziehen. Das kann leicht erreicht werden, ohne den Anschein von Ungehörigkeit zu erwecken, und doch wird sie sich sofort auf angenehme Weise entkleidet und irgendwie unterworfen fühlen. (Außerdem wird sie sich *glücklicher* fühlen, denn ihre Schuhe sind mit Sicherheit eine Nummer zu klein.) Bringen Sie sie dazu, den Rest ihrer Kleider selbst auszuziehen, langsam und Stück für Stück, das bringt Sie in eine wahrhaft starke Position. (F) Im vorletzten Stadium sollten Sie ständig ihre Ängste beschwichtigen. Flüstern Sie ihr besänftigende, bedeutungslose Worte zu, wie Sie das bei einem unruhigen Pferd tun würden, besonders wenn sie religiös ist. Falls notwendig, erklären Sie ihr, dass Sie eigentlich überhaupt nicht mit ihr machen, was Sie machen – sie wird Ihnen trotz der gegenteiligen Beweise, die ihr ihre Sinne liefern, glauben, wenn man es ihr verständlich beibringt. Tatsächlich ist das manchmal die einzige Art, wie man an die Frommen herankommt. (G) Passen Sie besonders auf, dass Sie ihr nicht die Strümpfe oder BH-Träger zerreißen oder die Frisur in Unordnung bringen, speziell dann, wenn das Zielobjekt ein *armes* Mädchen ist. Jungfernschaften sind schließlich zum Herschenken da, aber eine gute Frisur kann zwei oder drei Guineen kosten, wussten Sie das?

›Das ist alles schön und gut‹, höre ich Sie sagen« – ich machte den Mund auf und schloss ihn dann resigniert wieder –, »und ›wir sind verdammt dankbar und so weiter, aber wie wird man sie wieder los, wenn man das Interesse verloren und etwas Neues im Blick hat? Wie wär's mit ein paar Tipps dazu, eh?‹«

»Ah«, erwiderte ich.

Er bramarbasierte weiter. »Jetzt haben Sie mich, denn eine erzürnte Frau rückt einem ganz schön auf die Pelle und stellt eine ernsthafte Bedrohung für die Umwelt dar, wie man heute sagt. Es gibt keine festen Regeln. Manchmal kann man sie sozusagen recyceln, indem man sie einem weniger talentierten Freund andreht, aber ich finde es am besten, wenn man die Sache offen und männlich angeht. Man erklärt der fraglichen Person in freundlichen Worten, dass sie nur das Spielzeug für ein Schäferstündchen war, und schlägt ihr vor, sie wie eine heiße Kartoffel fallen zu lassen. Manche werden spitz darauf antworten, ›dass es an der nächsten Ecke jede Menge frisches Fleisch‹ gebe, aber die meisten werden so wütend und aufgebracht sein, dass ihre Liebe zu Ihnen wie die Ratte im Gully verschwindet, und sie werden von ganz allein mit Höchstgeschwindigkeit den Weg auf den Komposthaufen finden.«

Er lachte schmierig in sich hinein, keuchte und begann in beunruhigender Weise zu husten. Als er wieder zu Atem gekommen war, dankte ich ihm für seinen kleinen Vortrag und erinnerte ihn daran, dass der Anlass meines Besuches erst noch zur Sprache gebracht werden müsse.

»Wie meinen Sie das?«, schnaubte er. »Hab Ihnen genug Material für ein Dutzend Artikel geliefert.«

»Das haben Sie wirklich, aber wissen Sie, ich bin kein Schreiberling. Vielleicht werde ich mich in schlechten Zeiten mal dem Schreiben widmen.«

»Aber Sie sind doch der junge Mann von der *Gazette*, oder?« Er starrte mich höchst misstrauisch an.

»Gütiger Gott, nein!«, rief ich, zum ersten Mal an diesem Tag schockiert. »Was für ein fürchterlicher …! Ich bin nie im Leben …!«

»Wer zum Teufel sind Sie dann, und wie sind Sie hier hereingekommen?«

Nach einer Weile hatten wir alles klargestellt, und bald hatte ich ihm die widerwillige Zustimmung abgerungen, dass ich einen Blick auf die verabscheuungswürdige Messe werfen dürfe.

Als ich den Club verließ, fiel mir eine tintenbefleckte Elendsfigur auf, die, zittrig vom Alkohol, greinend den Portier in der Halle beschwatzte; ich wünschte ihr viel Vergnügen beim Interview.

Das Haus des Earl war nur einen Schritt entfernt. Es war von der vornehmen, gebirgsmassivähnlichen Sorte und sah von vorn aus wie der Euston-Bahnhof. Die Dienerschaft in solchen

Häusern besteht noch immer aus Engländern (wo finden sie die bloß?), und die Vortreppe ist so gestaltet, dass der Butler, wenn er die Tür öffnet, einschüchternd über einem aufragt. Der, der in Beantwortung meines Klingelns über mir aufragte, war ein ausgezeichnetes, gut erzogenes Exemplar; er hatte, als er noch ein Babybutler gewesen war, mit Sicherheit seinen Haferbrei bis auf den letzten Rest aufgegessen. Seine Manieren waren höflich, wenn auch herablassend, aber sein Blick besagte, dass er alles über »Herren« wusste, die in der Bibliothek seines Herrn lesen wollten. Er befreite mich mit dem Geschick des erfahrenen Experten von Hut, Mantel und Regenschirm und führte mich durch eine Skulpturengalerie in Richtung Bibliothek. Die Plastiken waren von erstaunlich guter Qualität und einer Saftigkeit, wie man sie sonst nur im seltenen Ergänzungsband zum Katalog des *Museo Borbonico* zu sehen bekommt. Ich konnte der Versuchung nicht widerstehen, vor einer außergewöhnlich expliziten *Leda und der Schwan* stehen zu bleiben; jetzt endlich verstand ich, wie der Schwan den Trick hingekriegt hat. Sie können es sich nicht vorstellen.

Am Ende der Galerie befand sich eine Art Vestibül, das nur von einem verborgenen Lichtstrahl erhellt wurde, der auf einer Säule des Pan – der Baum mit einem Ast – spielte, die sich ihrerseits auf äußerst dramatische und merkwürdige Weise plötzlich in einen Trinkbrunnen verwandelte, als wir vorbeigingen. Der Butler schob mich in die Bibliothek, bedeutete mir den Tisch der Bibliothekarin und überließ mich mir selbst – oder meinen einsamen Lastern, so dachte er wohl. Ich schlenderte an Bücherregalen vorbei, die mit einer verwirrenden Anhäufung unbezahlbaren, teuer gebundenen Drecks und Schunds vollgestopft waren. Nerciat stand Schulter an Schulter mit D. H. Lawrence, die große Leinenausgabe von de Sade (illustriert von Austin Osman Spare) drängelte sich neben einem Frühdruck des *Hermes Trismegistus*, und zehn verschiedene Ausgaben der *Geschichte der O* waren pikante Bettgenossen von De la *Bodins Démonomanie des Sorciers.* Die Bibliothekarin des Earls war eine hübsche Ausgabe mit Ringen unter den Augen. Sie sah nicht so aus, als fände sie viel Zeit zum Lesen.

»Sind Sie ›Grüne Mädchen in Paris‹?«, fragte sie.

Ich überlegte. »Nein, ich bin die Messe des St. Sécaire.«

»Ach, ja. Ich hab's schon für Sie rausgelegt. Es ist eine Ausgabe aus dem siebzehnten Jahrhundert mit einer gut lesbaren Kursivschrift ohne Abkürzungen, die Ihnen nicht viel Mühe bereiten dürfte. Außerdem habe ich ein in leicht verständlichem Latein gehaltenes Messbuch herausgelegt – das wird Ihnen eine Menge Zeit sparen. Sie brauchen lediglich die voneinander abweichenden Passagen abzuschreiben.«

»Danke, sehr freundlich.«

»Nichts zu danken. Das macht dann fünfzig Pfund, bitte.«

»Fünfzig Pfund? Aber das ist doch wirklich unerhört zwischen Gelehrten-Kollegen. Ich meine, übliche Höflichkeit …«

»Der Earl ist kein Gelehrter, und übliche Höflichkeit liegt außerhalb seines Interessenbereiches. Er hat mich gerade über Telefon dahingehend unterrichtet, dass die Gebühr fünfzig Pfund beträgt und dass Sie bereits – ich glaube, er sagte ›Tipps für's Rennen‹ – erhalten hätten, die mehr als das wert seien.«

Ich überlegte, dass George und Sam sich an den Spesen beteiligten, und ich blechte, wenn auch widerwillig. Eine Diner's Club-Karte wollte sie nicht annehmen, einen Scheck ebenso wenig, aber sie schickte einen Laufburschen zum Carlos Place, wo die Verwalter meines überzogenen Bankkontos bis zum Hintern in Zaster sitzen. Nachdem ich die Formalitäten an der Kasse erledigt hatte, verbrachte ich zwei lange, widerwärtige Stunden damit, die einschlägigen Passagen der Messe abzuschreiben. Die Stille in der Bibliothek wurde nur vom Herumzappeln und Kichern des Mannes unterbrochen, der inzwischen gekommen war, um »Grüne Mädchen in Paris« zu lesen. Es war ein angejahrter Herr, dessen Gedanken bei höherstehenden Dingen hätten sein sollen. »Pfui«, dachte ich. Dann nahm ich in meinem eigenen Club – einem Tempel des Lichts, verglichen mit Dunromins Höllenpfuhl – ein Bad, ein paar Drinks und dergleichen und flog zurück nach Jersey.

Jock holte mich am Flughafen mit dem ›Großen Marmeladenglas‹ ab, wie er den Rolls nennt. Die Neuigkeiten waren nicht gut. Johanna war nicht vergewaltigt worden, aber die Frau eines befreundeten Arztes, der eine Meile von uns entfernt wohnte. Ein anonymer Anrufer hatte ihn zu einem angeblichen Verkehrsunfall gelockt. Der Vergewaltiger hatte die Birne aus der Lampe über dem Vordereingang geschraubt und dann geklingelt. Alles Weitere hatte sich wie in den früheren Fällen abgespielt.

»Und von dem neuen Gärtner, diesem alten Knacker, weiß ich jetzt, was das Schwert auf dem Bauch bedeuten soll«, sagte Jock.

»Ich auch«, sagte ich. »Sah er da irgendeine Beziehung zu Ostern?«

»Nee. Er sagte dauernd, es wäre wegen der Pakis, aber das ist bescheuert, nich, weil's auf der Insel ja keine Pakistanis nich gibt außer in den Läden in St. Helier, wo sie die zollfreien Armbanduhren verkaufen.«

»Jock, das französische Wort für Ostern heißt *Pâques*. Im zahnlosen Mund eines alten Jerseymannes würde es allerdings tatsächlich wie ›Pakis‹ klingen.«

»Na sehen Se.«

»Ja. Was gibt's Neues von Sams Frau?«

»Tja, nichts Dolles. Hab gehört, dass es schlimmer geworden ist und sie sie heute Morgen auf's Festland gebracht haben. Mr. Davenant hat dauernd angerufen, um zu hören, wann Sie zurückkommen. Er klingt, als sitzt er in der Tinte.«

»Ach du lieber Gott, glaubst du, dass er heute Abend noch vorbeischaut?«

»Nein, er rief aus England an. Er ist morgen früh zurück und will zum Lunch kommen.«

»Von mir aus«, sagte ich. »Von mir aus. Aber was jetzt wichtiger ist: Gibt's heute Abend irgendwas für mich zu essen?«

»Ja, ich hab Ihnen was Feines gemacht aus Nieren in Wein und Senf auf geröstetem Brot und ein paar sautierte Kartoffeln mit Knoblauch.«

»Genau das Richtige!«, rief ich. »Ich nehme doch an, dass du dich mir anschließen wirst, Jock?«

»Das tu ich verdammt sicher, Mr Charlie.«

9

Was für schillernde Ottern kamen, sich hier zu häuten?
Aus welchen Pfuhlen
Glitten die Knäuel von weichen Schlangenbräuten,
Mit Faustine zu buhlen?

Faustine

Am nächsten Tag machte eindeutig Frühling die Luft unsicher, und ich erwachte endlich einmal mit einem Gefühl des Wohlbefindens und einem Drang nach langen Spaziergängen über Land. Weil ich dieses Gefühl mit jemandem teilen wollte, marschierte ich in Johannas Zimmer und zog die Vorhänge auf. »Wie kannst du bloß im Bett liegen«, rief ich, »während die Sonne hereinströmt und die ganze Welt maiverrückt ist?«

Die zwei Worte, die sie als Antwort murmelte, kriegte ich nicht ganz mit, aber sie lauteten nicht »Guten Morgen«.

Bald war ich unten, stapfte herum und brachte den Haushalt in Unordnung, weil ich nicht wie üblich Alka Seltzer und Dexedrin, sondern ein anständiges Frühstück verlangte. Es war alles überaus lecker – Porridge und Bücklinge und Schinken und Eier und Toast und Orangenkonfitüre, nur dass sich der letzte Bissen Schinken in meinem Munde zu Asche verwandelte, als Jock die Post neben meinem Teller hinknallte, denn oben auf dem Stapel lag einer jener furchterregenden, braungelben Umschläge mit dem Stempel königlicher Behörden. Ich zitterte beim Lesen. Der Steuereintreiber Ihrer Majestät merkte mit gespielter Verblüffung an, dass laut meiner Steuererklärung für das vergangene Jahr meine Ausgaben höher als mein Einkommen gewesen seien. Wovon, fragte er besorgt, hätte ich dann gelebt? Er brachte es fertig, mich glauben zu machen, er sei tatsächlich *besorgt* um mich. Ob ich auch ordentlich äße?

Ich schrieb ihm einen Scheck über die völlig aus der Luft gegriffene Summe von 111,99 Pfund aus; das würde den Computer ein, zwei Monate in die Irre führen; dann verbrachte ich glückliche zehn Minuten damit, Namen und Adresse auf dem Brief zu entfernen und durch die Anschrift meiner neu gewonnenen Freundin, der Dozentin am Scone College, zu ersetzen. *Teile* die guten Dinge des Lebens, sage ich immer. Solche Gelegenheiten bieten sich nur einmal.

George traf noch vor Sam ein und berichtete mir von der jüngsten Tat des Frauenschänders. Er hatte an diesem Morgen mit dem Ehemann des Opfers telefoniert und fand das Gerede bestätigt, wonach auch diesmal das ganze grässliche magische Brimborium mit im Spiel gewesen war. Es gab noch immer keine Beschreibung, die diesen Namen verdiente; die Frau des Arztes, ein robustes Mädchen, hatte versucht, dem Mann die Maske vom Gesicht zu reißen, während er völlig in seine Aufgabe vertieft war, aber er hatte sie umgehend mit einem Faustschlag auf die Schläfe betäubt – einem erstaunlich milden Schlag und, so schien es mir, einem gut gezielten. Alles, was sie mit Sicherheit sagen konnte, war, dass er stark, gut gebaut und vielleicht in mittleren Jahren war.

»Es scheint, dass sie nicht allzu sehr durcheinander ist«, fuhr George fort. »Sie war Krankenschwester in der Armee. Schwer, diese Mädchen aus der Ruhe zu bringen. Sie ist wohl eher wütend als sonst was.«

»Und wie geht's Sonia?«

»Ach, na ja – sie spielt die Sache hoch, wenn sie daran denkt, aber im Großen und Ganzen, würde ich sagen, hat sie sich ziemlich gut erholt. Nicht so wie die arme Vi. Die scheint's schwer getroffen zu haben. Übrigens sei vorsichtig mit dem, was du zu Sam sagst, die Geschichte geht ihm an die Nieren. Er ist in mörderischer Stimmung.«

Sam trat wie aufs Stichwort ein: bleicher als gewöhnlich, weniger gepflegt und mit einem humorlosen Ausdruck im Gesicht. Noch bevor er sich setzte, schluckte er die Hälfte des Drinks, den ich ihm gab. »Okay?«, schnauzte er, als er endlich saß.

»Nein, Sam«, sagte ich, »gar nichts ist okay, und ich würde es vorziehen, die Angelegenheit erst dann zu erörtern, wenn wir uns alle ein wenig erfrischt haben, bist du einverstanden?« Er glotzte nur und war mit meinem Vorschlag überhaupt nicht einverstanden, deshalb schlug ich eine andere Richtung ein. »Vorher aber«, sagte ich, »würden wir furchtbar gern wissen – falls du darüber sprechen möchtest –, wie es um Violet steht. Wo zum Beispiel ist sie?«

Mit einem zweiten Schluck machte er seinem Drink den Garaus. In Anbetracht der frühen Stunde war es ein ziemlich steifer Drink gewesen. Ich machte ihm noch einen und nahm mir dabei etwas mehr Freiheit mit dem Sodawasser heraus.

»Verflucht hässlicher Ort bei Virginia Water«, sagte er schließlich. »Nicht das große Virginia Water, sondern eines der anderen Pflegeheime dort, die sich auf das spezialisiert haben, was sie gern nervöse Störungen nennen. Furchteinflößende viktorianische Kasernen, restaurierte lombardische Gotik, erinnert an das Rathaus von Manchester, bloß ist es von Rhododendron und Schuppentannen umgeben. Rosige, rundliche Ärzte stürmen durch die Gänge, gefolgt von einem Kometenschweif ehrfürchtiger Oberschwestern, Ordensschwestern, Krankenschwestern und Putzfrauen, als ob kleine Jungen zum Wohl der Rosen ihrer Väter mit Schaufel und Eimer hinter einem Pferd herliefen. Die grässliche Ziege von Empfangsdame brachte mir schonend bei, dass die Kosten sechzig Pfund pro Tag betrügen, und fasste mich dann scharf ins Auge, um zu sehen, ob ich zusammenzuckte. ›Zahlbar vierzehn Tage im Voraus‹, fuhr sie fort. Ich gab ihr einen Scheck über achthundertvierzig Pfund, und sie sagte, dass der ›Dokter‹ sich Violet wahrscheinlich am Abend ansehen würde. Ich meinte darauf, dass der ›Dokter‹ sie sich für achthundertvierzig Pfund verdammt noch mal auf der Stelle ansehen würde. Sie blickte mich an, als hätte ich in der Kirche gefurzt. Daraufhin kam es zu einem Wortwechsel. Ich gewann, obwohl ich mich entschuldigen musste, weil ich ›verdammt‹ gesagt hatte.«

»Wehe dem Wurm, der seinen schwachen Geist wider dich erhebt«, zitierte ich. Sein starrer Blick bedeutete mir, dass Frivolität der Stimmung des Augenblicks nicht angemessen war. (Wissen Sie, ich kann nicht anders – ein missgünstiger Freund hat mir mal eine Passage in einer medizinischen Enzyklopädie gezeigt: ›MORIA‹, hieß es da, ›*eine morbide Entschlossenheit, scheinbar witzige Bemerkungen zu machen. Tritt manchmal bei Personen mit Wucherungen des Vorderhirns auf.*‹)

»Der ›Doktor‹«, fuhr er fort, »entpuppte sich als eine Wiener Jüdin –«

»Genau wie Johanna«, erinnerte ich ihn strahlend, bevor er auch noch mit dem anderen Fuß ins Fettnäpfchen trat.

»Ganz und gar nicht wie Johanna. Die hier war ein Musterexemplar von Baudelaires *affreuse juive.* Sie sah wie ein giftiger Sack Kartoffeln aus. Aber erstaunlich höflich und offensichtlich höchst kompetent. Sie hörte sich den Bericht der Empfangsdame mit im Schoß gefalteten Händen an und sah sie nicht ein einziges Mal an, aber es dauerte nicht lange, und die Empfangsdame versuchte krampfhaft, die Tränen zurückzuhalten. Ein erstaunliches Weibsbild. Sie legte jene gut gelaunte Abgebrühtheit an den Tag, die man nur bei den allerbesten Ärzten findet: Zu ernsten Ärzten habe ich kein Vertrauen, ich kannte in Oxford zu viele Medizinstudenten. Dann nahm sie mich nach oben in ihr Büro mit und erkundigte sich nach Violets Familie, und natürlich musste ich ihr alles über ›Lucia di Lammermoor‹ erzählen.«

Ich gab taktvolle Laute von mir. »Lucia di Lammermoor« nennt Sam seine Schwiegermutter, die so *affreuse* ist wie nur wenige Schwiegermütter. Sie kleidet sich wie eine Sechzehnjährige in Dirndl und weiße Söckchen, ihr Haar ist lang, golden und falsch, und ihr Gesicht sieht aus wie ein Unfall in einer Farbenfabrik. Mit kurzen Unterbrechungen ist sie in teuren Pflegeheimen für nervlich Gestörte, aber ob es sich dabei nur um das Hobby einer reichen Frau handelt oder ob sie eine Schnapsdrossel ist, die von Zeit zu Zeit trockengelegt werden muss, oder ob sie wirklich verdreht ist, hat in ihrer Familie keiner je sagen können, noch hat es jemanden gekümmert. Als man zuletzt von ihr hörte, hatte sie sich gerade mit einem achtzehnjährigen Wunderheiler, der zufällig auch Liftboy war, nach Afrika auf und davon gemacht.

»Ich gab Dr. Wankel – jawohl, Golda Wankel – die Namen der letzten beiden Klapsmühlen, in deren Obhut sie gewesen war, und sie rief sofort dort an, weil, wie sie meinte, das wichtig sein könnte, aber in keinem der Häuser konnte man die Fallgeschichte, oder wie man das nennt, finden. Merkwürdig, findet ihr nicht?«

»Nur ein bisschen merkwürdig.«

»Bitte? Ach ja, ich verstehe. Also dann wollte sie alle möglichen komischen Sachen über Violet wissen. Neigt sie irgendwie dazu, Dinge falsch zu interpretieren? Bringt sie allgemein bekannte Redewendungen durcheinander? Na, ihr wisst ja alle, wie wir sie immer aufziehen, weil sie Sachen sagt wie ›gesund wie eine Kirchenmaus‹ oder ›tot wie ein Fisch im Wasser‹, und ich musste verflixt oft mit ›ja‹ antworten, was mich wirklich ziemlich beunruhigt hat.«

Sein Redefluss wurde etwas unsicher; ich habe einen Horror davor, meine Geschlechtsgenossen weinen zu sehen. Ich machte ihm einen monströsen Drink und versuchte, das Thema zu wechseln. Er nahm den Drink und riss sich zusammen, ging aber auf den Themenwechsel nicht ein.

»Was dann kam, war ziemlich schlimm«, fuhr er gefestigt fort. »Wir gingen rauf, wo sie Violet untergebracht hatten – ein recht nettes Zimmer –, und Dr. Wankel spritzte ihr etwas Natriumamytal. Danach sah sie einen zwar nicht mehr so starr an, aber zum Reden brachte es sie nicht. La Wankel hob ihren Arm – den von Violet, meine ich –, und er blieb oben. Dann beugte sie ihn, und er blieb unten. Sie sagte, das nenne man *flexibilitas cereas,* was angeblich für weiß der Teufel was typisch ist. Dann gab sie ihr leichte Klapse auf den Arm, und bei jedem Klaps hob er sich ein bisschen höher, wie bei einer Schlangenbeschwörung. Das nennt man anscheinend *mitgehen*. Ziemlich gruselig anzusehen. Dann wurde ich rausgeschmissen, damit die Wankel sie gründlich untersuchen konnte, und ich musste so an die hundert Jahre draußen warten. Danach war ich zu k.o., um noch groß zuzuhören, aber ich kriegte immerhin mit, dass es ungewiss ist, ob Violets Trance depressiv oder katatonisch ist, und dass der Unterschied wichtig ist. Wie auch immer: Es ist durchaus möglich, dass Violet plötzlich aufsteht und aus dem Fenster hechtet – die Katatoniker scheinen irgendwann mal zu glauben, sie seien Engel –, und das bedeutet eine Extrakrankenschwester für vierundzwanzig Stunden am Tag zu einem weiteren ungeheuren Preis. Dann verpasste mir die freundliche Wankel ein – kostenloses! – Bett und eine Pille, und ich schlief, bis es heute Morgen Zeit für den Abflug war, und das ist alles.«

Ich machte ihm noch einen Drink, das war leichter, als etwas zu sagen.

Jock, dessen Timing so perfekt war wie immer, verkündete, das zweite Frühstück sei fertig, und wir nahmen Platz zu Möweneiern, Kaninchenterrine und kalten Currypuffern. Ich möchte den sehen, der noch an private Schicksalsschläge denkt, wenn ihm einer von Jocks kalten Currypuffern auf der

Zunge zergeht; sie sind einzigartig, wirklich einzigartig. Wir tranken Flaschenbier, denn von Wein zum zweiten Frühstück halte ich nichts; entweder macht er einen schläfrig oder heizt die tierischen Instinkte an – so oder so ist dann der Nachmittag gelaufen. Nachdem er verpflegt war, ließ Sams Nervosität ein wenig nach; George wirkte halb eingeduselt und teilnahmslos.

»Also«, sagte Sam, »dann erzähl uns mal von deinem Oxford-Abenteuer, Charlie. Was hat dein emeritierter Magus denn vorgeschlagen?«

Ich erzählte es ihnen, wobei ich mich bemühte, den entschuldigungheischenden Unterton aus meiner Stimme zu verbannen, und tat mein Bestes, um überwiegend blasphemische Lasterhaftigkeit durchklingen zu lassen. Was in Oxford Sinn gemacht zu haben schien, hörte sich an einem Frühstückstisch in Jersey bescheuert an, und ihre leeren Gesichter, die verstohlenen Blicke, die sie einander zuwarfen, halfen mir nicht gerade, überzeugend zu klingen. »Und wenn ihr Burschen etwas Besseres anzubieten habt«, schloss ich lahm, »würde ich es nur zu gern hören.«

Es gab ein langes, sirupartiges Schweigen. George fuhr forschend mit seinem Zeigefinger über jedes einzelne Haar seiner Augenbrauen, untersuchte dann seine Ohrmuscheln und das Grübchen in seinem Kinn, bevor er daranging, sich die Umrisse seiner daumenartigen Nase ins Gedächtnis zu rufen. Sam andererseits saß reglos da, scheinbar versunken in das Studium eines Curryflecks auf dem Tischtuch.

Jock kam herein und räumte ab, während George und Sam in Schweigen verharrten. Verdammt noch mal – ich würde ihnen nicht dabei helfen, den Ball ins Rollen zu bringen, und während ich das dachte, kam mir in den Sinn, dass viele ehrenwerte Leute wohl sagen würden, ich sei ohnehin schon verdammt.

»In Ordnung«, meinte Sam schließlich. »Ich bin bereit, der Sache eine Chance zu geben. Wenn das Schwein so verblödet ist, wie es scheint, dann, so finde ich, können wir ihn am besten mit seinem eigenen schwachsinnigen Mist bekämpfen.«

George nickte bedächtig. »Wahrscheinlich die einzige Sprache, die er versteht«, bemerkte er mit der entschlossenen Stimme eines Provinzrichters. »Ekelhaft. Wahrscheinlich nutzlos. Sicherlich teuer. Aber wie Charlie schon sagt, was fällt uns sonst ein? Wenn ich es recht bedenke, hab ich schon merkwürdigere Dinge passieren sehen. Ja, in Indien zum Beispiel.«

»Euch ist doch klar, Männer«, sagte ich, »dass ihr irgendwie daran teilnehmen müsst, oder? Während der Messe müssen ein, zwei recht düstere Dinge getan werden, und der geschasste Priester wird die meiste Zeit sozusagen alle Hände voll zu tun haben.«

»Ja«, sagte Sam.

»Ja, wahrscheinlich«, sagte George. »Aber verdammt will ich sein, wenn ich irgendwelche schwarzen Vaterunser von hinten aufsage oder sonst irgendeinen Quatsch mache.«

»Schwarze Vaterunser?«, fragte ich. »Hast du dich schon ein bisschen in die Materie vertieft, George?«

»Irgendwann haben wir doch alle unseren Dennis Wheatley* gelesen, Charlie«, meinte Sam.

»Sprich nicht für mich!«, entgegnete ich scharf.

»Also, dass ich das richtig verstehe«, sagte George, »dieser Mummenschanz soll diesen Hexer entmutigen und ihm das Gefühl geben, dass wir uns mit seinen Dämonen und so weiter genauso gut auskennen wie er und dass er deshalb hier besser Schluss macht, stimmt's?«

»In etwa. Ein bisschen mehr ist an der Sache allerdings schon dran. Seht ihr, es gehört ein reichlich kräftiger Fluch dazu, angesichts dessen der Gegenstand unserer Aufmerksamkeit dahinsiecht und eines gräulichen Todes stirbt. Wenn also

---

* Dennis Wheatley, 1897–1977, Verfasser populärer okkulter Romane wie z. B. *The Devil Rides Out*

unser Mann wirklich an das, was er tut, glaubt und mit diesem speziellen Ritual vertraut ist – und Dryden ist ziemlich sicher, dass dem so ist –, dann dürfte er hinreichend Angst bekommen und möglicherweise seine Aktivitäten ganz einstellen.«

»Westafrikanische Medizinmänner können das noch«, sagte George. »Tausende gut dokumentierter Fälle. Wenn das Opfer wirklich glaubt, dass es an einem bestimmten Tag sterben wird, legt es sich einfach brav nieder und stirbt.«

»Willst du damit sagen«, erkundigte sich Sam, »dass dieser Hokuspokus unseren Mann eventuell umbringen wird?«

»Nun ja, ich fürchte, das liegt durchaus im Bereich des Möglichen.«

»Ausgezeichnet. Wann fangen wir an?«

»Einen Moment mal«, sagte George, »mir fällt gerade ein – woher weiß der Bursche eigentlich, dass diese Messe gelesen wird und was das für eine Messe ist und wer am Empfängerende steht und so weiter?«

»Ich bin froh, dass du danach fragst«, sagte ich. »Es gibt da nur eine Möglichkeit, und es wird uns allen ziemlich peinlich sein, aber es wird klappen.« Dann erklärte ich ihnen das Verfahren. Nach zehn lauten Minuten waren sie zwar einverstanden, aber unsere Freundschaft ging nicht ungeschoren aus der erbittert geführten Diskussion hervor.

Zu diesem Zeitpunkt kam Jock mit einem Telegramm *auf einem Tablett* herein; er liebt es anzugeben, wenn wir das haben, was er »Gesellschaft« nennt. Ich habe den Verdacht, dass er wirklich gern ein echter Kammerdiener wäre; vielleicht kaufe ich ihm zu Weihnachten eine gestreifte Weste.

Das Telegramm war von Dryden. Die Formulierung ließ mich einen Augenblick stutzen: DESHABILLÉ ANKOMMT MORGEN MIT FALAISE RÜBEN PASTE UNENTBEHRLICH.

Wenn Dryden einen Fehler hat, dann ist das der, dass er sich für einen Meister der Telegrafierkunst hält; das betrübt seine Freunde zutiefst. Es gab eine Zeit, als er es noch bleiben lassen konnte oder auch nicht, aber jetzt, so fürchte ich, ist er, wie die Trinkerdoktoren sagen, »süchtig«. Der *deshabillé* sollte eindeutig »der ohne Talar« heißen; die *Falaise* ist eines der Postschiffe, die zwischen Weymouth und Jersey verkehren; *Paste* war offensichtlich die von einem übereifrigen Postbeamten vorgenommene Textverbesserung von »Pastis«, aber »Rüben« blieb so schleierhaft wie auf dem Bahnhof von Oxford.

»Jock«, sagte ich, »haben wir noch Pastis im Haus?«

»Wir ham noch 'ne Flasche Pernod – is doch dasselbe, oder?«

»Sorg bitte dafür, dass wir uns noch heute mit einer halben Kiste Pastis eindecken. Wie sieht's mit Rüben aus?«

»Komisch, dass Se das fragen, Mr Charlie. Der alte Knacker im Garten hat grad heute Morgen 'ne Reihe gepflanzt. Und auch noch 'ne Kröte. Werden aber erst innen paar Monaten so weit sein.«

»Jetzt sollte es eigentlich diese kleinen französischen zu kaufen geben. Versuch's mal mit der Markthalle in St. Helier oder in der French Lane. Falls nicht, gibt es sie vielleicht in Dosen oder gefroren oder getrocknet. Ich überlass das dir, du kennst die obskuren Seitengässchen der Welt des Einzelhandels: *nourri dans le sérail, tu en connais les détours**, aber besorg bis morgen Abend welche, auch wenn du bar bezahlen musst.«

»In Ordnung. Wie viele?«

»Wie werden die denn verkauft, weißt du das? Nach Gewicht? Was glaubst du? Oder nach Metern oder wie? Na?«

»Pfundweise, schätz ich.«

»Glaubst du, dass ein paar Pfund eine ausreichend starke Dosis für einen willigen Erwachsenen wären?«

»Reichlich.«

»In Ordnung.«

»Gut, Mr Charlie.«

---

* »Im Harem groß geworden, kennst du dort die Schleichwege.«

»So faszinierend es auch ist«, meinte Sam schwerfällig, »dich in deiner Rolle als Küchenmeister zu sehen, bist du sicher, dass es nicht wichtigere Themen zu erörtern gibt?«

Ich erklärte alles, aber weder er noch George ließen sich so recht besänftigen. Ihre früheren Zweifel bezüglich unseres Vorhabens erwachten aufs Neue angesichts des Geredes über »vegetabile Mystifizierung« (Sam) und »widerliche, in Absinth getränkte papistische Burschen« (George). Ich beruhigte sie ein wenig, aber sie waren noch immer widerspenstig. Zudem zogen sie einen eigenen Vorschlag aus dem Ärmel und bestanden darauf, diesen gleichzeitig mit dem Projekt der »Satanischen Messe« in die Tat umzusetzen.

»Weißt du«, meinte Sam, »wir haben uns Gedanken gemacht über die Opfer, nicht unter dem Aspekt der Hexerei – falls diese eine falsche Fährte ist –, und obgleich drei Opfer nicht ausreichen, um zu verallgemeinern, kann man zumindest ein paar versuchsweise Schlüsse ziehen. Erstens sind alle drei in Mitleidenschaft gezogenen Familien englischer Herkunft. Da könnte man Hass auf die Engländer im Allgemeinen vermuten.«

»Es könnte auch«, warf ich ein, »auf einen *Engländer* hindeuten, der sich nichts aus Jersey-Frauen macht.«

»Ein *Engländer?*«, höhnte George. »Bei all diesem Hexenblödsinn? Quatsch.«

»Ich dachte, wir wollten den Hexereiaspekt für den Augenblick unter den Tisch fallen lassen.«

»Das tun wir auch«, sagte Sam, »und dein Standpunkt hat etwas für sich, wenn wir logisch sind. Aber lass uns fortfahren. George und mir geht es recht erträglich, wenn auch nicht vergleichbar mit den eingewanderten Millionären, die das Missfallen der Jerseys zu erregen scheinen. Der Mann des letzten Opfers aber, der Doktor, ist nur so reich, wie es eine florierende Praxis für Allgemeinmedizin gestattet, und er lebt seit zwanzig Jahren auf Jersey und wird von allen gemocht. Wir gehören aber alle drei dem an, was man Mittelstand nennt, und deswegen könnte es sich um Klassenhass und/oder eine antienglische Angelegenheit handeln. Beachtet bitte, dass ich ›antienglisch‹ und nicht ›antibritisch‹ sage, denn bei Jersey handelt es sich um das wahrscheinlich loyalste abhängige Gebiet der Krone. Als Nächstes haben wir das Alter der Opfer. Sie sind alle in den Dreißigern. Das kann daran liegen, dass wir alle zufällig Frauen in den Dreißigern haben, oder es könnte darauf hindeuten, dass der Schänder einfach Frauen dieses Alters mag. Das wiederum könnte den Schluss nahelegen« – er brachte es kaum heraus, denn er war offensichtlich eher in der Stimmung für Mord als für vernünftiges Argumentieren –, »dass er gut aussehende Frauen in der Blüte ihrer Jahre einfach *mag* auf eine Weise, die ich ziemlich normal nennen muss. Ich meine, wenn er kleine Mädchen oder alte Damen attackieren würde, könnten wir sicher sein, dass er wirklich auf ekelhafte Weise verrückt ist, nicht wahr? Der letzte Punkt wäre, dass alle drei Opfer ziemlich dicht beieinanderwohnen, was auf einen Fußgänger hindeutet oder auf jemanden, der nicht wagt, ein Auto zu benutzen – beim Ungeheuer von Jersey war das natürlich anders, der soll über die ganze Insel gefahren sein auf dem Weg zu seinen, ähm, Zielen.«

»Oder auch auf jemanden, der hier vergleichsweise fremd ist«, warf ich freundlich ein, »wie zum Beispiel ein Engländer, der mit dem verzwickten Straßennetz hier nicht vertraut ist?«

»Ja«, meinte Sam geduldig, »das ließe sich in der Tat auch vermuten.«

George gab jenes Geräusch von sich, das etwa wie »pschah« klingt und das nur die, die in der indischen Armee gedient haben, machen können.

»George und ich haben, während du weg warst, nach bestem Wissen und Gewissen eine Liste von gut aussehenden englischen Frauen in den Dreißigern zusammengestellt. Ehefrauen von vermögenden englischen Rentiers oder berufstätigen Männern, die im Umkreis von einer Meile von hier wohnen. Wir glauben, dass die Gesamtzahl möglicher Ziele nicht mehr als siebzehn beträgt und dass wir vier – ich schließe Jock mit ein – Hinterhalte dergestalt legen könnten, dass wir jede Nacht eine fünfundzwanzigprozentige Chance hätten, am richtigen Ort zu sein.«

»Tja, aber wie wollt ihr denn den Schänder – vorausgesetzt, er beobachtet das Haus – davon überzeugen, dass er freie Bahn hat?«

»Ganz einfach«, meinte George, bei dem der Militär jetzt den Wissenschaftler in geheimer Mission ablöste. »Solange wir uns der Zusammenarbeit mit den – ähm – Hauseigentümern erfreuen.« (Man hatte das Gefühl, dass er beinahe »der Zivilbevölkerung« gesagt hätte.) »Jeder von uns begibt sich zu einer Zeit, wenn die meisten Leute arbeiten, in ein ausgewähltes Haus – sagen wir mal, kurz vor Mittag. Ein Großteil der arbeitenden Bevölkerung Jerseys verbringt den halben Nachmittag im Pub, deswegen meiden wir besser die Nachmittage. Am frühen Abend fährt dann der Ehemann ostentativ in seinem Auto weg, wobei er laut bemerkt, dass es wohl kaum später als Mitternacht werden würde, während die Gattin an der Tür winkewinke macht. Derjenige von uns, der gerade Wache schiebt, bleibt weiterhin still im Haus, oder falls es draußen eine gute Deckung gibt, von der aus man alle Eingänge im Auge hat, begibt er sich dorthin. Die fragliche Gattin werkelt noch ein wenig im Erdgeschoss herum und geht dann nach oben, schaltet im Schlafzimmer das Licht ein, zeigt sich vielleicht für einen Augenblick am Schlafzimmerfenster, macht dann die Deckenbeleuchtung im Schlafzimmer aus, lässt die Nachttischlampe brennen und schleicht sich in ein anderes Zimmer, wo sie sich einschließt. Wir liegen auf der Lauer. Bewaffnet.«

»Das klingt perfekt«, sagte ich bedächtig. »Perfekt. Mit Ausnahme von ein paar Punkten, wenn's recht ist.«

Sam seufzte gelangweilt; George grunzte verhalten.

»Folgendes«, fuhr ich fort. »Zuerst nehmen wir doch mal an, dass meine halb ernst gemeinte Theorie richtig ist, dass es sich um einen Engländer handelt – wie können wir dann wissen, ob wir ihm nicht einen Wink geben und in Wirklichkeit vielleicht sein eigenes Heim bewachen?«

»Na ja, dann passen wir eben einfach auf, dass keiner der jeweils unter Bewachung stehenden Hauseigner erfährt, welche anderen Häuser auch noch bewacht werden.«

»Gut«, sagte ich, »noch besser wär's aber, ihn gar nicht erst wissen zu lassen, dass andere Häuser unter Bewachung stehen.«

»Klingt sinnvoll, wenn man länger darüber nachdenkt.«

»Zweitens«, fuhr ich unbarmherzig fort, »was wird aus unseren Frauen, solange wir Pfadfinder spielen? Johanna geht prima mit der Pistole um, aber trotzdem wäre sie ohne Jock ein wenig verwundbar, und sie wäre das natürliche nächste Ziel. Sonia steht jetzt vielleicht nicht mehr auf der Liste des Burschen, aber nach ihrem grauenvollen Erlebnis würde es ihr wahrscheinlich nicht gefallen, allein gelassen zu werden.«

»Ist doch kein Problem«, sagte George ungeduldig, »Sonia gibt eine Bridge-Party, lädt Johanna ein und eine Reihe Männer, und keiner geht nach Hause, bevor wir nicht zurück sind.«

Von Entsetzen geschüttelt, sperrte ich den Mund auf. Ich wusste nicht, was ich sagen sollte, ich konnte lediglich Sam einen mitleidheischenden Blick zuwerfen.

»Ich könnte mir denken, dass Charlie jetzt vor allem im Kopf herumgeht, dass Johanna im Bridge nahezu internationales Niveau hat – sie spielte mal mit Omar Sharif –, während Sonia, obwohl sie mit Gusto und Brio spielt, an der unbedeutenden Unfähigkeit leidet, sich nicht merken zu können, was Trumpf ist, und – aus einem nur Bridge-Spielern bekannten Grund noch schlimmer – sie macht ständig Rückzieher.«

»Sie bedient nicht«, meinte ich.

»Da könntest du recht haben, Charlie.«

George sprach plötzlich mit seiner Brigadierstimme: »Sieh mal, Mortdecai, es wäre mir widerlich zu denken, dass du nur deshalb querschießt, weil es dir Spaß macht, aber ich muss doch sagen, dass deine Kritik nicht gerade konstruktiv ist.«

Ich fuhr ein wenig zusammen und hatte das Gefühl, beim Stabslehrgang in Camberley durchgefallen zu sein. Mortdecai würde niemals die begehrten roten Streifen auf seiner Kakiuniform tragen. ZEZ (Zur Einheit zurück) würde stets hinter seinem Namen stehen – niemals GLB (Generalstabslehrgang bestanden).

Ach, Scheiße!, dachte ich, wie sicher schon fähigere Männer vor mir in ähnlichen Lebenskrisen gedacht haben. »Nun«, sagte ich laut, »zweifellos ließe sich irgendeine andere Art Party arrangieren, deswegen brauchen wir uns nicht den Kopf zu zerbrechen, oder?«

»Das klingt schon besser.« George war bereit, dem kümmerlichen Subalternen noch eine Chance zu geben. »Natürlich gibt es noch andere Arten von Partys. Es gibt Whist-Turniere, nicht wahr, und Flohrennen und Canasta-Abende – alles Mögliche. Mit den Einzelheiten werden wir uns befassen, wenn es – ähm – so weit ist.« (Auch diesmal hörte ich ihn beinahe sagen »in der Zugbesprechung«. »Wofür«, schien er zu sagen, »sind Sergeants schließlich da?«)

»Ja, George«, entgegnete ich und konnte nur mit Mühe meinen Impuls unterdrücken, ihn Sir zu nennen. »Aber mein letzter Einwand ist einer, den ich schon früher gemacht habe. Die Frage der Schusswaffen. Ihr könnt nicht einfach Leute abknallen, bloß weil sie Vergewaltiger sind.«

»Ich kann«, sagte Sam.

»Ich auch«, sagte George.

»Also, ich nicht. Meine 455er muss angekettet in der Waffenkammer des Pistolenclubs ihr Dasein fristen, meine Banker's Special und Johannas kleine Savage 28er müssen, wenn wir daheim sind, in den Schubladen unserer Nachttische verschlossen werden und im Safe, wenn wir ausgehen. Ich vermute, ich würde es im Freien riskieren, einem Schurken die Pistole auf die Brust zu setzen, aber wenn ich jemanden erschösse – ausgenommen in eindeutiger Notwehr und auch nur einen *bewaffneten* Schurken –, wäre ich Kandidat für eine lange Gefängnisstrafe. Ihr, Männer, seid wahrscheinlich in einer etwas besseren Position, weil ihr unter diesem Burschen wirklich zu leiden hattet, und ihr würdet von der Gepflogenheit profitieren, dass kein Gericht so etwas bestraft, aber ich würde gegen einen smarten Anwalt ganz schön blass aussehen, wenn ich versuchte zu erklären, dass ich einen Typen umgebracht habe, weil ich dachte, es sei der Typ, der die Frau eines Typen, den ich kenne, geschändet hat, oder?«

»In Ordnung«, meinte Sam. »Dann schieß eben nicht mit der Absicht zu töten. Du bist doch angeblich ein erstklassiger Pistolenschütze, oder? Ziel auf die Beine.«

»Erstklassige Pistolenschützen«, sagte ich, »wissen, dass es reiner Zufall ist, ein in Bewegung befindliches menschliches Bein zu treffen. Zudem ist der Mensch außerordentlich pervers, wenn es ums Sterben geht. Du kannst jemandem eine Kugel in den Kopf jagen, und der Betreffende geht einfach weg, als wäre nichts passiert – ein Beispiel dafür ist dieser südafrikanische Premierminister vor ein paar Jahren. Man kann ein ganzes Munitionsmagazin in die linke Brust eines Menschen entleeren, und er verbringt ein paar Wochen im Krankenhaus, wobei er einzig unter den sägeartigen Rändern der Bettpfanne leidet. Schießt du ihm aber eine kleinkalibrige Kugel in den fleischigen Teil seines Beines, und sie trifft mit Glück die Oberschenkelarterie, dann blutet er zu Tode, bevor die Ambulanz da ist. Du kommst mit Totschlag davon und musst dich noch glücklich schätzen.«

Ein langes, mürrisches Schweigen trat ein. Schließlich meinte Sam: »Ach, geh doch, und piss in deinen Kilt, Mortdecai.«

»Gern«, erwiderte ich steif, »aber dazu benötige ich eine gewisse Ungestörtheit. Müsst ihr schon gehen? Könnt ihr nicht noch bleiben?«

»Also wirklich, Jungens«, sagte George, »nun kommt schon. Wir sollten uns nicht über Belanglosigkeiten aufregen. Es ist alles ganz einfach, und Charlie sagt da etwas durchaus Vernünftiges. Es gibt keinen Grund, warum er eine Gefängnisstrafe riskieren sollte, bloß um seinen Freunden einen Gefallen zu tun.« Sein Ton machte klar, dass er genau das tun würde, dass er aber ein wahrer Engländer sei, ganz im Gegensatz zu gewissen Mortdecais, die er nennen könnte. »Es ist alles ganz einfach«, wiederholte er, »wir ziehen alle bewaffnet los, bloß Charlie trägt ein leeres Gewehr. Und einen dicken Prügel oder etwas in der Art. Einverstanden?«

Sam gab die Art Laut von sich, die man macht, wenn man zwar nicht »nein« meint, aber zu eingeschnappt ist, um »ja« zu sagen. Ich sagte: »Tja, also – ich fürchte, da gibt es noch was.«

»Oh, süßer gekreuzigter Jesus!«, brüllte Sam. »Was denn jetzt noch?«

Dieses Mal nahm ich es nicht übel, schließlich hatte er eine ziemlich miese Zeit hinter sich. Aber ich musste noch etwas loswerden. »Ich fürchte, Jock darf seine Pistole überhaupt nicht mitnehmen. Seine Luger ist höchst illegal, und außerdem hat er *Stil.*«

»?«, sagte George.

»Hat 'ne Menge *Porridge* hinter sich«, erklärte ich.

»?«

»Porridge ist ein von den Ratten der Unterwelt benutzter Terminus«, sagte ich geduldig, »und bedeutet Zuchthausstrafe. Wisst ihr, es gibt eine Legende, dass derjenige, der bei dem gesunden Frühstück, das ihm am letzten Morgen seiner Strafzeit serviert wird, nicht seinen ganzen schönen Porridge aufisst, innerhalb eines Jahres wieder hinter Schloss und Riegel ist. Jeder Wärter kann euch das bestätigen. Jock hat mehrere Teller

Porridge auf Kosten Ihrer Majestät nur teilweise aufgegessen, und sollte er mit irgendeiner Schusswaffe erwischt werden, erginge es ihm ziemlich schlecht. Sollte er auch noch jemanden erschießen, würde er etwa neunundneunzig Jahre bekommen – bei einem maximalen Straferlass wegen guter Führung, sagen wir mal, sechsundsechzig. Er wäre hundertzehn, wenn er wieder rauskäme, und würde wahrscheinlich erwarten, dass ich ihm seinen Job zurückgebe, obwohl er mit Sicherheit vergessen hätte, wie man anständigen Tee macht.«

»Ach, hör auf zu faseln, Charlie, wir haben schon begriffen. Jock wird mit einem kräftigen Stock bewaffnet gehen. In Ordnung?«

»Ich glaube, er hat ein Stück mit Leder bezogenes Bleirohr.«

»Dann eben ein Stück mit Leder bezogenes Bleirohr. Ist das alles? Dann schlage ich vor, dass wir heute Abend anfangen. Hier sind vier Namen und Adressen. Spezielle Wünsche?«

Blitzschnell beanspruchte ich Brisbane House, denn Lady Quinn-Philpott hat den besten Weinkeller im Norden der Insel, und kein Schänder, der seine Sinne beisammenhat, würde sich an sie heranmachen, denn ihre Kraft gleicht der Kraft von zehn, denn ihre Seele ist rein, wissen Sie? Zudem hat sie einen Dobermannpinscher. Die anderen nahmen ihre Einteilung vor, wobei sie Jock in Abwesenheit den Bungalow des Tomatenzüchters zuteilten, der von der allerschändenswertesten Ehefrau bewohnt wurde, die man sich vorstellen kann. Sollte Johanna mir irgendwann einmal Zeit lassen, private Studien durchzuführen, würde sie durchaus auch mir gefallen. Ich hatte den Verdacht, dass – falls der Schänder in dieser Nacht im Bungalow auftauchte – er Jock würde bitten müssen beiseitezurücken.

George telefonierte hierhin und dahin, um unsere Nachtwachen zu organisieren. Sam schien eine Wette gewinnen zu wollen, dass er in Rekordzeit meine Whiskykaraffe leeren könnte. Ich erläuterte Jock genau, was er in meinen Sandwichbehälter tun sollte. Johanna kriegte einen ihrer seltenen Koller, als sie erfuhr, dass sie den Abend beim Kartenspiel mit Sonia verbringen sollte. Jock duschte und überprüfte, wage ich zu behaupten, seinen Bestand an Produkten der Gummigesellschaft London, jenes hervorragenden Kondominiums. Schließlich gingen sie alle fort, und ich fand Zeit, ernsthaft auf dem Sofa nachzudenken, die Schuhe ausgezogen und die Augen geschlossen. Ein herzhaftes zweites Frühstück bringt in mir immer den Philosophen zum Vorschein.

Die Hinterhalte am Abend waren natürlich, soweit es das Fangen des Frauenschänders betraf, ein kompletter Reinfall.

Ich erwischte ein ausgezeichnetes Dinner und eine hervorragende Flasche Chateau Léoville Poyferré '61.

Sam erwischte mit dem Lauf seines Gewehres eine streunende Jersey-Kuh am Euter.

George erwischte eine schlimme Erkältung, weil er unter einer Hortensie gehockt hatte.

Mich schaudert, wenn ich daran denke, was Jock erwischt hat, aber ich bin mir sicher, das war es wert.

Als ich Johanna von der Kartenparty in Georges Haus abholte, redete sie mit niemandem, schon gar nicht mit mir. Ich erzählte ihr von Georges schwerer Prüfung unter der tropfenden Hortensie, und alles, was sie sagte, war: »Glücklicher George.«

»Gute Nacht«, sagte ich, als wir in der Diele auseinandergingen.

»Gute Nacht, Clausewitz«, lautete ihre Antwort.

Jock lag, eines guten Schlafes gewiss, im Bett – hol ihn der Teufel –, und ich musste mir mein Sandwich selbst machen.

Als ich mich mit ihm die Treppen hinaufstahl, hatte ich ein merkwürdiges Gefühl wegen Johanna. Wäre ich zwanzig oder sogar fünfzehn Jahre jünger gewesen, hätte ich es vermutlich als Verliebtsein missverstanden. Vielleicht war es die Spur eines Bedauerns darüber, dass ich vor langer Zeit und durchaus zu Recht entschieden hatte, dass Gefühle nichts für mich waren, dass ich ohne sie besser dran wäre. Als ich auf dem Treppenabsatz, das halb abgenagte Sandwich in meiner verräterischen Hand, zögerte, verspürte ich den absurden Drang, in ihr Zimmer zu gehen, zu sehen, wie ihr honigfarbenes Haar auf den Kissen ausgebreitet lag, und ihr gefühlsduselige, entschuldigende, *zärtliche* Dinge zu sagen, sie vielleicht lächeln zu machen. Sehen Sie, vielleicht weinte sie ja; sogar Frauen weinen manchmal. Aber ich habe eine feste Regel: Wann immer du glaubst, jemandes Hand halten zu müssen, nimm stattdessen einen Drink – das ist, auf lange Sicht, für alle Beteiligten besser.

Ich schloss einen Kompromiss, indem ich mein Sandwich aufaß und in einem Dunst von Frühlingszwiebeln und Selbstmitleid in Richtung auf mein einsames Bett schlurfte. Was wollte ich mehr? Borges bemerkt, dass es keinen besseren Trost gibt als den, dass wir uns unsere Leiden selbst schaffen. »Demgemäß«, erläutert er, »geschieht jede Vernachlässigung mit Absicht … ist jede Erniedrigung eine Buße … jeder Tod ein Selbstmord.«

Ich putzte meine Zähne besonders sorgfältig, falls Johanna es sich in den Kopf setzen sollte, noch zu kommen und mir Gute Nacht zu sagen, aber natürlich tat sie das nicht; das tut sie niemals.

10

Du hast gesiegt, bleicher Galiläer, die Welt ist ergraut vor deinem Odem,
Wir trinken Lethe, das Ende tritt näher, wir sind übersatt von des Todes Brodem.

Hymn to Proserpine

Ich strampelte und schrie, dann greinte und schmollte ich, als ich aus dem Bett gezerrt und losgeschickt wurde zum Treff mit dem Postschiff aus Weymouth und Pater Tichborne, dem von John Dryden empfohlenen Fachmann. Wenngleich er seines Amtes entkleidet ist, nenne ich ihn Pater Tichborne, und zwar aus dem gleichen Grund, aus dem man meine Großmama, eine »Fünfzig-Pfund-Köchin«, wie jungfräulich sie auch immer sein mochte, aus Höflichkeit »Frau« genannt hätte. (Wohlgemerkt: Das waren fünfzig Pfund im Jahr mit Unterkunft und Verpflegung, und das wiederum bedeutete vier oder fünf riesige Mahlzeiten pro Tag, die mit Weißbier und Starkbier hinuntergespült wurden; Geld aus dem Verkauf von Knochen und Bratenfett; zugesteckte Extras von allen Kaufleuten; das Privileg, Polizeiwachtmeistern heiße Lammfleischsandwiches anzubieten; das Recht, jedermann unterhalb des Ranges eines Butlers oder einer Gouvernante zu triezen; das Recht, sich alle sechs Wochen hoffnungslos zu besaufen – ausgenommen, natürlich, in methodistischen Haushalten; wenigstens ein Küchenmädchen, das alle schweren Arbeiten erledigte – Fünfzig-Pfund-Köchinnen schälten *nie* Kartoffeln –, und oft sogar sieben Tage Urlaub pro Jahr, wenn sie beweisen konnte, dass wenigstens ein Elternteil im Sterben lag. Heutzutage würden sie zweifellos auch noch erwarten, dass man ihnen ein Radiogerät zur Verfügung stellt. Wissen Sie, diese Leute waren, bevor wir anfingen, sie zu verwöhnen, *glücklicher*.)

Tja, also, da stand ich nun auf dem Albert-Kai und wartete auf die M. S. *Falaise* und Pater Tichborne. (*Albert*-Kai – stellen Sie sich das einmal vor! Wussten Sie, dass sowohl Edward VII. als auch George VI. eigentlich Albert hießen, die Familie ihnen jedoch aus Verehrung für Königin Viktorias Prinzgemahl verbot, sich auf dem Thron so zu nennen, und der Staatsrat das wegen seiner Gewöhnlichkeit auch tat. Ich meine »Albert«, nicht den Staatsrat. Beide hatten natürlich recht.) (»Das ist der letzte und größte Verrat: der rechte Grund für die falsche Tat«, singt Alfred Prufrock, wenn es denn wirklich so heißt. Und wenn es von Belang ist.)

Tja, da stand ich nun auf dem Albert-Kai und sog die Meeresbrise ein, bis der Geruch nach abgestandenem Bier, Erbrochenem und Postschifflern das Erscheinen der *Falaise* ankündigte.

Ich erkannte ihn sofort – ein hochgewachsener, langgliedriger, geckenhafter Priester in einer seidenen Soutane. Stechende Augen glommen in einem asketischen Gesicht, das auf merkwürdige Weise von weichen, empfindsamen Lippen entstellt wurde, die in diesem Augenblick den Zöllner anknurrten.

»Hallo«, sagte ich und bot ihm die Hand, »mein Name ist Mortdecai.«

Er warf mir einen langen, tückischen Blick zu und entblößte dabei eine Reihe von Zähnen, die, wären sie sauberer gewesen, einem Alligator alle Ehre gemacht hätten. »Und ich vermute, Ihre Freunde nennen Sie ›Frechdachs‹«, erwiderte er und rauschte an mir vorbei auf eine Gruppe unverschämt dreinblickender junger Burschen zu, die ihn erwartete. Er tuschelte mit ihnen, und sie alle musterten mich.

»Ist er nicht keck?«, sagte einer von ihnen kichernd.

Vor Scham schwitzend, entfernte ich mich, auf der Suche nach dem wahren Pater Tichborne, der sich, als ich ihn gefunden hatte, als ein sauber gewaschener, glänzender kleiner Bursche mit einem Gesicht wie ein Volkswagen herausstellte. Er saß auf einer Bank, blätterte mit nachdenklicher Gleichgültigkeit in der neuesten Ausgabe des *Playgirl* und trug einen schicken dunkelgrünen Mohairanzug, den er sich mit dem Gehalt eines Vorschullehrers eigentlich nicht hätte leisten dürfen. Anödende Höflichkeiten austauschend, stiegen wir in meinen Mini, wo ich feststellte, dass er einen schwachen, aber angenehmen Geruch nach Aniskuchen absonderte, wobei es sich vermutlich jedoch um den Pastis handelte, der seinen weit geöffneten Poren entströmte. Als wir losfuhren, stieß er einen schrillen Schreckensschrei aus. Ich trat voll auf die Bremse.

»Mein Korporal!«, quiekte er, »ich hab mein ›Korporal‹ vergessen!«

Ich war alarmiert – Johanna ist in dieser Hinsicht tolerant, aber Jock nicht; er würde *Bemerkungen* machen. »Wollen Sie damit sagen«, fragte ich, »dass Sie einen – äh – hm – Freund mitgebracht haben, der Unteroffizier ist?«

»Nein, nein«, antwortete er gereizt, »es handelt sich um das Altarkorporale für die Messe, die wir zelebrieren wollen.«

Verwirrt half ich ihm suchen, und im Zollschuppen fanden wir eine Einkaufstasche, in der sich eine Menge gefalteter Kleidungsstücke befanden.

»Zeigen Sie mal«, sagte ich.

»Na – hier nicht. Die Stickerei darauf könnte dem zufälligen Beobachter etwas, nun, erstaunlich vorkommen. Und dieser Zöllner beobachtet uns recht eingehend.«

Auf dem Heimweg hielten wir beim *Carrefour Selous*, um uns zu erfrischen, wenngleich es noch recht früh war. »Dies hier ist ein recht charakteristischer örtlicher Gasthof«, erklärte ich. »Man trinkt etwas, was sie hier, glaube ich, Pastis nennen, und schwärmt davon. Würden Sie gern mal probieren?«

»Ich hab davon gehört«, meinte er bedächtig, »und ich würde ihn liebend gern probieren.«

»Was halten Sie davon?«, fragte ich ihn nach einer Weile schüchtern.

»Mmmm. Überaus köstlich. Stärker als Sherry, würde ich meinen. Sagen Sie mal, der macht mich doch nicht *blau*, oder?«

»Glaube ich eigentlich nicht.«

»Aber was trinken Sie da eigentlich, Mr Mortdecai?«

»Man nennt es Whisky. Es ist ein alkoholisches Getränk aus Malz, das im schottischen Hochland destilliert wird. Ich glaube, davon verkaufen sie hier auf der Insel Jersey eine ganze Menge.«

Wir starrten einander mit unbewegten Gesichtern an. Er lachte als Erster – danach gab es keine peinlichen Momente mehr. Es braucht einen anderen, um sich selbst kennenzulernen, heißt es, was immer das bedeutet.

Johanna mochte ihn auf Anhieb, was beruhigend war, denn sie irrt sich nie in der Beurteilung von Leuten; ich dagegen fast immer. Sie wuselte um ihn herum, meinte, er müsse doch recht müde sein und was sie ihm denn zu trinken anbieten könne (haha), als Jock in der Tür erschien und mit der unheilschwangeren Stimme eines Bediensteten, der bereit ist, beim kleinsten Anlass zu kündigen, mitteilte, das Mittagessen sei fertig.

»Das ist Pater Tichborne, Jock«, sagte ich heiter.

»Tatsächlich«, sagte er.

»Ja. Seine Sachen sind im Wagen – vielleicht würdest du sie gleich mal reinbringen.«

Jock machte auf dem Absatz kehrt und trampelte in Richtung Tür.

»Ach, und könntest du bitte auch sein ›Korporal‹ mitbringen?« Jock blieb abrupt stehen und warf einen recht gefährlichen Blick über die Schulter. »Sein waas?«

»Es ist in einer Einkaufstasche«, erklärte ich milde. Das gab dem Tag seinen abschließenden Glanz, ja wirklich, obwohl ich wusste, dass ich dafür würde büßen müssen.

Johanna bestand darauf, das Korporale zu sehen, und obwohl Tichborne rot wurde und Einwände erhob, bekam sie ihren Willen. Das tut sie meistens.

»Sehen Sie«, meinte Tichborne bekümmert, als er das Tuch entrollte, »man kann nicht das geweihte Korporale benutzen. Zum einen könnte es die Persönlichkeit vertreiben, die wir zu – ähm – beschwören hoffen, und zum anderen wäre es einfach *ungehörig*. Ich glaube, dass man auch dem, was ich die Andere Seite nennen möchte, die übliche Höflichkeit erweisen sollte, auch wenn man während der eigentlichen Zeremonie ein wenig grob mit IHNEN umspringen muss. Können Sie mir folgen?«

Wir gaben zurückhaltende Laute von uns.

»Zudem wurde diese Art Messe früher auf dem – ähm – Körper einer jungen Person durchgeführt, aber wir denken, dass ein Korporale, das eine solche junge Person in der rechten Haltung zeigt, den gleichen Dienst tut. Ich spreche aus Erfahrung.«

Das Tuch war nun entfaltet und lag auf dem Couchtisch ausgebreitet. Ich muss sagen, dass sogar ich es ein wenig bestürzend fand; die rechte Haltung der jungen Person schien tatsächlich aus Erfahrung zu sprechen, um Tichbornes Wendung zu gebrauchen; und die Stickerin hatte bis zum letzten Nadelstich nichts an Eindeutigkeit zu wünschen übrig gelassen, um eine weitere Wendung zu prägen. Sowohl Tichborne wie auch ich warfen besorgte Blicke auf die behütet aufgewachsene Johanna.

»Wow!«, rief sie höflich aus. »So was hat die Welt noch nicht gesehn!« Ich für mein Teil wünschte von ganzem Herzen, sie hätte es nie zu Gesicht bekommen für den Fall, dass Jock hereinkäme. (Die meisten brutalen Kriminellen sind *prüde*, wussten Sie das? Natürlich wussten Sie das, vergeben Sie mir.)

»Das kannst du zweimal sagen, Schwester«, knurrte ich, indem ich in ihren Jargon verfiel. Sie sah mich seltsam an – vielleicht bewunderte sie mein sprachliches Talent.

»Meinst du das ›Wow‹«, fragte sie, »oder den zweiten Teil?«

»Ach, lass schon.«

»Aber diese wundervolle Nadelarbeit muss doch ein Vermögen gekostet haben. Pater Tichborne«, fing sie wieder an, »wo haben Sie sie bloß anfertigen lassen?«

»Um ehrlich zu sein – ich habe es selbst gemacht«, erwiderte er, vor Scham und Eitelkeit rot angelaufen. »Es hat Jahre gedauert, das brauche ich Ihnen ja wohl nicht zu sagen.«

»Offensichtlich nach dem Leben gearbeitet, ja?«, warf ich ein.

»Tja, nein – also mehr nach der Erinnerung.«

Dies schien ein guter Zeitpunkt zu sein, die Unterhaltung zu beenden. Als wir das Korporale wieder zusammenlegten, traf George ein, um Pater Tichborne zu inspizieren. Bei der Vorstellung gab er die höflichsten Laute von sich, die er zustande brachte, und vermittelte so den Eindruck, dass seiner Ansicht nach der einzig gute Papist ein seines Amtes entkleideter Papist sei. Tichborne gewann ein wenig an Boden, als er ihn nach seinem Regiment fragte, verlor ihn aber wieder, als er erwähnte, er selbst sei Kaplan bei den Freien Franzosen gewesen.

»Ich hätte gewettet, dass Sie das waren«, sagte Johanna gut gelaunt.

Georges Gesicht nahm eine helle Schattierung von Schwarz an; die Sache ging ihm nahe.

»Die Franzosen waren auf unserer Seite, George«, erinnerte ich ihn, »ich meine, beim letzten Mal.«

»Du bleibst doch wohl zum Mittagessen, George?«, fragte Johanna.

Er konnte nicht – er hatte noch eine Verabredung, er hatte bereits gegessen, er aß mittags nie. Sonia erwartete ihn zum Essen, er musste noch einen Zug erwischen. Natürlich gab es auf Jersey keine Züge; ich glaube, er wollte nur fort und irgendetwas treten. Aus irgendeinem Grund hat das alles was mit einem Ort namens Dakar zu tun.

Das Mittagessen gestaltete sich anfänglich katastrophal; die Köchin hatte ihren freien Tag, deswegen hatte Jock Dienst, und man merkte, dass es ihm nicht passte, Pater Tichborne bedienen zu müssen. Er servierte Johanna die Suppe und dann mir, trotz meines Hüstelns und meiner durchdringenden Blicke. Ich grimassierte entschuldigend zu Tichborne hinüber. Sein Teller mit Suppe kam genau drei Minuten später.

»Zum Kuckuck, Jock«, fauchte ich, »du hast den Daumen in Pater Tichbornes Suppe!«

»Macht nix, Mr Charlie. Se is nich heiß.« Tichborne blickte mich missbilligend an und schüttelte den Kopf, also ließ ich's ihm durchgehen.

Der nächste Gang waren gebackene Kartoffeln, gefüllt mit in Schinken gewickelten Nierchen. Sehr lecker, bis auf die für Tichborne, die zu spät kamen, klein und angebrannt waren.

Da ich jetzt ernstlich wütend war, öffnete ich den Mund, um Jock streng zurechtzuweisen, aber Tichborne hob die Hand.

»Jock«, sagte er mit ruhiger, sanfter Stimme, »einmal ist so was möglich, zweimal ist ein Zufall, dreimal ist eine feindselige Handlung. Damit meine ich, dass – sollten Sie Mrs Mortdecai noch einmal in dieser schäbigen Weise blamieren – ich Sie mit in den Garten hinausnehme und Ihnen dort die Nase total platt schlage.«

Eine grauenhafte Stille trat ein. Johannas Augen wie auch mein Mund waren weit aufgerissen. Jock fing an, sich wie ein Ochsenfrosch aufzuplustern. Pater Tichborne goss sich ein Glas Wasser ein.

»Gott, schlag mich mit Blindheit –«, sagte Jock schließlich.

»Halten Sie Ihre Zunge im Zaum!«, befahl der kleine Priester mit donnernder Stimme. »Was Sie da gerade gesagt haben, heißt, dass Gott Sie blind werden lassen soll – Sie haben bereits die Sehkraft eines Auges verloren und sollten sich gut überlegen, WEN Sie auffordern, Ihnen auch seinen Kumpel herauszureißen.«

Ich blickte nach oben: Kein Gips fiel von der Decke.

Die grauenhafte Stille lastete weiter auf uns.

Schließlich nickte Jock und verschwand in der Küche. Dann tauchte er wieder auf und legte Pater Tichborne eine große, wunderschöne Niere vor.

»Nehmen Sie lieber meine«, sagte er, »Sir.«

Als die mit grünem Flanell bespannte Tür sich hinter ihm geschlossen hatte, sagte Johanna: »Menschenskind.«

Pater Tichborne sagte: »Ich glaube, ich habe einen Freund gewonnen.«

Ich sagte: »Sie müssen öfter mal kommen und bleiben.«

Später, als wir ein wenig Käse kauten – es war, so glaube ich, Brie –, gepaart (der Käse natürlich, nicht wir – ich muss es lernen, mich klar auszudrücken), der Käse also gepaart mit Mr Carrs unvergleichlichen, mit Mineralwasser gebackenen Keksen – du liebe Güte, was ist dieser Satz bloß für ein Kuddelmuddel, lassen Sie mich noch mal anfangen. Während der Zeit des Käseessens entschuldigte ich mich bei Pater Tichborne, dass ich ihm zum Mittagessen keine Rüben hätte anbieten können, dass ich aber den Markt danach durchforsten ließe und hoffte, diese schmackhaften Wurzeln zum Abendessen präsentieren zu können.

»Rüben?«, erkundigte er sich mit schwacher Stimme. »Das ist außergewöhnlich aufmerksam von Ihnen, aber – um ehrlich zu sein – es wäre unaufrichtig von mir vorzugeben, dass ich ein *führender* Rübenesser sei.«

»Nicht?«, meinte ich verblüfft. »Aber Dr. Dryden versicherte mir – obgleich er sich kryptisch ausdrückte –, dass Rüben das Allerwichtigste seien.«

Ein wenig durcheinander, überlegte er ein Weilchen. »Ha!«, rief er schließlich. »Ha! Natürlich!«

»Ja, ja«, pflichteten wir bei, »natürlich …?«

»Nein, nein«, fuhr er fort. »Ich verstehe. Er weiß, dass ich für unser Ritual ein oder zwei Rübenscheibchen brauche. Beim – äh – Äquivalent der Elevation des Heiligen Geistes muss man entweder eine geweihte Oblate verwenden, die entweiht wurde – und ich habe Ihnen schon gesagt, dass ich der Anderen Seite gegenüber ungern unhöflich bin –, oder man muss eine Travestie davon backen – der schlimme alte Sir Francis Dashwood und seine Kumpel vom Höllenfeuerclub nannten das ein ›Heiliggeistpastetchen‹ –, oder – am allerbesten – verwendet man das, was man eine Karikatur der Hostie nennen könnte, und diese stellt man tatsächlich aus einer Rübenscheibe her. Schwarz eingefärbt, wissen Sie, und zu einer – hm – merkwürdigen Form zurechtgeschnitten, wenn Sie mir folgen können.« Er sah uns besorgt an. »Wissen Sie, das erregt weniger Anstoß«, fügte er hinzu, »und scheint genauso gut zu wirken. Genauso gut. Wirklich.«

»Hätten Sie gern etwas Kaffee?«, erkundigte sich Johanna.

Am Nachmittag, alle miteinander versöhnt und voll des guten Essens – ich mutmaße, dass Jock sich niedergeschlagen eine Dose Kaviar einverleibt hatte –, zogen wir zur Begutachtung der Kapellen los, versehen mit einem inhaltsschweren Picknickkorb für den Fall, dass die Sonne scheinen sollte.

Es tut mir leid, aber die Sache mit den Kapellen werde ich erklären müssen. In der Gemeinde Grouville im Osten der Insel gibt es einen Ort namens La Hougue Bie. Ich glaube, niemand weiß sicher, was der Name bedeutet. Es handelt sich um einen monströsen, von Menschen geschaffenen Hügel, in dem sich ein erst vor fünfzig Jahren ausgegrabener Dolmen, ein vor fünftausend Jahren aus großen Steinplatten errichtetes Grab, befindet. Um die Hauptgrabkammer zu erreichen, muss man durch einen endlos langen steinernen Tunnel kriechen. Wenn man unter Klaustrophobie leidet, abergläubisch oder schlicht ein Feigling ist, dann wird es einem tatsächlich wie ein bedrückender, finsterer Ort vorkommen. Ich hasse ihn aus allen drei Gründen, und ich hasse außerdem den Gedanken an das unzivilisierte Volk, das ihn geschaffen hat; Spekulationen über den abscheulichen Drang, der sie dazu brachte, diese monströsen Steine herumzuzerren und aufzurichten und sie dann unter zahllosen Tonnen Erde zu begraben, nur um einen schrecklichen, kleinen prähistorischen Hitler einzukapseln, sind mir zuwider. Dessen ungeachtet glaube ich, dass wir alle von Zeit zu Zeit einen solchen Ort aufsuchen sollten, um uns daran zu erinnern, vor wie kurzer Zeit erst wir dem Stadium des Wilden entronnen sind.

Oben auf dem großen Hügel und, seltsam genug, genau über der Hauptgrabkammer hat im zwölften Jahrhundert jemand eine hübsche, kleine, *Notre Dame de la Clarté* gewidmete Kapelle errichtet. Ein paar Jahrhunderte später grub ein anderer braver Bursche im frommen, aber irrigen Glauben, dass es sich um eine Replik des Heiligen Grabes handele, sich dort eine Krypta und setzte eine weitere Kapelle auf die erste. Diese Letztere heißt Jerusalemkapelle.

Ich selbst ging nicht in den Dolmen hinein – einmal hatte mir gereicht; es macht mir einfach keinen Spaß zu fühlen, wie ich eine Gänsehaut kriege. Jock stöberte in der Umgebung herum und sah absurd wie ein berufsmäßiger Gauner aus, aber die netten Touristen schenkten ihm keine Beachtung; vermutlich hielten sie ihn für den Angestellten einer Wachgesellschaft – schließlich kann man beides nicht auseinanderhalten, oder? Pater Tichborne andererseits tauchte in die dumpfe Dunkelheit des Tunnels mit allen Anzeichen des Vergnügens, und rot glühend und aufgeregt wie ein junger Bischof bei seiner ersten Schauspielerin tauchte er wieder auf.

»Haben Sie ein tragbares Tonbandgerät?«, waren seine ersten Worte.

»Natürlich – wer hat das nicht? Aber wofür denn bloß?«

»Sag ich Ihnen heute Abend. Nach dem Essen.« Und damit tauchte er zurück in das Höllenloch. Ich verbrachte fünf lehrreiche Minuten in dem ausgezeichneten kleinen Landwirtschaftlichen Museum neben dem Hügel und bewunderte das monströse Ackergerät, mit dem in den alten Tagen die Ackerbauern die Äcker beackert hatten. Du liebe Güte, mussten die geschwitzt haben; das machte mich ganz schwach.

Als Tichborne wieder auftauchte, sammelten wir Jock ein und ›baldowerten‹ die Kapellen aus. (›Ausbaldowern‹, wissen Sie, ist Rotwelsch und bedeutet ›auskundschaften, mit Geschick ausfindig machen‹ – aber ich wage zu behaupten, dass Sie, der Sie wohl zu der Art Leute gehören, die diese Art von Geschichten liest, diese Art Ausdruck schon kennen.)

Die erste Kapelle – *Notre Dame de la Clarté* – war mit einem Hinweis versehen, der besagte, dass sie von irgendeinem naseweisen Bischof mit zu viel Zeit ›rekonziliiert‹ worden sei. Tichborne erklärte, dass dies etwa bedeute, dass sie erneut geweiht und entromanisiert worden sei. »Der Teufel hole den Kerl«, fügte er verdrießlich hinzu.

An der Jerusalemkapelle jedoch war kein solches Hinweisschild, und Tichborne meinte, die sei wundervoll geeignet – mit an Sicherheit grenzender Wahrscheinlichkeit nicht mehr benutzt, seit man nach der Sache mit der Reformation im Jahre 1548 alle Votivkapellen geschlossen habe.

»Wirklich?«, meinte Jock.

Im Auto auf der Heimfahrt fragten wir Jock, ob es möglich sei, sich bei Nacht heimlich Zugang zur Kapelle und zum Dolmen zu verschaffen.

»Ein Kinderspiel«, antwortete er. »Das reinste Kinderspiel. Das Tor zum Grundstück ist nicht der Rede wert, und Sie können drüberspringen, wenn Ihnen Ihre Hämorrhoiden diese Woche nicht zu schaffen machen. 'tschuldigung, Sir.« (Ich war verwundert, bis ich merkte, dass das »Sir« Tichborne gegolten hatte; dann war ich ein wenig pikiert.) »Dieses unterirdische Grab«, fuhr er fort, »hat ein erstklassiges Vorhängeschloss, aber die dazugehörige Kette ist nicht besser als die übliche

Scheißhausversion – Verzeihung, Sir –, da wird 'ne kleene Drahtschere genügen.«

»Aha«, erwiderte Tichborne, »aber was ist mit dem formidablen, dicken Eisenschloss zur Kapelle?«

Jock gab ein unanständiges Geräusch von sich, indem er Luft zwischen den geschlossenen Lippen hervorpresste. »Von wegen formigales Schloss«, meinte er verächtlich, »das is nix Besonderes, s' is nur *groß*. Könnte das Mistding mit meinem alten ... ähm, ich könnte das Schloss mit jedem Stück alten Draht aufmachen. Kein Problem.«

»Jock«, sagte ich, »bitte sei so gut, und halte am nächsten anständigen Gasthof oder Wirtshaus an, damit ich dir einen großen, schmackhaften Drink kaufen kann. ›Du sollst dem Ochsen, der da drischt, nicht das Maul verbinden‹, sage ich immer. Übrigens auch das Deuteronomium.«

»Kapitel XXV, Vers 4«, pflichtete mir Tichborne bei.

»Wirklich«, meinte Jock.

An jenem Abend, nach dem Essen (ich glaube, es gab *Médaillons de Chevreuil St. Hubert au Purée de Marrons* mit einem flotten kleinen Chambertin dazu, es sei denn, es war ein Freitag, in welchem Falle Jock Fisch und Chips geholt hätte), an jenem Abend also erinnerte ich Pater Tichborne an sein Interesse an einem tragbaren Tonbandgerät. »Sie wollten doch die Sache mit dem tragbaren Tonbandgerät erklären«, formulierte ich.

»Ja, ja«, sagte er, »das wollte ich wohl. Ja, das wollte ich.« Seine Kinderaugen flitzten wild hin und her, als er an Johannas unvergleichlichem geerbtem Kognak nippte; man bekam den Eindruck, dass das nicht ganz sein ›Ding‹ war, wie die Kinder heutzutage sagen.

»Ich muss mich für diesen Kognak entschuldigen«, meinte ich und warf Johanna einen kurzen Blick zu. »Ich für mein Teil glaube, ich hätte lieber was von diesem Pastis. Würden Sie da mithalten? Ich denke, wir haben noch welchen im Haus ...?«

Ein paar Gläschen Pastis (es ist wirklich nur Absinth ohne den Wermutstropfen) später war er entspannt und mitteilsam. »Versprechen Sie, nicht zu lachen?«, waren seine ersten Worte.

Wir legten die Hand aufs Herz.

»Also, vor zwei Jahren habe ich ein Buch von einem Mann namens Konstantin Raudive gelesen. Es ist ein äußerst respektables Buch und von respektablen Wissenschaftlern bestätigt. Raudive behauptet, ja er beweist, dass er auf den unbenutzten Stellen seines Tonbandes Gemurmel hörte. Ich hatte die gleiche Erfahrung gemacht, das aber den Zufälligkeiten des Funkwellenempfanges zugeschrieben… oder *Radiowellen*?«

»Meinetwegen Funkwellen«, sagte ich.

»Ah, gut. Also, wie ich schon sagte, ich hielt es für eine Art Störung, wie sie durch Hörgeräte und dergleichen verursacht werden, aber nachdem ich Raudive gelesen hatte, bin ich der Sache natürlich nachgegangen und fand heraus, dass ich sogar auf jungfräulichem Band noch das sanfte Murmeln empfing, wenn ich es bei ›Aufnahme‹ und mit null Aussteuerung spielen ließ. Wie Raudive stellte ich fest, dass es, wenn ich den Verstärker beim Rückspielen voll aufdrehte, höchst ungewöhnlich nach Sprache klang, aber mit äußerst merkwürdiger Sprachmelodie, eigenartigen grammatikalischen Abfolgen und zufällig zusammengewürfelten Begriffen.«

Johanna stand auf, entschuldigte sich anmutig und sagte, dass sie jetzt wirklich zu Bett gehen müsse. Sie hasst es, wenn Worte eine bestimmte Länge überschreiten, obwohl sie sehr klug ist. (Warum bloß lasse ich mich ständig mit klugen Frauen ein, wenn die Einzigen, die ich wahrhaft bewundernswert finde, die außerordentlich dämlichen sind, deren intellektuelle Fähigkeiten sich darauf beschränken, bis neun zählen zu können? Leider aber werden diese Letzteren mit jedem Tage seltener. »Es gibt Leute, die sich schämen, eine Frau geliebt zu haben, sobald sie feststellen, dass sie dumm ist. Das sind jene eingebildeten Esel, die eigens dazu geschaffen sind, das unsauberste Bohnenstroh der Schöpfung abzugrasen oder die Gunstbezeigungen eines Blaustrumpfs. Dummheit ist oft der Schmuck der Schönheit; sie ist es, die den Augen diese trübe Klarheit schwärzlicher Teiche und diese ölige Ruhe tropischer Meere verleiht.« Ich habe vergessen, wer das geschrieben hat. Wahrscheinlich nicht Simone Weil.)

»Fahren Sie doch fort, Pater Tichborne«, schlug ich vor, als das Gutenachtsagen vorbei war.

»Hören Sie – würde es Ihnen was ausmachen, den ›Pater‹ jetzt fallen zu lassen?«, erkundigte er sich. »Die Jungen in der Schule nennen mich ›Eric‹ – ich kann mir nicht vorstellen, warum, denn es ist nicht mein Name, aber er gefällt mir.«

»Bitte, fahren Sie fort, Eric – und bitte nennen Sie mich ›Charlie‹.«

»Danke. Nun, als ich den Dreh mit diesen merkwürdigen Kommunikationsversuchen rausgekriegt hatte, fand ich sie recht, tja …«

»Mhm?«

»Interessant«, sagte er herausfordernd. »Interessant!«

Weil ich wie immer versuchte, wie Cäsars Weib zu sein und allen Männern alles zu sein, versuchte ich zu helfen.

»Aber beunruhigend?«

»Ja, das auch. Das sicher. ›Beunruhigend‹ ist ein gutes Wort. Sehen Sie, ich fing an, Stimmen zu erkennen und sie zu entschlüsseln, und sie gehörten alle toten Burschen, wissen Sie – wie meinem alten Schuldirektor und dem Prinzipal meines Seminars und Leuten, deren Bücher ich gelesen hatte – also, natürlich konnte ich deren Stimmen nicht wiedererkennen, aber wenn Sie einen Burschen wirklich barbarisches Latein mit einem starken slawischen Akzent reden hören, der Ihnen erzählt, Sie dürften sich nicht waschen, weil es eine Sünde des weltlichen Luxus sei, und dann sagt, sein Name sei Hieronymus – was kann man da schon denken?«

»Ja, was schon?«

»Genau. Aber ich hatte das Gefühl, dass ich weiterhin aufnehmen und zuhören und versuchen müsse zu verstehen, und es wurde schlimmer.«

Ich ließ mehr Pastis in sein Glas laufen, fügte ein wenig Wasser hinzu und half ihm, seinen Mund zu finden. Er war nicht betrunken – ich glaube, er befand sich in einer Art privater Ekstase, wie eine Frau in der Menopause, die an Cassius Clay denkt.

»Es wurde schlimmer?«, soufflierte ich.

»Viel schlimmer. Kardinal Manning brüllte mich an und schien alles über meinen – äh – Fall zu wissen. Und dann sagte jemand, der sich Pio Nono nannte, ständig, er würde für mich beten, könne aber nichts versprechen und dann, am allerschlimmsten …«, seine Stimme versagte.

»Ihre Mutter?«, erkundigte ich mich leise.

»O nein, sie ist immer sehr verständnisvoll. Es war der heilige Franziskus. Zuerst hoffte ich, es sei Franz von Assisi, aber er klärte mich schon bald auf: Es war St. Franziskus *Xavier*. Er war scheußlich zu mir. Ausgesprochen scheußlich. Sie machen sich keine Vorstellung davon, wie dieser alte Bastard sein kann.«

In seinen Augen standen Tränen. Natürlich weiß ich, was man mit betrunkenen Verrückten macht. Man lässt ihnen ihren Willen, hört ihnen zu, lässt sie richtig volllaufen und steckt sie ins Bett, nachdem man ihnen den Kragen gelockert und die Stiefel ausgezogen hat. Meine einzige Sorge war, wie ich einen Priesterkragen lockern sollte und wie ich Eric daran hindern könnte, das ziemlich gute Empire-Sofa meines Hauswirts nass zu machen.

»Passen Sie auf«, sagte er plötzlich und deutlich artikuliert, »würden Sie es gern mal hören? Bitte?«

»Sicher doch, sicher. Ich geh' und hole das Tonbandgerät. Wissen Sie was, zuerst werde ich mal Ihr Glas nachfüllen.« Ich holte mein gutes Tonbandgerät, brach ein neues, unbespieltes Band mit sechzig Minuten Spielzeit auf, legte es geschickt in das Gerät ein und stellte es auf eine Laufgeschwindigkeit von 3 ¾ Zoll pro Sekunde ein. Eric starrte mit irgendwie gemischten Gefühlen auf das Gerät, wie Sie oder ich vielleicht auf den Zahnarztbohrer starren würden, der Schmerz gleichermaßen zufügt wie nimmt. Er starrte, bis ich mit den Füßen scharrte und nervös hin und her rutschte. Er blickte mit einem bestürzenden, engelsgleichen Lächeln zu mir auf.

»Vergeben Sie mir, ich hätte es Ihnen sagen sollen. Diese Phänomene scheinen an einen Alpharhythmus des Gehirns von etwa acht bis zwölf Zyklen gebunden zu sein. Es sieht so aus, als ob Leute, die etwas von Telepathie und Telekinese und ähnlichen Dingen verstehen, ihre Alphawellen mehr oder weniger steuern können. Manchmal wird das durch Hypnose erreicht, manchmal tritt es aber auch von selbst auf, wenn man gerade einschläft oder wenn man zu rasch aufgeweckt wurde und sich noch in einem halb benommenen Zustand befindet. Heranwachsende und Frauen in den Wechseljahren können diesen Zustand oft herbeiführen, indem sie mit geschlossenen Augen an irgendetwas Unreines denken. Medien, die während einer Séance in ihrem Wohnzimmer auf Halbdunkel und Schweigen bestehen, versuchen – wenn sie denn überhaupt was taugen – stümperhaft, Bedingungen zu schaffen, unter denen sie ihre Alphawellen auf das erforderliche Niveau herabdrücken können, ob ihnen das nun bewusst ist oder nicht. Ich habe den Verdacht, dass viele ›betrügerische‹ Medien Frauen sind, die zuzeiten wirklich empfänglich sind, es aber nicht verstehen, die richtigen Rahmenbedingungen zu schaffen, und deshalb die Resultate frisieren, wenn die Sache nicht richtig funktioniert.«

Ich war ein wenig aus der Fassung gebracht. Nicht viel von dem, was er gesagt hatte, machte Sinn, aber es klang auch nicht wie das Gebrabbel eines Besoffenen.

»In der Sowjetunion hat man in dieser Richtung viel getan«, fuhr er fort, »und ich muss sagen, dass die Art, wie man dort an die Sache herangeht, wesentlich intelligenter scheint als die der Amerikaner. Den Russen ist klar, dass Dinge, die offensichtlich außerhalb der Gesetze der Naturwissenschaft stehen, nicht mit den üblichen wissenschaftlichen Methoden untersucht werden können. Wie zum Beispiel zu versuchen, Neutronen auf einer Kaufmannswaage zu wiegen, verstehen Sie?«

»Das klingt ganz vernünftig«, sagte ich. »Ich entsinne mich, dass ich einem dieser Erforscher des Psychisch/Psychologischen an einer komischen neuen Universität – Lancaster? – erzählt habe, dass die meisten Pokerspieler mit diesem seltenen, wundervollen Gefühl vertraut sind, das vielleicht bei einer Hand unter tausend auftritt, wenn man *weiß*, dass man nicht verlieren kann. Ich erzählte ihm, dass mir das zweimal passiert sei, und zwar so stark, dass ich meine Karten gar nicht anschaute, keine ablegte, bis zum Äußersten ausreizte und nicht im Mindesten erstaunt war, als ich gewann. Die Reaktion dieser Karikatur eines Forschers bestand darin, dass er mir verdeckt einzelne Karten aus einem neuen Päckchen gab und mich aufforderte, die Farben zu raten. Meine Ergebnisse lagen neun Prozent unter der Zufallswahrscheinlichkeit oder wie man das nennt. Dadurch wurde ich in seinen Augen zum Lügner und er in meinen zum Idioten. Hätte er die Intelligenz besessen, danach zu fragen, hätte ich ihm erklären können, wie die notwendigen Voraussetzungen aussehen mussten. Wir hätten schon seit Stunden ein richtiges Spiel spielen müssen, ich hätte vielleicht eine Drittel Flasche Brandy getrunken und wäre dank des normalen Spielverlaufs meinen Mitspielern ein wenig voraus gewesen, kurz gesagt, ich hätte mich in jenem Zustand schläfriger Euphorie befunden, in dem alle Abteilungen meines Körpers bereits eingeschlafen wären außer meinem Kartensinn.«

»Sie hätten das nicht besser ausdrücken können!«, rief Eric.

»Alle Voraussetzungen waren gegeben: leichte Ermüdung, leichte Euphorie, leichte Depression durch den Brandy – ich wette, Ihre Alphawellen lagen bei etwa zehn Zyklen pro Sekunde.«

»Wir brauchen nicht zu wetten«, sagte ich.

»Genau. Übrigens – tut mir leid, dass ich immer ›genau‹ sage, aber ich arbeite viel mit Amerikanern, und sie erwarten einfach, dass ein Engländer das sagt.«

»Genau.«

»Ob das, was wir empfangen – falls das ein brauchbares Wort ist –, von mir kommt oder durch mich oder meinetwegen, kann ich nicht sagen«, fuhr er fort. »Bis jetzt jedoch, muss ich wie Raudive zugeben, dass mir noch keine Worte untergekommen sind, die in einer Sprache waren, die ich nicht kenne, oder aus einer Quelle, mit der ich nicht vertraut wäre. Das könnte die Vermutung nahelegen, dass ich, wie es aussieht, die Veranlassung dazu gab, aber es könnte sich auch einfach nur um ein Kommunikationsproblem handeln, meinen Sie nicht?«

Ich wollte eigentlich nicht »genau« sagen, aber es rutschte mir einfach heraus. Ich goss ihm noch ein wenig Pastis nach und bedachte ihn mit einem freundlichen Grinsen, das vermutlich mehr an Totenstarre gemahnte. »Na los«, sagte ich unsicher, »dann versuchen wir's!« Für ein, zwei Minuten starrte er mich an, legte dann beschützend einen Arm um das Gerät und schmiegte sich beinahe daran, als er es anstellte. Fünf lange Minuten blickte er geistesabwesend auf das sich drehende Band, schüttelte dann heftig den Kopf und spulte das Band zum Anfang zurück.

»Funktioniert's nicht?«, erkundigte ich mich freundlich.

»Kann ich nicht sagen.« Er schob den Lautstärkeregler auf halbe Leistung und drückte die Wiedergabetaste. Das Gerät begann, das übliche »weiße Rauschen«, Betriebsgeräusche und das sanfte Säuseln seines Atems von sich zu geben, weiter nichts. Seinetwegen war es mir peinlich; ich wünschte, er hätte diesen Unsinn nie angefangen, und fragte mich, wie ich ihm dabei helfen könnte, sich aus dieser Niederlage herauszureden.

»Hören Sie das?«, fragte er plötzlich.

Oh Himmel, er ist wirklich total verrückt, dachte ich und grimassierte entschuldigend, als ob ich einen Burschen vor mir hätte, der einen auf rosa Elefanten in den Zimmerecken aufmerksam macht. Er schob den Lautstärkeregler voll auf – und ich hörte es. Ein zartes, unendlich entferntes Zirpen, dann ein glucksendes Lachen und ein lang gezogenes Gekicher, das eigenartig ekelhaft an- und abschwoll.

Er fummelte mal hier, mal da an der Lautstärke und den Geschwindigkeitsreglern und spulte vor und zurück, bis plötzlich eine lachende Stimme, die sich klar und süß über ein Durcheinander sinnentleerten Geschwätzes erhob, ganz deutlich sagte: »DRECK! Dreckiger Säufer! Dreckiger Säufer? Dreckiger-dreckiger, dreckiger-dreckiger, *dreckiger-dreckiger*« mit steigendem Tonfall, der in einem fledermausartigen Kreischen endete, das in den Ohren schmerzte. Eric drückte die Taste »Pause« und sah mich an; seine Augen schwammen in Glückstränen. »Das ist meine Mami«, sagte er. »Sie macht sich 'ne Menge Gedanken um mich.«

Es gab eine Zeit, in der eine solche Bemerkung mir keinerlei Schwierigkeiten bereitet hätte, ich hätte eine gleichermaßen witzige und respektvolle Erwiderung vom Stapel gelassen, aber ich bin nicht mehr der Mann, der ich einmal war. Alles, was mir schließlich zu sagen einfiel, war: »Wirklich?«

»Oh ja. Sie kommt normalerweise vor den anderen und sagt etwas Spaßiges.«

»Andere?«

»Oh, jede Menge andere. Versuchen wir's mal.« Wieder machte er sich an den Knöpfen zu schaffen, und nach einer kleinen Weile kristallisierte sich eine heisere, gindurchtränkte Stimme heraus, die vor Inbrunst gepresst klang und immer wieder und bitter vorwurfsvoll sagte: »De profundis clamav't ad te, Domine.«

»Niemand aus der Antike«, sagte Eric. »Das ist die Art Latein, die irische Priester noch heute in den Seminaren lernen. Die Geschwindigkeit stimmt nicht ganz. Es klingt heller, wenn man die richtige Geschwindigkeit trifft.«

»Oscar Wilde auf dem Totenbett?«, konnte ich nicht widerstehen zu fragen.

»Wissen Sie, Sie könnten recht haben. Ich glaube wirklich, Sie könnten recht haben.«

Sehr viel mehr Glück – falls das das passende Wort ist – hatten wir von da an nicht mehr. Irgendjemand gab ein ganz besonders unerfreuliches Lachen von sich, Erics Mutter kam noch einmal in einem Schauer von tierischen Lauten durch und beschuldigte ihn, etwas praktiziert zu haben, was sogar dem alten Krafft-Ebing die Schamesröte in die behaarten Backen getrieben hätte (»immer muss sie ihre kleinen Scherze machen«, murmelte Eric unbehaglich), und gegen Ende überbrachte eine ruhige, leise Stimme eine Botschaft, die eindeutig für mich bestimmt war und die eine Angelegenheit betraf, von der Eric wohl kaum gewusst haben dürfte und mit der den Leser jetzt – oder später – zu belästigen, ich nicht die Absicht habe.

Ach ja, und wann immer wir eine bestimmte Kombination von Geschwindigkeit und Lautstärke trafen, sagte eine kultivierte, freundliche Stimme wiederholt: »Nein, tun Sie's nicht. Tun Sie's nicht. Nicht morgen. Nein, das würde ich wirklich nicht. Nicht morgen. Tun Sie's bitte nicht.«

»Faszinierend«, meinte ich schwerfällig, als Eric schließlich alles abgeschaltet hatte. »Obwohl mir scheint, dass es keine gute Idee wäre, Hinz und Kunz an dieser Art – äh – wenig bekanntem Stimmenzusammenklang teilnehmen zu lassen.«

»Du meine Güte, nein. Das mach ich nur, wenn ich allein oder mit Leuten zusammen bin, die über eine außergewöhnliche emotionale Stabilität verfügen – wie Sie, wenn ich das so sagen darf.«

Zu dieser erstaunlichen Beurteilung meiner selbst konnte und wollte ich keinen Kommentar abgeben: Meine emotionale Stabilität und Ähnliches bewahre ich zuunterst in meiner Nachttischschublade auf, und zwar zusammen mit dem Vibrator und den schmutzigen Fotografien, wie zweifellos auch schon W. H. Auden bemerkt hat. Es war der andere Teil dessen, was er gesagt hatte, der meine Aufmerksamkeit erregte. »Wollen Sie damit sagen, dass Sie diese Sachen manchmal *allein* machen?«, erkundigte ich mich staunend. »Bei *Nacht*?«

»Du meine Güte, ja. Oft. Wovor sollte ich mich fürchten?«

Darauf gab ich keine Antwort. Wenn er es, bei seinen Qualifikationen, nicht wusste, war es nicht an mir, es ihm zu sagen. Ich war schließlich nicht sein verdammter *Bischof*, oder?

Er war jedoch aufgeweckt genug, um zu merken, dass ich langsam melancholisch wurde, und widmete sich – mit einigem Erfolg – der Aufgabe, mich aufzuheitern. Ich werde nur von wenigen im Erzählen schmutziger Witze übertroffen, aber es braucht einen Seminaristen, um eine echt katholische Geschichte mit der richtigen Mischung von Zurückhaltung und Autorität zu erzählen. Er beherrschte diese Kunst in solchem Maße, dass ich mich entsinne, mich mehrmals vor Lachen ausgeschüttet zu haben.

Später brachte er mir bei, wie man einen »Nasenstüber« zubereitet und trinkt – eine Kunst, die außerhalb des Campus der Universität von Südkalifornien kaum jemand beherrscht, wo Eric dereinst ein glückliches Semester damit zugebracht hatte, den wohlgenährten weiblichen Erstsemestern die volle Innerlichkeit von Verlaines *Chansons Pour Elle* nahezubringen.

Einen »Nasenstüber« trinkt man folgendermaßen – Sie sollten das wissen, denn es ist die einzige Art, die unangenehmeren Alkoholsorten wie Tequila, Pulque, polnischen 70-prozentigen Wodka, Paraldehyd und Enteisungsmittel für Flugzeuge hinunterzuwürgen: Sie füllen das Schnapsglas mit der gewünschten, aber normalerweise nicht trinkbaren Flüssigkeit und stellen dieses Schnapsglas in ein Highball-Glas, das Sie dann bis zum Rand des Schnapsglases mit geeistem Orangensaft oder einer anderen äußerst nahrhaften Flüssigkeit füllen. Dann trinkt man alles zusammen aus. Der Saft, der nicht von der wie auch immer gearteten Giftbrühe, die sich gerade im Schnapsglas befindet, verunreinigt wird, verschleiert dennoch deren Schrecken, während sie am Gaumen entlangrinnt. Als kleines Extra lässt gegen Ende des Trinkvorgangs die Klebkraft des inneren Glases nach, es rutscht heraus und stupst sanft gegen Ihre Nase – daher der Name des Spiels. Der Nasenstüber, darf ich meiner Erfahrung nach behaupten, verleitet einen unwiderstehlich zur Wiederholung des Vorgangs. Andere Mischungen sind mir nicht bekannt, aber ich erzähle Ihnen gern, dass Sie sich nach Pastis und Ananassaft recht bald auf dem Teppich sitzend wiederfinden und Lieder singen, von denen Sie nicht geglaubt hätten, dass Sie den Text kennen.

Mir scheint – aber ich bin mir nicht sicher –, dass Jock in den frühen Morgenstunden ins Zimmer kam und mit manch freundlichem Wort Eric auf sein Zimmer führte; später kam er zurück, brachte mich ins Gebüsch, wo er mir den Kopf hielt, anschließend unter die Dusche und dann, wage ich zu behaupten, ins Bett.

Jeder wird Ihnen bestätigen, dass es nichts Besseres als Pastis gibt, um die Gedanken von den Dingen abzulenken, die Ihnen Tonbandgeräte erzählen.

11

Nach allen seltsamen Lieben und seltsamen Stunden,
Nach allen Träumen, düsteren Liedern und süßen,
Hast du als Liebender zu den Knien und Füßen
Einer blassen Titanin deinen Platz gefunden,
Wie deine Gesichte sie beschworen hatten?
In ihres hellen großen Hauptes Schatten,
Der ungeheuren Brüste tiefen Kluft,
Wo durch den riesig geneigten Leib Schlafatem geht,
Wo in den Flechten des erhabenen Haares steht
Noch Geruch und Schatten alter Fichtenwaldluft,
Wo der feuchte Tränenatem der Berge weht?

Ave Atque Vale

Jahrelang hatte ich geglaubt, dass die Zeilen

Erschossen? Ein so schnelles, saub'res Ende?
Oh, das war tapfer, Bursche, das war recht.
Dein Leid zu heilen gab es keine Hände,
So war ein frühes Grab nicht schlecht.

sich auf einen zu Tode erschrockenen jungen Mann aus der Zeit Edwards bezögen, der entdeckt hatte, dass er homosexuell war. Ich bin in der Lage, die Literaturgeschichte in dieser Angelegenheit richtigzustellen. Die Zeilen beziehen sich auf einen zu Tode erschrockenen Burschen in mittleren Jahren, der eines

Morgens entdeckt, dass Pastis nicht das Richtige für ihn war. Dies war nicht der handelsübliche Kater; es war eine der Plagen Ägyptens, gewürzt mit Schwarzem Tod. Ganz offensichtlich unheilbar. Ich griff nach der Klingel.

»Jock«, sprach ich mit belegter Zunge, »sei so gut und bring mir einen Topf Tee – die Lapsang-Souchong-Spitzen – und einen geladenen Revolver. Mein Leid zu heilen gibt es keine Hände. Ich schlage vor, mich in ein frühes Grab zu bringen, zuvor allerdings möchte ich mir noch den Kopf wegblasen. Ich habe nicht die Absicht, meinen Kopf in seinem gegenwärtigen Zustand mit in die Ewigkeit zu nehmen.«

Er machte Anstalten, sich davonzustehlen.

»Oh, und Jock«, fügte ich hinzu, »wenn du das Tablett mit dem Tee bringst – ich flehe dich an, lass nicht den Löffel oder anderes Besteck gegen den Revolver klappern.«

»Ja, Mr Charlie.« Lag da ein Hauch von Verachtung in seiner Stimme?

Ich lag da und lauschte auf das düstere, holprige Schlagen meines Herzens, auf die Geräusche wie von Ebbe und Flut, die meine Leber von sich gab, und auf den Generalbass, der hinten in meinem Schädel spielte. Ein silbernes Lachen schwebte aus der Küche zu mir empor – wie nur konnte Johanna in einer Zeit wie dieser *lachen*? Sie hätte auf Knien neben meinem Bett liegen und mir versprechen sollen, mein Andenken für alle Zeiten heiligzuhalten.

Ein paar Meter entfernt von dort, wo ich lag, war ein Fenster; eine kleine, emsige Spinne webte in einer Ecke ein Netz, und zwar *zwischen* der Doppelverglasung. Etwas Mitleiderregenderes hatte ich noch nie in meinem Leben gesehen; sie erinnerte mich an mich selbst. Ich möchte behaupten, dass ich ein, zwei Tränen vergoss. Wäre in jenem Augenblick ein fähiger Jesuit hereingekommen, er hätte meine Seele einsacken können, ohne einen Schuss abzugeben.

Was tatsächlich hereinkam, war mein Tee, von Jock mit

einem Minimum an Lärm getragen. Ich hatte einige Schwierigkeiten, mich in eine Position zu bringen, in der ich ihn schlürfen konnte; mein Hintern rutschte ständig auf dem seidenen Laken abwärts. (Wie ich mich stets danach gesehnt habe, aus einer gemeinen Familie gebürtig zu sein, sodass ich auf freundlichem irischen Linnen schlafen könnte – aber leider, leider beinhaltet hohe Geburt gleichermaßen Verpflichtungen wie Privilegien.)

Ich will nicht behaupten, dass die ersten Schlückchen mich wiederbelebten, denn ich halte die Wahrheit stets in Ehren; Tatsache ist aber, dass sie mir gestatteten, die bloße Möglichkeit zu erwägen, noch eine Weile in diesem Tränental fortzuschreiten.

»Jock«, sagte ich streng, »ich kann deutlich hören, dass Mrs Mortdecai lacht. Erklär mir das, so gut du kannst.«

»Weiß nich, warum, Mr Charlie. Sie frühstückt mit Patter Tichborne, und sie scheinen jede Menge Spaß dran zu ham.«

»Frühstück!«, quiekte ich. »Frühstück? Tichborne *frühstückt*?«

»Aber sicher. Erst aß er 'nen Teller Porridge mit Sahne und Zucker, dann noch 'n Teller auf schottische Art mit Salz und Bratenfett und Pfeffer, dann zwei ganz weich gekochte Eier mit dick gebuttertem Toast, und jetzt nehmen sie grade ein Pfund gehackte und scharf gewürzte Niercheen mit geräuchertem Pfefferschinken in Angriff. Ich lauf mal lieber runter und seh nach, ob sie Bücklinge wollen, gestern auf dem Markt hab ich wundervolle Exemplare gekriegt.«

»Raus hier«, sagte ich.

»Möchten Sie irgendwas?«, fragte er.

»Raus!«, brüllte ich.

»Sie sollten versuchen, was zu essen, Mr Charlie, Sie sehn 'n bisschen abgewirtschaftet aus. Augen wie Pisslöcher im Schnee, wenn Se den Ausdruck verzeihn wollen.«

Ich drehte mein Gesicht zur Wand und fühlte mich wie eine Sammlung im Buch Hiob gestrichener Textstellen.

Aber nicht einmal Hiobs Tröster verschonten mich, denn eine halbe Stunde später gestattete irgendein Verräter dort unten meinem freundlichen, extrovertierten Hauswirt, in mein Sterbezimmer einzudringen.

»Hallo, hallo, hallo!«, tönte er. »Was denn, Sie liegen noch immer im Bett? Sie verpassen den besten Teil des Tages, mein Guter!«

»Mir geht's mies«, brummte ich.

»Blödsinn!«, bellte er. »Sicher nichts, was eine Lunge voll frischer Luft nicht im Nu kurieren könnte. Es ist ein *fabelhafter* Morgen!«

Was man in Bezug auf Hauswirte nie vergessen darf, ist, dass man sie nicht zum Teufel jagen kann.

»Es regnet«, sagte ich verdrießlich.

»Bestimmt nicht. Kein bisschen. Ein schöner, frischer Morgen, klar und kalt. Nicht die Spur Regen.«

»In meinem Herzen regnet's«, bemerkte ich kalt. *»Il pleut dans mon cœur comme il pleut sur la ville.«*

»Ach so, ja – ich verstehe schon, aber denken Sie an meine Worte ...«

»Wenn Sie runtergehen«, sagte ich, »wären Sie dann so freundlich, irgendjemanden zu bitten, mir ein Brechbecken heraufzubringen?«

»Tja, dann – na gut. Ich gehe dann, hab viel zu tun. Passen Sie auf sich auf, ja?«

»Danke«, sagte ich.

Und weil es mir hochkam, blieb mir nichts anderes übrig, als aufzustehen. Meine anfänglichen Symptome wollten fröhliche Urständ feiern, aber Jock brachte jeden Versuch meinerseits, wieder ins Bett zu schlüpfen, zum Scheitern, und als Belohnung dafür, dass ich mich rasierte, gestattete er mir ein Glas seines *Salvation Special*, von dem es heißt, dass er sogar einen Mann, der mit einem Fuß schon im Grab steht, noch retten kann. Jock hat mit 08/15-Worcestersauce und rohen Eiern nichts am Hut; sein Arzneitrank besteht schlicht aus einer in Gin und Tonic aufgelösten Dexedrin, der er ein Löffelchen von Mr Andrews bewährtem Lebersalz hinzufügt, zwei sprudelnde Vitamin-C-Tabletten und zwei ebensolche Alka Seltzer. Meine Zeit reicht nicht, um mich viel mit Ausländern zu beschäftigen, aber ich muss doch anmerken, dass die Doctores Alka und Seltzer schon vor Jahren einen Nobelpreis verdient hätten; das Einzige, was ich an ihrem Geistesprodukt zu bemängeln habe, ist dessen Geräusch.

Ich kam gerade recht zum Mittagstisch, an dem Erics glänzendes Gesicht dominierte, und Johanna … nun, lächelte mich höflich an. Normalerweise kann ich einem Teller *Pais de Mai* ziemlichen Schaden zufügen – das sind mit Rindfleisch gebratene Kartoffeln, Feuerbohnen und Zwiebeln, die als Auflauf gebacken und mit kleinen Schweinswürstchen serviert werden, aber heute wollten die Magensäfte einfach nicht fließen, und ich konnte nur schaudernd den anderen zusehen, die Unmengen davon aßen, während ich versuchte, mit den topologischen Schwierigkeiten eines heißen Brötchens klarzukommen.

Eric nahm mich nach dem Essen beiseite. »Sollten Sie sich nach unserer gemeinschaftlichen Singerei letzte Nacht«, erkundigte er sich vorsichtig, »ein wenig *effete* fühlen …?«

»Sie haben eine Gabe für das rechte Wort, Eric. Ich hab mich nie effeter gefühlt. Sprechen Sie weiter.«

»Angeblich wirkt ein wenig Pastis in solchen Fällen Wunder. Vertreibt die schlechte Laune.«

Mein Verstand rebellierte, aber wie immer erhielt dieser mein Verstand das, was Jock »Licht aus dem Dunkel« nennt, und bald schon glättete der Pastis im Kavallerietempo die Falten meiner Melancholie. Als zwei Drinks später die Türklingel anschlug, zuckte ich kaum zusammen. Herein kamen George und Sam, wobei sie neugierig die Luft schnupperten.

»Machst du neuerdings chemische Experimente?«, fragte George.

»Ich habe gegurgelt«, bemerkte ich steif. »Ich hab 'nen rauen Hals.«

»Wenn das nur alles wäre«, meinte Sam.

»Sollen wir gehen?«, sagte ich. »Eric, Sie können sich doch allein unterhalten, ja? Jock zeigt Ihnen, wo alles ist. Bitten Sie um eine Landkarte, falls Sie bummeln gehen möchten. In den Gässchen von Jersey kann sich ein Mann auf Monate hinaus verirren.«

Wir fuhren in Richtung St. Helier. Unser Ziel war das Hauptquartier der Bezahlten Polizei, das in einer Straße lag, die verblüffenderweise *Rouge Bouillon* heißt. Unsere Absicht war, mit einem von unserem stämmigen Centenier aufgrund seiner Diskretion empfohlenen höheren Beamten eine delikate Angelegenheit auszuhandeln.

Seit bald achtzehn Monaten war mein Gewissen rein, aber dennoch verspürte ich ein gewisses Unbehagen, als ich den Bullenladen betrat; ein Unbehagen, das bald durch das freundliche Entgegenkommen, das uns mit jedem Handschlag allseits zuteilwurde, zerstreut und kaum vom Klimpern der hüftnah befestigten Handschellen gestört wurde. Nachdem wir höflich so manche Tasse Tee ausgeschlagen hatten, fanden wir uns alsbald im Büro des besagten höheren Beamten. Ich erkannte in ihm sofort den ehrlichen Mann: Mein geübtes Auge schätzte seinen Anzug auf vierzig Pfund und ein Alter von fünf Jahren. Bestechliche Polizisten in der ganzen Welt mögen ihre schuldhaft erworbenen Schätze in den Gewölben Zürichs vergraben, Mohairanzügen und handgefertigten Schuhen aber können sie nicht widerstehen. *Experto crede.*

Seine Nasenflügel bebten kaum wahrnehmbar.

»Mein Freund hat gegurgelt«, sagte Sam. »Er hat einen rauen Hals.«

»Das ist Pech«, erwiderte er, zu George gewandt.

»Nicht ich, er«, sagte George und zeigte unhöflich mit dem Finger.

»Oh. Also dann – womit kann ich Ihnen helfen? Wie ich höre, geht es um diese Vergewaltigungen.«

Mit einem Blick auf die anderen übernahm ich die Rolle des Sprechers. Unser Räsonnieren über die Beweggründe und Auswahlkriterien des Schänders gefiel ihm augenscheinlich, und er machte sich ein paar Notizen. Er erklärte, wie seine Möglichkeiten durch das zwischen Bezahlter und Ehrenamtlicher Polizei – die er zu schätzen schien – herrschende Protokoll beschnitten würden.

»Offensichtlich«, sagte er, »gibt es da ein paar Reibungen und Frustrationen, zwischen Professionellen und Amateuren ist das nur natürlich. Wir könnten die ländlichen Bereiche niemals polizeilich so erfassen, wie sie das tun – sie haben in den *cotils* praktisch einen kompletten Geheimdienst, und ihre, äh, summarische Art, geringere Vergehen auszusortieren, erspart uns eine Menge Zeit und Mühe. Jedes Mal, wenn einer meiner Beamten vor Gericht als Zeuge auftreten muss, muss ich den ganzen verdammten Dienstplan ändern, ist Ihnen das klar? Ich kann mich aber nicht in Gemeindeangelegenheiten einmischen, ohne vorher aufgefordert zu werden – genauso wenig, wie Scotland Yard seine Leute zu einem Mordfall aufs Land schicken kann, solange die örtlichen Plattfüße nicht zugegeben haben, dass sie nicht weiterwissen. Zuvor allerdings zertrampeln sie in der Regel alle Beweise«, fügte er verbittert hinzu.

Dann klärte ich ihn über unser Überwachungssystem auf, wobei ich sorgfältig darauf achtete, unseren ersten, in die Hose gegangenen Versuch nicht zu erwähnen. Seine Stirn verdüsterte sich ein wenig, und er musste zugeben, dass ihm auch in diesem Fall die Hände gebunden waren.

»Es sei denn«, fügte er entschieden hinzu, »dass irgendjemand dumm genug wäre, bei einer solchen Expedition eine Waffe zu tragen.«

Angesichts dieses Gedankens erhoben wir entsetzt die Hände. Dann ging ich näher auf den wahren Grund unseres

Besuches ein: was wir in der folgenden Nacht vorhatten und was wir von ihm in dieser Sache wollten.

Erst lachte er, dann blickte er finster drein, dann lief er dunkelrot an und erhob die Stimme. Es würde nicht der Wahrheit entsprechen zu behaupten, dass er tobte, aber so viel ist sicher: Er machte es uns nicht leicht. Ich führte ihm unerbittlich die Logik unseres Planes vor Augen, den unbedeutenden Schaden, den er anrichten könne, seine mögliche prophylaktische Wirkung, die Bereitschaft der Ehrenamtlichen Polizei zur Zusammenarbeit, wenn er sich nur anschlösse, die Ehre, die seiner Truppe daraus erwachsen würde. Allmählich wurde er einsichtig; er war kein wirklich fantasieloser Mann. Auf einer Sache allerdings bestand er: Er müsse besser gegen Strafverfolgung abgesichert werden. Schließlich handelte es sich um seine Karriere.

In diesem Augenblick überraschte mich George – nicht zum ersten Mal. »Kann ich Ihr Telefon benutzen?«, fragte er. »Danke. Hallo? Nein, nicht seine Sekretärin, danke. Nein, auch nicht seinen Adjutanten. Sagen Sie nur, hier sei George Breakspear, und es sei dringend. Was? Ach, hallo, Porky, tut mir leid, dass ich dich aufgeweckt habe, haha. Hör mal, ich hab dir doch von dem Blödsinn erzählt, den wir versuchen wollen? Also, Mortdecai hat einen Mann hierhergeholt, der viel von diesem Schwachsinn versteht, aber der Chef der Kriminalpolizei hier hat verständlicherweise das Gefühl, dass die Sache höheren Ortes abgesegnet werden muss. Würdest du mal mit ihm sprechen?«

Er sprach mit ihm. Der Chef nahm nicht wirklich stramme Haltung an, aber man hatte den Eindruck, dass er es getan hätte, wenn er allein gewesen wäre. Er beendete das Gespräch, indem er siebzehnmal »Ja, Sir«, achtmal »Natürlich, Sir« und dreimal »Danke, Sir« sagte. Dann legte er den Hörer auf und blickte uns grimmig an. »Also«, meinte er, »Ihr Freund scheint mit mir darin konform zu gehen, dass vielleicht etwas in der Richtung, die Sie vorschlagen, arrangiert werden könnte.«

Wir bewahrten ernste Mienen. Dann wurden Einsatzbefehle ausgearbeitet, per Telefon wurde Verbindung mit Connétablen und anderen Leuten aufgenommen, der zeitliche Ablauf wurde organisiert.

»Vor allem«, sagte ich, als wir gingen, »achten Sie darauf, dass Ihre Leute nicht versuchen, den großen, hässlichen Mann namens Jock festzunehmen. Erstens würde er sie ziemlich verletzen, und zweitens weiß er von der Sache nichts.«

»Habe ich dem zugestimmt?«

»Aber das verstand sich doch von selbst. Er ist nur mein Diener, wissen Sie?«

»Hat er auf der Insel ein Strafregister?«

»Überhaupt keins, das versprech ich Ihnen. Er hasst lediglich die Vorstellung, dass man seine Fingerabdrücke nimmt.«

»Hmpf. In Ordnung.«

Als wir durch den Haupteingang hinausgingen, sonderte mich ein uniformierter Sergeant fein säuberlich aus der Menge heraus und fragte, ob ich dem Chef noch ein paar weitere Minuten meiner Zeit opfern könne – allein. Vor Schuld und Angst schlotternd, sagte ich den anderen, ich würde ein Taxi nach Hause nehmen, dann folgte ich dem breitgesäßigen Sergeant zurück ins Büro des Kriminalchefs.

»Alles in Ordnung, Mr Mortdecai«, sagte er. »Setzen Sie sich. Sie brauchen sich keine Sorgen zu machen. Ich will nicht so tun, als wüsste ich nicht, wer Sie sind, aber hier liegt nichts gegen Sie vor. Soweit ich weiß.« Er ließ das ein wenig einwirken. »Was ich wollte, war, Ihnen ein paar Fragen stellen, die ich Ihren Freunden kaum stellen kann, da deren Frauen zu den Opfern gehören, Sie verstehen.«

Ich verstand nicht.

»Also, ich bin nicht allzu glücklich darüber, definitiv behaupten zu können, dass alle Vergehen demselben Künstler zuzuschreiben sind. Es gab übrigens noch einen Fall hier in St. Helier, den wir aber aus den Zeitungen herausgehalten haben. Das Opfer verlor die Besinnung und konnte den Täter deswegen nicht beschreiben. Aber wissen Sie, diese Dinge finden Nachahmer, sie werden manchmal zur Mode. Es ist so, als wenn kleine Jungen in dunklen Alleen alte Damen in Brand stecken – einer tut es, und alle denken, sie müssten es auch tun.«

Mich schauderte. Einige meiner besten Freunde waren alte Damen, von kleinen Jungen gar nicht zu reden.

»Wir haben von der Frau des Doktors einen Samenabstrich bekommen, und Ihr Centenier hat es fertiggebracht, einen von Mrs Davenants Laken zu ergattern – Ihr Centenier ist nicht halb so beschränkt, wie er sich gern gibt –, und sie gehören beide zur selben Sekretklasse. Das ist allerdings so, als ob man sagte, dass sie beide Blutgruppe null sind. Und Mr Breakspear war, wie Sie wissen, unnachgiebig im Hinblick auf Mrs Breakspear, und vom jüngsten Opfer konnten wir aus Gründen, die ich nicht näher zu erläutern brauche, keinen bekommen. Wir haben also noch nicht einmal einen dritten Abstrich.«

Ich wusste natürlich, was er jetzt fragen würde, aber ich wollte ihm nicht dabei helfen. »Ich sehe nicht, wie ich Ihnen helfen könnte«, meinte ich.

»Nun, betrachten wir es einmal so: Ihre Gattin kennt beide Damen, die in Ihrer Nachbarschaft geschändet wurden, richtig? Glauben Sie, dass sie ihr gegenüber irgendetwas bezüglich der – ähm – intimen Eigenschaften des Angreifers erwähnt haben könnten, die sie ihren Ehemännern nicht erzählt hätten?«

»Ich kann Ihnen nicht ganz folgen«, log ich.

»Oh doch – das können Sie verdammt noch mal schon«, fauchte er. »Ich meine die Größe des männlichen Gliedes, ob es beschnitten war, irgendwelche kleinen Besonderheiten – etwas in der Richtung.«

»Ich verstehe. Du lieber Himmel! Kann ich Ihr Telefon benutzen? Hallo, Johanna? Hör mal …«

»In Ordnung«, sagte sie nach einer Weile, »aber ›igitt‹.«

»Im Vereinigten Königreich sagen wir nicht ›igitt‹«, klärte ich sie auf, »wir sagen ›pfui‹.«

»Das sagen wir nur auf dem Golfplatz, aber okay. Ich wird's versuchen. Aber es könnte ein wenig dauern, ich werde mit dieser Kuh Sonia ein gemütliches Pläuschchen halten müssen.«

»Mädchengespräche«, sagte ich.

»Pfui!«, kam es von ihr in perfekter Aussprache.

»Es kann ein bisschen dauern«, sagte ich zum Chef und sah ihn bedeutungsvoll an. Er wusste, was ich meinte; er förderte eine Eineinhalb-Liter-Flasche namenlosen Scotch zutage, stellte sie auf seinen Schreibtisch und hob fragend die Augenbrauen. Ich neigte gnädig das Haupt. Er fand zwei Zahnputzbecher; sie sahen ein wenig unhygienisch aus, aber schottischer Whisky tötet ja, wie jede Hausfrau weiß, alle bekannten Bakterien ab.

Johanna rief etwa einen Viertelliter später zurück und ratterte ihre Neuigkeiten in leicht amüsiertem Tonfall herunter.

»Ist das alles?«, erkundigte ich mich.

»Was willst du noch – Farbfotos?«

»Auf Wiedersehen.«

»Auf Wiedersehen«, sagte sie, »und, Charlie, denk dran, dir heute Abend die Zähne zu putzen, ja?«

Ich legte auf und brachte Ordnung in meine Denkvorgänge. »Meine Frau hat sich an etwas erinnert, das ihr Mrs Davenant kurz nach dem Überfall erzählt hat«, berichtete ich dem Chef. »Außerdem hat sie mit Mrs Breakspear und der Frau des Arztes gesprochen. Auf den ersten Blick scheinen die Beweise einander zu widersprechen. Violet Davenant hat gesagt: ›Er war riesig wie ein Pferd und hat mir furchtbar wehgetan.‹ Sonia Breakspear beschreibt ihren Angreifer so: ›Nichts, was man Mutter schreiben könnte‹, und die Frau des Doktors sagt: ›Ich weiß nicht – meinen Sie etwa, dass es sie in verschiedenen Größen gibt?‹ Sie lügt natürlich. Sie war Krankenschwester, wissen Sie, und alle Krankenschwestern, die Ärzte heiraten, werden augenblicklich und *ex officio* zu Jungfrauen, das ist bekannt.«

»Ich habe davon gehört«, sagte er.

»Aber Johanna glaubt, dass sie etwas gesagt hätte, falls er außerhalb der Norm gelegen hätte.«

»Ja.«

»Und nun zur Beschneidung. Violet wusste gar nicht, wovon die Rede war, Sonia sagte, das sei nicht relevant – was immer das heißt –, und die Frau des Doktors sagt, sie glaube ›ja‹. Hilft uns nicht viel weiter, oder?«

»Nein, wirklich nicht. Sagt uns mehr über die Damen als über den Vergewaltiger, wenn Sie mir folgen können, Sir.«

Wir starrten einander an.

»Genau«, sagte ich schließlich. Als ich kurz danach ging, benahm er sich, als sei er der Ansicht, er habe einen Freund gewonnen. Was mich betraf, so hatte ich da Vorbehalte.

Ich musste dann doch kein Taxi nehmen; sie liehen mir einen Polizeiwagen samt Fahrer. Als wir ankamen, bot ich ihm eine Pfundnote an, die er entschlossen ablehnte. Er wollte auch keinen Drink – er muss geglaubt haben, ich sei ein Spitzel des Amts für Beförderungen, zum Teufel mit ihm! Was er dann doch annahm, um es an den Polizeisportfonds weiterzuleiten, war eine Flasche zypriotischen Sherrys, die ich in einer »Tombola« gewonnen hatte, wenn Sie wissen, was das ist. Ich verspürte Mitleid mit dem Sportler, der die gesundheitsschädliche Flasche gewinnen würde, aber schließlich kennen sie die Risiken, wenn sie der Truppe beitreten, nicht?

Mit einer Ochsenzunge verfährt man folgendermaßen: Man bittet den Metzger, sie vierzehn Tage einzulegen, und ignoriert sein tränenreiches Flehen, sie nach acht Tagen herausnehmen zu dürfen. Dann spülen Sie sie liebevoll ab und zwängen sie in die kleinste Kasserolle, in die sie gerade noch hineinpasst, zusammen mit vielen Zwiebeln, Karotten und anderem Suppengemüse. Bedecken Sie das Ganze mit Wein-, Bier-, Cidre- oder anderen Neigen, und übergießen Sie es, wenn Ihre Köchin Sie lässt, mit dem gehaltvollen Bratenfett, das sich im Bräter absetzt. Lassen Sie sie im hinteren Teil der Bratröhre vor sich hin dösen, bis Sie es nicht länger aushalten, holen Sie sie heraus, nageln Sie sie auf beiden Seiten mittels einer Gabel auf dem Hackbrett fest – und sprechen Sie ein Dankgebet an denjenigen, der dem sprachlosen Ochsen eine Zunge gab. Sie können sie natürlich erkalten lassen, dann schneidet sie sich besser; aber Sie werden merken, dass Sie dann weniger davon essen können.

Was ich in meiner unbeholfenen Art darzulegen versuche, ist, dass wir zum Dinner heiße Zunge mit köstlich-bitteren Rübchen und, wegen des besseren Aussehens, mit Pomme Duchesse hatten. Eric und Johanna hielten sich ganz ausgezeichnet, aber ich möchte doch meinen, dass ich an führender Stelle lag.

Später, als ich in Kissen und Apricot Brandy versank, entdeckte ich einen Misston. Jock, der die fleischlichen Überreste abgeräumt hatte, trug jetzt eine schwarze Wolljacke (Jersey – oder vielleicht Guernsey? – genannt), schwarze lange Hosen, schwarze Turnschuhe und alle Anzeichen eines Mannes, der eine tödliche Waffe bei sich führt.

»Was soll das denn?«, rief ich. »Was soll das? Hast du schon wieder ferngesehen? Ich habe dir wieder und wieder gesagt …«

»Wir gehn doch heute Abend aus, Mr Charlie, oder etwa nich? Zur *Kapelle*, erinnern Sie sich?«

Das hatte ich in der Tat völlig vergessen. Ich will nicht behaupten, dass sich die Ochsenzunge in meinem Bauch zu Asche verwandelte, auf jeden Fall aber gab sie Anzeichen von sich, dass sie mit ihrem Los unzufrieden war.

»Wir werden das verschieben müssen, Jock. Ich hab vergessen, den jungen Hahn zu besorgen.«

»Ich und Patter Eric ham ihn heut Nachmittag abgeholt. Is 'n wunderschöner Vogel – so schwarz wie Ihr Hut.«

Ich trank allen Kaffee, der noch übrig war, und schlang die Pille hinunter, die Jock mir gegeben hatte. Dann packte ich, wie das meine Gewohnheit ist, wenn ich in zugigen, mittelalterlichen Kapellen an Satansmessen teilnehme, ein paar eiserne Rationen wie Likörscotch, in Papier gewickelte Fasanensandwiches und ein kleines Döschen *Pâté de Lièvre* in eine Aktentasche sowie, nach kurzem Nachdenken, einen angerauten warmen Schlafanzug – wer weiß, wo ich die Nacht verbringen mochte? – und eingedenk Johannas Mahnung auch eine Zahnbürste und Zahnpulver.

Wir fuhren zu Georges Haus, wo wir ihn und Sam abholten; beide grummelten und hatten schlechte Laune. Dann brausten wir auf insgesamt acht Rädern los: Jock und Eric in meinem Mini, der ihr Fluchtfahrzeug sein sollte, und der Rest von uns in Georges geräumigem, funktionalem, langweiligem Rover. Kurz bevor wir abfuhren, fragte ich George freundlich, ob sein Revolver versichert, die Steuern bezahlt, Öl nachgefüllt und er im Besitz einer Bescheinigung für Straßentauglichkeit sei. Er sah mich natürlich mitleidsvoll an, aber daran bin ich gewöhnt. Die Leute sehen mich immer mitleidsvoll an, und zwar deshalb, weil sie mich für spießig halten. Wie ich schon sagte: Wir brausten los durch die Nacht in Richtung La Hougue Bie und hatten uns bald gründlich verfahren, was auf Jersey nicht weiter schwierig ist, da alle Landstraßen genau gleich aussehen, dank einer Sache, die man *La Visite du Branquage* nennt. Tatsächlich ist Sich-Verfahren auf Jersey eine der wenigen Sportarten im Freien, die man auch an kälteren Abenden genießen kann; es kostet eine Menge Benzin, erspart Ihnen aber in anderer Beziehung ein Vermögen. Keiner von uns wurde wirklich sauer, ausgenommen natürlich George. Als wir endlich auf den gesuchten Ort stießen, parkten wir den Rover in gebührendem Abstand; Jock, so schien es, hatte den Mini bereits in irgendeiner versteckten Ödnis abgestellt, die er zuvor ausgekundschaftet hatte. Am Haupttor trafen wir zusammen. Es lohnte wirklich nicht, die Zeit mit dem Vorhängeschloss zu verplempern; George hechtete mit einem fabelhaften Sprung armeemäßig über das Tor, und ich, voll unanständigen Stolzes, folgte ihm auf dem Fuß und prellte mir böse den Bauch. Sam und Eric, schon lange bar jeglichen Wettbewerbsgeistes, krochen einfach zwischen den Latten hindurch. Ich konnte nicht sehen, was Jock tat, er ist ein Profi; er tauchte einfach neben uns in der Dunkelheit wieder auf.

Wir drängten uns trübselig hinter dem Tor zusammen, während Jock geräuschlos in der Nacht verschwand, federfüßig wie eine Wühlmaus, um zu erkunden, ob die ehrbaren Eigentümer der Urnen auch wirklich zu Bett waren. Eine sehr lange Zeit schien zu verstreichen, bevor er zurückkam. »'tschuldigung, Mr Charlie, aber da war dieses balzende Pärchen, wissen Se, und denen musst ich erst mal einen gehörigen Schrecken einjagen, nich? Hab dafür gesorgt, dass se abhaun, wissen Se?«

»Und sind sie jetzt wirklich weg?«

Er sah mich beleidigt an. Wenn Jock dafür sorgt, dass Leute abhauen, dann hauen sie garantiert ab. »Ja, Mr Charlie. Hauten ab wie verängstigte Kaninchen. Er hielt krampfhaft seine Hosen hoch, sie ließ gewisse Wäschestücke zurück, die ich zufällig grade in der Hosentasche habe, falls Sie sie inspizieren woll'n.«

Ich erschauerte sacht und sagte, ich glaubte ihm auch so.

Von George und Sam, die jetzt ziemlich sauer waren, gedrängt, machten wir uns auf den Weg zum großen Hügel, jener widerlichen Anhäufung von Eingeweiden längst vergangener Zeitalter, deren Sinn man nie auch nur halbwegs begreifen wird. Jock beschäftigte sich kurz mit dem Vorhängeschloss und der Kette, die den Eingang zu dem unterirdischen Gang in die Grabkammer versperrten, und verschwand mit Eric, meinem Tonbandgerät und einer Plastiktüte voll mit den besten Kröten, die zu haben gewesen waren. Als sie wieder auftauchten, gingen wir alle den gewundenen Pfad hinauf zu den Kapellen. Jock hielt sein Versprechen: Das Schloss der Jerusalemkapelle ergab sich seinen Anstrengungen mit einem leisen »Klonk«.

Eric eilte geschäftig in die Kapelle, als sei er ganz in seinem Element. George, Sam und ich folgten ihm mit einem je eigenen Maß an Zurückhaltung. Der Hahn war von Jock mit in Rum getränkten Rosinen gefüttert worden; ich möchte klarstellen, dass nicht ich es war, der ihn trug. Eric verschwendete keine Zeit; er verteilte kleine Stückchen von diesem und jenem auf den Überresten des alten Altars und breitete dann sein großartiges Korporale darüber aus. Wir Übrigen drängten uns – vielleicht ein wenig schafsmäßig – an der Rückseite des winzigen Altarraumes zusammen, der nicht größer war als ein Badezimmer in einem besseren Landhaus. Wenn ich sage »wir Übrigen«, schließe ich Jock natürlich aus, der irgendwo im Schatten des Vorbaues auf der Lauer lag – in Zeiten der Verworfenheit ist das mit Recht sein Lieblingsplatz.

Obwohl wir festen Willens waren, habe ich den Verdacht, dass ein Vorzeigen unserer Hände in diesem Augenblick den ziemlich einmütigen Wunsch offenbart hätte, nach Hause zurückzukehren und die ganze Sache zu vergessen. Mit Ausnahme von Eric. Er gewann fast sichtbar an Größe und nahm die Haltung eines Künstlers an, der weiß, dass das, was er tut, niemand sonst besser machen könnte; wenn Sie so wollen, war es die Würde eines Wissenschaftlers, der die Wasserstoffbombe entwirft und sich zerfleischt aufgrund seines Wissens um das Böse seines Tuns, aber angetrieben wird von dem Drang zu forschen und dem Militärstiefel der Menschheitsgeschichte.

»Seien Sie jetzt bitte ruhig!«, sagte er plötzlich mit einer solch autoritären Stimme, dass wir alle strammstanden. Er trug etwas Langes, Weißes, Soutanenähnliches aus schwerer

Seide; die einzige Beleuchtung kam von der einsamen Kerze, die er auf den Altar gestellt hatte – einer gewöhnlichen weißen Kerze, wie ich bemerkte. Welcher Hokuspokus auch immer anstand, er würde das Wort ›Abrakadabra‹ nicht beinhalten, so viel war offensichtlich. Die Kerze erleuchtete lediglich die Travestie der Messe, die vor ihm lag, sowie einen kleinen, aber bestürzenden Ausschnitt der Stickerei auf dem Korporale.

Er sprach – so schien es jedenfalls – flüsternd ein paar Worte. Ich machte mir nicht die Mühe hinzuhören; ich hatte meine eigenen Probleme. Dann begann er, mit hoher, klarer Stimme den Introitus herunterzuleiern, mit jener singenden, schmeichelnden Intonation, die einst altmodischen irischen Priestern zu eigen war und, soviel ich weiß, noch zu eigen ist. Ich möchte behaupten, dass Sam ab und an ein paar der lateinischen Unflätigkeiten aufschnappte, die sich in das Ritual einschlichen, aber ich bin mir sicher, dass George das alles spanisch vorkam. Ich, der ich das Ritual abgeschrieben und anschließend abgetippt hatte, erwartete zwar diese Textstellen, aber aus dem Munde Erics schienen sie mit jeder Minute scheußlicher zu klingen. Als er zu dem Teil kam, der in Lord Dunromins Manuskript mit einem Rechteck in roter Tinte gekennzeichnet gewesen war, in dem die Worte *Secrets Infâmes* standen, wurde seine Stimme bestürzenderweise um gute zwei Oktaven tiefer, und mit einem entsetzlichen, basstiefen Grunzen begann er, rhythmisch eine Reihe von Namen zu intonieren, die mit Aschtaroth, Astarte, Baal, Chemoz und dergleichen mehr begann. Ich freue mich, sagen zu können, dass ich mich an nicht mehr als ein paar von ihnen erinnere – und wenn ich's täte, würde ich sie hier nicht niederschreiben; ich bin nicht abergläubisch, aber ich glaube nicht, dass man schlafenden Göttern mit einem spitzen Stock im Auge herumstochern soll. Ich kann sicher mit Ihrem Verständnis rechnen.

Wir anderen waren alle, so vermute ich, auf eine Mischung aus Langeweile und Peinlichkeit vorbereitet gewesen, aber es war doch außergewöhnlich, wie der kleine Eric Tichborne so etwas wie eine gebieterische Aura ausstrahlte – außergewöhnlich war auch, wie sich seine Statur änderte. Als seine Stimme zu dem priestermäßigen Singsang zurückkehrte, schien die Modulation auf beinahe unmenschliche Art an- und abzusteigen, wie ich es, so schien mir, schon einmal gehört hatte. In der Nacht zuvor. Auf meinem eigenen Tonbandgerät. Das gefiel mir ganz und gar nicht.

Während der besonders geschmacklosen Nachäffung des *Kyrie Eleison* schien seine Stimme dank einer Gefühlsregung zu zittern, bei der es sich um unterdrücktes Lachen oder auch um unterdrücktes Weinen handeln konnte. Sicherlich nicht um Pastis. Aber die merkwürdigste Sache kam danach, als seine Sprache sich bis zu einem Punkt zu beschleunigen schien, an dem er die Worte mit einer Geschwindigkeit herunterratterte, derer man den menschlichen Stimmapparat für nicht fähig gehalten hätte. Er beschleunigte noch weiter, bis seine Stimme sich anhörte wie das entnervende Gezirpe eines – ja – eines Tonbandgerätes, das mit zu hoher Geschwindigkeit läuft. Und plötzlich, unerklärlich, brach er ab, und wir konnten das gequälte Krächzen seines Atems hören. Auch sein Atem veränderte sich, während wir zusahen und -hörten, als Tichborne sich zusammenkrümmte und in einem offensichtlich asthmatischen Spasmus verkrampfte; heftiges Husten und Würgen erschütterten seine kleine Gestalt, und dazwischen schrie er gellend Bruchstücke aus Hesekiel, Kapitel 23 hinaus: »... junge, liebliche Gesellen, Reisige, so auf Rossen reiten ... seht, wie sie ihre Brüste begreifen ... und den Busen ihrer Jungfernschaft betasten ...«

George erhob sich halb und blickte mich fragend an. Ich schüttelte den Kopf. Besser war es, sich nicht einzumischen. Nach und nach sammelte sich der kleine, gebrochene Priester wieder, lehnte sich auf den Altar und fuhr mit dem zunehmend abstoßenderen Ritual fort, aber mir schien es, als ob ihm die

Worte körperlich wehtäten. Es war wahrscheinlich eine von der Kerzenflamme hervorgerufene Täuschung, aber es kam mir vor, als ob er von etwas, das nicht der Wind sein konnte, herumgestoßen würde. Verstohlen blickte ich zu den anderen: Georges Gesicht war eine Maske der Missbilligung und des Abscheus; sein Mund stand ein wenig offen. Zu meinem Erstaunen war Sams Gesicht von Anteilnahme gezeichnet und wies – falls ich mich nicht irrte – Tränenspuren auf.

Ich weiß nicht, wie mein eigenes Gesicht aussah.

Neben dem Altar – und nur seine Hände waren im abgegrenzten Kerzenlicht deutlich zu sehen – schwankte Pater Tichborne ruckweise hin und her, während seine Stimme immer schriller und wahnsinniger klang. Ich habe die anderen später nicht gefragt, was sie sahen, aber mir kam es so vor, als verdichte sich das Licht. Mir wurde mit einem Schlag bewusst, dass ich mich genau über der Grabkammer des Dolmen befand. Durch meine Fußsohlen schien ich ein mahlendes Knirschen zu fühlen, als ob sich die großen Steinplatten der Decke unter mir gegen die Steinplatten der Seitenwände verschöben. Ich bin erwachsen, reif und nicht im Mindesten abergläubisch, aber ich gebe gern zu, dass ich just in jenem Augenblick wünschte, ich wäre jung genug, um mir zu wünschen, meine Mutter wäre hier. Nicht, dass sie mir eine Hilfe gewesen wäre; sie war nicht diese Art Mutter.

Auf dem Altar wurde jetzt etwas verbrannt; etwas, das einen dicken, wohlriechenden Rauch entwickelte, der unsere Gedanken vernebelte. Der Hahn wurde hervorgeholt und hochgehalten, und dann widerfuhren ihm gewisse Brutalitäten, die wir, so wage ich zu behaupten, zu normalen Zeiten und an einem normalen Ort verhindert hätten. Der Priester wandte sich zu uns um mit erhobenen Armen und mit bis zum Nabel geschürztem Gewand, damit es nicht vom Blut befleckt würde. George bedeckte das Gesicht mit den Händen und wandte sich ab. Sam stand völlig reglos da, aber ich konnte ihn sehr leise und mitleiderregend wimmern hören. Wie ich schon mehrmals betont habe, bin ich ein reifer und vernunftbegabter Mann, zudem hatte ich das Ritual persönlich abgeschrieben und wusste, was jetzt kommen würde, daher war ich ein wenig überrascht, als ich merkte, dass ich an beiden Händen Mittel- und Zeigefinger gekreuzt hatte.

Es kann nicht Erics Stimme gewesen sein, die laut schreiend mit der Großen Ehrenbezeigung und Verwünschung St. Sécaires begann – ein so kleiner Mann hätte niemals in so abstoßender Weise brüllen und gellen können, noch kann ich glauben, dass die Felsen unter der Kapelle sich so bewegten und grässlich stöhnten, wie es den Anschein hatte. In jener verdichteten, benommen machenden Atmosphäre, inmitten jener atavistischen, tierischen Laute war nichts real, und als Eric zirka fünfzehn Zentimeter über dem Boden zu schweben schien, galt meine verwirrte Überraschung lediglich dem Umstand, dass ich vorher nicht bemerkt hatte, dass er barfuß war, und dass ich nicht gewusst hatte, dass sein rechter Fuß entsetzlich deformiert war. Er stotterte die Dinge hervor, die St. Sécaire für diejenigen bereithält, gegen die er beschworen wird, als ich sein Gesicht schwarz werden sah. Er fiel in unserer Richtung der Länge nach auf den Boden. Als sein Gesicht auf den Steinboden aufschlug, machte es ein Geräusch, das ich seitdem versuche zu vergessen. Es lag nur ein paar Zentimeter neben meinem Schuh. Die seidene Robe hatte sich bis fast zu den Achselhöhlen hochgeschoben; sein Körper bot keinen schönen Anblick. Er gab weiterhin eigenartige Geräusche von sich – wie hätte ich wissen sollen, dass er tot war?

Jedenfalls war das genau der Augenblick, als das Tor aufgerissen wurde und alle Arten Centeniers, Vingteniers, Connétablen und – ja – sogar Mitglieder der gefürchteten Bezahlten Polizei selbst in Mengen hereindrängten und uns alle wieder und wieder verhafteten.

Meiner Planung nach hätten wir jetzt unter der Anklage »Einbruch und Hausfriedensbruch« ordentlich verhaftet und am nächsten Tag mit einer Geldstrafe von fünf Schilling pro Kopf belegt werden sollen, was der *Jersey Evening Post* hinreichend Einzelheiten liefern sollte, allen und jedem – und besonders natürlich dem Hexenmeister und Frauenschänder – kundzutun, dass die Messe des St. Sécaire tatsächlich gehalten worden und er das Zielobjekt gewesen war. Ich hatte – vielleicht war ich etwas wortkarg gewesen – George und Sam nicht vollkommen klargemacht, dass wir wahrscheinlich die Nacht hinter Schloss und Riegel, das heißt »im Knast«, würden verbringen müssen – ich wecke in den Menschen nicht gern Erwartungsängste, Sie etwa? –, und natürlich hätten sie diesem Teil des Plans auf gar keinen Fall zugestimmt.

Es kam dann so, dass weder Sam noch George sich bis zu unserer Ankunft im Bullenladen in der Rouge Bouillon hinreichend erholt hatten; auch verstanden sie nicht ganz, dass sie unfreiwillige Gäste der Bezahlten Polizei von Jersey sein würden, bis ihnen – uns – pro Person zwei Decken, eine Tasse Kakao und ein Mordsstück Brot mit Bratenfett ausgehändigt wurden, welch Letzteres mir gerade recht kam. Glücklicherweise gab es jede Menge Zellen – die Touristensaison lief erst an –, sodass ich eine ganz für mich allein hatte und mir schwere Vorwürfe erspart blieben, mit denen mich einzudecken meine Freunde anderenfalls in der Hitze des Gefechts für angebracht hätten halten können. Der unendlich freundliche Gefangenenwärter gestattete mir, meine Aktentasche mitsamt Schlafanzug, Sandwiches und Scotch zu behalten, wobei er nur von Letzterem Tribut forderte. Ich will nicht behaupten, dass ich gut schlief, aber wenigstens putzte ich mir die Zähne, ganz im Gegenteil zu ein paar anderen, die ich benennen könnte.

12

Rot und tot liegt das Laub am Fuß der Bäume,
Wo die kalten alten Untaten verwehen,
Die argen Pläne, die schlimmen Träume –
Noch eine Sünde, vor dem Tod zu begehen,
Such ich mir hier, dass sie ganz mich zersetze …
The Triumph of Time

Wir, die wir uns am nächsten Morgen um halb neun im Büro des Polizeichefs versammelten, waren eine niedergeschlagene Mannschaft. George und Sam schienen einen kleinlichen Groll wegen des Umstandes zu hegen, dass ich so vorausschauend gewesen war, meine Zahnbürste und dergleichen einzupacken. Vielleicht missfiel ihnen einfach auch nur, eingesperrt zu sein – es gibt solche Leute.

George stolzierte hin und her, vier Schritte nach links, vier Schritte nach rechts, wie der Kapitän eines sehr kleinen Schiffes, der auf dem Wie-immer-Seeleute-das-nennen hin und her geht. Er schnaubte eine Reihe von Namen einflussreicher Leute hervor, die er anzurufen gedachte, und zwar in der angeführten Reihenfolge. Sam hockte wie ein Häuflein Elend da; er ist wie ich ein wunderbarer Redner, wenn er seine vormittäglichen Drinks intus hat, aber vorher nicht.

Als George sein geistiges Adressbüchlein erschöpfend zitiert hatte, räusperte sich der Kriminalchef auf eine Art, die einen Hauch von Selbstgefälligkeit vermittelte.

»Schwerwiegende Anklagepunkte«, sagte er. »Vielleicht sogar noch schwerwiegender, als Ihnen bewusst ist. Sicherlich schwerwiegender, als wir vorhergesehen hatten. Das wird eine ernste Angelegenheit werden. Eine sehr ernste. Verstehen Sie – das ist nicht akzeptabel.«

Sam machte im Plural eine Bemerkung, die sich auf das südliche Ende des Verdauungstraktes bezog, und sank dann wieder in sich zusammen.

»Nein, nein, Sir«, sagte der Chef, »so kommen wir nicht weiter, nicht mit dieser Haltung. Konstruktiv heißt die Parole. Lassen Sie uns konstruktiv sein. Sehen wir mal, was wir machen können. Was verursacht am wenigsten Schaden, am wenigsten Publicity und die wenigsten Kosten für den Steuerzahler?«

Sam ließ einen Vorschlag vom Stapel, der dem durchschnittlichen Steuerzahler gefallen haben würde oder auch nicht.

»Da haben wir's ja schon wieder, Sir. Biologisch interessant, aber nicht das, was man konstruktiv nennen könnte. Gut, dass wir hier drin keinen Polizeistenografen haben, nicht wahr?« Die sanfte Drohung schwebte sanft zu Boden. Sam grummelte: »'tschuldigung«, und George sagte: »Hrrmpf.« Ich sagte, ich sei Kakao zum Frühstück nicht gewöhnt. Der Chef brachte ungehalten seine Whiskyflasche zum Vorschein.

Dann erklärte er mit schlecht verhohlenem Vergnügen, dass wir uns in einem Betonkanu ohne Paddel auf einem unsäglichen Wildbach befänden und dass das Einzige, das er noch tun könne, bevor er uns in sein tiefstes Verlies einschlösse, darin bestehe, uns allen je einen Telefonanruf zu gestatten. Georges Advokat, der berühmteste, den man sich vorstellen kann, sagte nur dauernd: »O Himmel, o Himmel«, bis George den Hörer auf die Gabel schmetterte. Sams Anwalt schien ständig »oi oi oi« zu sagen, bis Sam ihn kurz angebunden dahingehend beschied, dass er kein Gejammere vor Gericht wünsche.

Die Reaktion meines unehrgeizigen Rechtsanwaltes war

entschieden. »Hol mal den Bullen an die Strippe« war alles, was er sagte.

Zwei Minuten später teilte uns der Chef kurz und bündig mit, ihm sei gerade aufgegangen, dass er uns nicht festhalten könne, falls ihm keine besseren Anschuldigungen einfielen, und dass es uns für den Augenblick freistehe zu gehen, falls wir bereit seien, noch eine unbedeutende Formalität an der Kasse auf uns zu nehmen.

Wir gingen. Ich war willens, auf dem Heimweg frei von der Leber weg zu plaudern, aber die beiden anderen schienen sowohl schweigsam wie auch stumm zu sein. Ich werde die Menschen nie verstehen.

Zu Hause begrüßte Johanna mich mit ihrem kryptischen Lächeln, jenem Lächeln, das sie wie die Mona Lisa eines reichen Mannes aussehen lässt, und mit einem schwesterlichen Kuss, mit dem deine Ehefrau dir sagt, dass sie dich liebt, aber. Auf Erklärungen verzichtend, rauschte ich in mein Ankleidezimmer und hinterließ Anweisung, man möge mir zwanzig Minuten vor dem Mittagessen Bescheid geben.

»Ja, Lieber«, sagte sie. Sie hat ein Talent für das rechte Wort.

Es war Jock, der mich aus einem schweinemäßigen, mit schreckenerregenden Träumen angefüllten Schlummer weckte. »Koteletts, Mr Charlie«, sagte er, »und Fritten und diese kleinen grünen Böhnchen.«

»Das interessiert mich außerordentlich. Übrigens, Jock, ist dir deine Flucht letzte Nacht ohne irgendwelche – äh – Reibungen geglückt?«

»Flucht?«, fragte er höhnisch. »Diese Bande könnte sich nich mal in Port Said 'n Tripper holen.«

»Jock, bitte. Ich möchte mein Mittagessen genießen.«

»Ja. Tja, die Köchin hat grad die Koteletts umgedreht, da ham Se noch etwa fünf Minuten, um runterzukommen.«

Ich schaffte es. Ich erinnere mich lebhaft an die Koteletts – sie waren köstlich. Desgleichen die kleinen grünen Böhnchen.

Der Nachmittag hallte wider von Telefonanrufen. Zuerst George, der mir schwere Vorhaltungen machte und berichtete, dass Sonia außer sich gewesen sei, weil sie die ganze Nacht allein gelassen worden war. (Im Geist sagte ich dazu: »Puuh.«) Er war voller Pläne, die Blüte der englischen Gerichtshöfe zu importieren, um dem Königlichen Gerichtshof von Jersey zu zeigen, was eine Harke ist.

»Stell dich nicht so verdammt blöd an«, sagte ich. »Zum einen dürfen die hier wahrscheinlich gar keine Verhandlungen führen, zum anderen würde es sie Jahre kosten, die Verschrobenheiten und Feinheiten der Rechtsprechung auf Jersey zu begreifen. Lass das lieber. Vertrau deinem Onkel Charlie.«

»Also hör mal, Mortdecai«, fing er an. Ich erklärte ihm höflich, dass ich nie zuhörte, wenn Sätze mit diesen Worten begannen. Er fing noch mal an, und noch mal musste ich ihm erklären, dass ich, wenngleich kein großer Kirchgänger, Blasphemie verabscheuungswürdig fände. Eine halbe Minute lang atmete er schwer in den Hörer hinein. Ich glaubte, ihm helfen zu müssen.

»Das Wetter ist, finde ich, für diese Jahreszeit recht schön, nicht?«

Er legte auf. Ich fing mit dem Kreuzworträtsel in der *Times* an. Als Nächster war Sam am Telefon.

»Charlie, bist du nun völlig verrückt geworden, oder weißt du wirklich, was du tust? George sagt, du redest daher wie ein Irrer.«

»Habe ich dich jemals im Stich gelassen?«, erkundigte ich mich schlicht.

»Habe ich dir je zuvor dazu Gelegenheit gegeben?«

»Wie geht's Violet?«

»Hat sich völlig in sich selbst zurückgezogen. Diagnose: nicht sicher. Prognose kann man nicht sagen. Wird intravenös ernährt. Themawechsel.«

»In Ordnung. Bei uns gab es zu Mittag Kotelett. Komm doch

zum Abendessen, Jock macht eigenhändig Aloo Ghosht auf Bangalore-Art.«

»Charlie, ich hoffe doch, dir ist klar, dass ich dich eigenhändig werde entleiben müssen, wenn du diese Sache nicht in Ordnung bringst, ja?«

»Sicher. Aber weißt du, wenn ich das nicht in Ordnung bringe, wird sich das erübrigen. Kommst du zum Abendessen?«

»Ach, na gut. Acht Uhr?«

»Komm früher. Wir kippen uns einen hinter die Binde.«

»In Ordnung.«

Johanna, die hereinspaziert war, bemerkte: »Wie nett, dass uns unsere Freunde so oft besuchen kommen.«

»Sag doch bitte Jock, er möchte ein paar Kartoffeln mehr an das Currygericht geben«, sagte ich. »Liebes.«

Der nächste Anruf war der, den ich schon gefürchtet hatte; er kam von Jolly Solly, meinem Wunderrechtsanwalt. »Ho, ho, ho!«, rief er fröhlich und rieb sich die Hände. (Er hat eines dieser Telefone mit Lautsprecher, bei denen man beide Hände frei hat – unentbehrlich für überzeugte Händereiber.) »Ho, ho! Du steckst in einer höchst interessanten Scheiße. Hätte nie gehofft, das noch zu erleben. Wir werden Rechtsgeschichte schreiben!«

»Weniger Frohlocken und mehr Neuigkeiten, bitte«, verlangte ich säuerlich.

»Ach ja, natürlich bist du darauf scharf. Übrigens – du hast nicht zufällig ein bejahrtes Elternpaar, das du eventuell gramgebeugt ins Grab bringst? Nein? Das sind gute Neuigkeiten. Der Rest sind überwiegend schlechte. Man ist sich noch nicht sicher, wie viele Anklagen man gegen dich vorbringen wird, die Hälfte der Angestellten im Büro des Staatsanwaltes arbeitet Tag und Nacht daran und leckt sich angesichts dieses saftigen Bratens die Lippen. Die vorläufige Auswahlliste sieht wie folgt aus:

Einbruch und Hausfriedensbruch. Ruhestörung. Führen zotiger und ekelhafter Reden. Behinderung eines Polizeibeamten bei der Amtsausübung. Kirchenschändung gemäß Abschnitt 24 des Diebstahlgesetzes von 1914. Als Höchststrafe kommt lebenslänglich infrage. Ich wette, das wusstest du nicht, haha. Aufwiegelung – na ja, darüber lässt sich streiten.

*Art. 1 de la Loi pour Empêcher le Mauvais Traitement des Animaux** – das bedeutet nur drei Monate. Ach ja, und eine Geldstrafe von zweihundert Pfund. *Art. 1 de la Loi Modifiant le Droit Criminel (Sodomie & Bestialité) confirmée par Ordre de Sa Majesté en Conseil.*** Ich hoffe wirklich, dass man dich nicht dafür drankriegt: Die Höchststrafe ist lebenslänglich, die *Mindeststrafe* drei Jahre. Im letzten Fall wurde der Typ nur deportiert, aber der war auch beschränkt. Diebstahl eines Hahnes oder Hähnchens. Nein, der Farmer sagt, Jock habe nicht dafür bezahlt. Vielleicht lässt sich das runterdrücken auf ›Entwenden und Abhauen ohne Erlaubnis des Eigentümers‹. Haha. Landstreicherei. Ihr hattet kein Bargeld dabei, verstehst du? Mitführen eines nicht unterschriebenen Führerscheines. Verletzung des (jerseyischen) Drogengesetzes (Verhinderung von Missbrauch) aus dem Jahre 1964. Hängt alles davon ab, als was sich der Stoff rausstellt, den Pater Tichborne verbrannt hat. Verletzung – möglicherweise – des *Loi sur L'Exercise de la Médecine et Chirurgerie Vétégrinaire.****«

Ich hatte keine Zeit, nach einem Spiegel zu suchen, und ich brauchte es auch nicht – ich kann mit Sicherheit sagen, dass mein Gesicht so weiß wie nur je ein Laken war, wahrscheinlich sogar weißer als die meisten. »Ist das alles?«, tremolierte ich mannhaft.

»Aber keineswegs, Charlie, aber keineswegs. Ich fürchte, das alles kann man verdoppeln, wenn man es wiederholt und

---

* »Artikel 1 des Gesetzes zur Verhinderung von Tierquälerei«

** »Artikel 1 des Gesetzes zur Modifizierung des Strafrechtes (Analverkehr und Sodomie), bestätigt durch Erlass Ihrer Majestät im Rat«

*** »Gesetz über die Ausübung der Veterinärmedizin und -chirurgie«

die Worte ›sich verabreden zu‹ voranstellt. Dann kommt vermutlich noch eine Reihe zivilrechtlicher Verstöße dazu: unbefugtes Betreten der Kapelle und Beschädigung derselben. Unbefugtes Betreten des Dolmen und Beschädigung desselben. Unbefugtes Betreten des Anwesens Hougue Bie und Nichtbezahlen des Eintrittspreises. Beschädigung des Hahns oder Hähnchens.

Wahrscheinlich denken sie sich noch mehr aus, sie haben gerade erst angefangen. Dann, fürchte ich, gibt es eine Reihe unerquicklicher Möglichkeiten nach dem Kirchengesetz – und wenn es dort zu einer Anklage kommt, würde ich mich an deiner Stelle sofort ›schuldig‹ bekennen. Fälle vor Kirchengerichten ziehen sich über Jahre hin, und an den Kosten würdest du pleitegehen. Wenn die Sache zum Beispiel im Bistum von Coutances bekannt wird, könntest du böse in Schwierigkeiten geraten – der Bischof hat das, was man Interventionsrecht nennt bei allem, was mit Straftaten von Priestern zusammenhängt. Dann gibt es eine besonders schreckliche päpstliche Bulle von 1483, die noch immer Gültigkeit hat und mit der Papst Sixtus IV. die Kirchen auf Jersey gegen alles Mögliche vermittels ›Exkommunizierung, Kirchenbann, ewiger Verfluchung und Konfiszierung von Eigentum‹ schützt. Deswegen würde ich mir nicht allzu viele Gedanken machen, es sei denn, du bist zufällig Papist – die Sache mit der Eigentumskonfiszierung ist heutzutage nicht mehr haltbar.«

»Oh, gut«, sagte ich bedrückt. »Und hast du jetzt auch wirklich alles aufgezählt? Ich meine, ich hab von dem Mann in New Orleans gehört, der neunhundertneunundneunzig Jahre absitzt, aber ich bin kein junger Mann mehr, weißt du?«

»Tja, also um ehrlich zu sein, fürchte ich, dass es da noch eine Menge mehr geben könnte. Weißt du, auf Jersey gibt es praktisch kein kodifiziertes Strafrecht. Faktisch fallen alle Straftaten unter das Gewohnheitsrecht. Das bedeutet für den Normalkunden, dass der Oberstaatsanwalt einen für alles, was als anstößig oder antisozial erachtet wird, verfolgen kann, indem er einfach das Wort ›gesetzwidrig‹ vor alles setzt, was man getan hat, und dagegen Einwände erhebt. Kannst du mir folgen?«

Ich wimmerte Zustimmung.

»Aber lass mich ein wenig Sonnenschein in dein Leben bringen. Alle privaten Autoversicherungen werden automatisch ungültig, wenn das Fahrzeug für einen illegalen Zweck verwendet wurde, deswegen werden sie sicher George Breakspear wegen Fahrens ohne Versicherungsschutz drankriegen. Ja, ich dachte mir schon, dass dich das ein wenig aufheitern würde. Ach, und übrigens habt ihr Glück, dass eure eklige kleine Zeremonie nicht wirklich den Teufel persönlich heraufbeschworen hat. Im Augenblick gelten nämlich die Vorschriften für Maul- und Klauenseuche, und sie hätten euch nach dem Gesetz über Tierkrankheiten wegen unerlaubten Transportes einer Bestie mit Pferdefuß drangekriegt, haha.«

»Ja, ja, wirklich sehr witzig. Was soll ich also in der Zwischenzeit machen?«

»Warten«, meinte er, »und beten.«

Ich legte auf. Weder Warten noch Beten ist eine Fertigkeit, derer ich mich rühmen kann. Jetzt war Nachdenken gefordert, aber fürs Nachdenken braucht man – und alle großen Denker stimmen mir hierin zu – schottischen Whisky, und ich hatte in einem müßigen Augenblick Johanna ein absurdes Versprechen gegeben. Die Uhr zeigte zehn vor drei. Ich drehte die Zeiger auf fünf nach sechs und läutete nach Jock. Er brachte das Tablett mit den lebenspendenden Drinks auf eine Weise herein, die ich nur als aufsässig bezeichnen kann, und stellte wortlos die Uhr wieder richtig.

»Jock«, sagte ich, als es in der Karaffe gluckerte, »ich habe den Eindruck, dass ich in der Scheiße sitze. Weil Pater Tichborne gestorben ist, weißt du? Schwierig, die Sache jetzt unter Kontrolle zu halten.«

»War doch nich seine Schuld, oder?«, meinte Jock mürrisch.

»Natürlich nicht. Er war ein ausgezeichneter Bursche und die Höflichkeit in Person, er hätte im Leben nicht dran gedacht, uns absichtlich in Schwierigkeiten zu bringen. Aber Tatsache ist, dass sein Tod alles verkompliziert hat. Was ist zu tun?«

»Na ja, geküsst wird man nur, wenn man sich küssen lässt, oder? Besonders in Jersey.«

»Ich habe nie recht gewusst, was das bedeutet. Was glaubst du, das es heißt?«

»Tja, sagen wir mal, wenn Ihnen die Ratten«, (damit meinte er die Kripo), »'n bisschen zu sehr auf die Pelle rücken, rufen Se einen von den Jungs an, mit denen Se im Knast waren, und der hängt dem Bullen Korruption an. Macht nix, wenn davon nix hängen bleibt. Sie müssen ihn suspendieren, bis die Untersuchung gelaufen is, und der neue Kerl, den se auf Ihren Fall ansetzen, hat nich dem seine Kontakte, und das meiste, was Kerl Nummer eins weiß, behält er für sich, und so ham Se 'n paar Monate, um die Sache wieder auf die Reihe zu kriegen, verstehn Se?«

»Ich glaube, ich verstehe. Du meine Güte! Aber vermutlich ist das der Lauf der Welt. Auf jeden Fall fällt mir nichts anderes ein. Danke, Jock.«

Ich rief George an. »George«, säuselte ich, »ich muss mich jetzt wirklich für meine Unhöflichkeit entschuldigen. Die Hitze des Gefechts, verstehst du? War nicht ganz bei mir.« Ich verstand sein Grunzen als Annahme meiner Entschuldigung. »Mir scheint«, fuhr ich fort, »unsere Parole muss heißen, ›geküsst wird man nur, wenn man sich küssen lässt‹. Wir müssen unseren *Einfluss* geltend machen und sanften Druck ausüben, meinst du nicht? Wie gut kennst du zum Beispiel die erlauchteren Burschen in Jersey, warst du vielleicht mit irgendjemandem im Kna… ich meine, Harrow? Ich meine Burschen, wie der Bursche, den du gestern vom Polizeirevier aus angerufen hast.«

»Tja, tatsächlich, ein paar kenne ich.«

»Also bitte. Lade sie zum Tee ein, stopf sie mit Fressalien voll, heiße, gebutterte Sauerteigfladen, kleine Fleischpasteten, Cherry Brandy, all die guten Dinge, die ihnen zu Hause nicht erlaubt sind. Dann erinnerst du sie an eure gemeinsame Schulzeit, an all die unschuldigen Streiche – du kennst das doch.«

»Genau das tue ich gerade jetzt. Sonst noch was?«

»Nein, eigentlich nicht.«

»Dann auf Wiedersehen.«

»Auf Wiedersehen, George.«

Der Gedanke an heiße, gebutterte Sauerteigfladen packte mich wie eine Tigerin beim Hals; das Verlangen danach peinigte mich. Ich schlenderte in die Küche, wo ich Jock vorfand, der Fotos von Shirley Temple in sein Buch mit Bildern und Zeitungsausschnitten einklebte.

»Jock«, meinte ich beiläufig, »glaubst du, dass wir heiße, gebutterte Sauerteigfladen im Hause haben?«

Er blickte mich finster an. »Sie wissen ganz genau, was Mrs Mortdecai über heiße, gebutterte Sauerteigfladen gesagt hat, Mr Charlie. Ohne sie ging's Ihn'n besser, hatt se gesagt.«

»Aber hier liegt ein besonderer Fall vor«, wimmerte ich. »Ich *brauche* diese Fladen, verstehst du das nicht?«

Sein Gesicht blieb steinern.

»Ich sag dir was, Jock: Du vergisst, Mrs Mortdecai gegenüber die heißen, gebutterten Fladen zu erwähnen, und ich vergesse zu erwähnen, dass du dir ihren Kaviar unter den Nagel gerissen hast. Küssen lässt sich nur, wer geküsst werden will, weißt du?«

Er seufzte. »Sie kapieren schnell, Mr Charlie.«

Ich zog einen Stuhl heran und rieb mir die Hände wie nur je ein Anwalt. Aus irgendeinem geheimnisvollen Grund sind die Fladen, die auf Jersey verkauft werden, oft zu siebt in einem Pack, und das bedeutet bei zwei Fladenessern ein ziemlich unerquickliches Um-die-Wette-Futtern, denn der, der vor seinem Mitstreiter mit dem dritten Fladen fertig ist, hat ein natürliches Anrecht auf den vierten. Wir waren beide fast mit unserem dritten fertig – es sah nach einem Fotofinish aus –, als es an der Tür läutete, und Jock stand auf, während er sich verdrießlich die Butter vom Kinn wischte. Erst in Zeiten wie diesen zeigt sich der gute Stall. Nach einem kurzen inneren Kampf teilte ich den verbleibenden Fladen in zwei beinahe gleich große Hälften.

Jock kam zurück, warf einen Blick auf den Teller mit den Fladen und verkündete, dass ein paar Herren von der Presse in der Vorhalle seien. Ob er sie ins Wohnzimmer bitten solle?

Die Herren von der Presse stellten sich als eine gut aussehende junge Frau von der *Jersey Evening Post* heraus, die wahnsinnig intelligent wirkte, ein an Weltschmerz leidender Fotograf und ein großer, trauriger, wohlerzogener Bursche, der Rundfunk und Fernsehen vertrat. Ich verteilte mit der Geschicklichkeit eines Spielers auf einem Mississippi-Dampfer hochprozentige alkoholische Getränke und machte dann einen Deal mit ihnen.

»Halten Sie uns die nationale Presse vom Leib«, lautete der Tenor meiner Botschaft, »und Sie bekommen exklusiv alle Informationen und Fotos, die Sie vernünftigerweise erwarten können. Wenn Sie mich in diesem Punkt hängen lassen, mache ich Ihnen die Tür vor der Nase zu und erzähle alles der *Sunday People.*«

Hierauf folgte ein dreimaliges Schaudern, dann dreimaliges heftiges Nicken. In sorgfältig einstudierten Worten erzählte ich ihnen ziemlich viel von der Wahrheit, wobei ich besonders den Umstand unterstrich, dass der Missetäter ganz eindeutig ein Hexer und es wohlbekannt sei, dass die Messe des St. Sécaire ihm unweigerlich die Zähne ziehen und ihn seiner mystischen Kräfte berauben würde, falls er ein wahrer Hexer sei, und dass auch – sollte er mit seinen Untaten fortfahren – bestimmte seiner physischen Kräfte schmerzlich leiden würden.

Dann stürzte ich in die andere Hälfte des Hauses hinüber und borgte mir von meinem Hauswirt eine große stinkende Pfeife und einen kleinen stinkenden Pudel. Das eine zwischen die Zähne geklemmt (jawohl, die Pfeife) und das andere in die Arme gekuschelt, gestattete ich ihnen, vom huldvollen alten Mortdecai in seinem Lieblingssessel und einem noch huldvolleren alten Mortdecai, der in seinem Garten herumwerkelte, Aufnahmen zu machen. Überaus zufrieden, zogen sie wieder von dannen. Ich floh ins Badezimmer und entledigte mich mit Mundwasser des Geschmacks der Pfeife, wechselte die Kleider und sagte Jock, er solle den pudelverseuchten Anzug in die Reinigung geben oder, falls er nicht mehr zu retten sei, an die Armen.

An jenem Tag gab es nichts weiter Bemerkenswertes außer dem exquisiten Currygericht, das ich unter Abspielen von Wagnerplatten zu mir nahm; er macht sich wunderbar zu Currygerichten – die einzige Verwendung, die ich je für ihn gefunden habe. Sam ging früh, und auch ich war bereit für mein Bett, wie ich das nach einer Nacht im Gefängnis immer bin. Ich hörte Johanna von ihrer Bridgegesellschaft zurückkommen, aber sie ging geradewegs auf ihr Zimmer, und ich nahm an, dass sie verloren hatte. Ich lag lange Zeit wach, dachte an den armen kleinen Eric Tichborne und fühlte mich wie ein Heide, der in einem veralteten Glauben aufgezogen worden war. Ich wage zu behaupten, dass Sie dieses Gefühl kennen, besonders wenn Ihre Frau manchmal zu Bett geht, ohne Gute Nacht zu sagen.

13

Sieben Schmerzen gaben die Priester Marien,
Doch deine Sünden, siebzig mal sieben,
In sieben Ewigkeiten, niemals verziehen,
Werden dich noch im hintersten Himmel finden:
Rasende Mitternacht, hungriger Morgen im Herzen,
Und das alles hüllende, alles endende Begehren
All der Lüste des Fleisches, all seiner Schmerzen,
Die die Seele verzehren.

Dolores

Den Vormittag und einen Großteil des Nachmittags verbrachte ich im Bett, simulierte Krankheit und blies Trübsal. Jock brachte mir nicht weniger als drei Tassen seiner köstlichen Rinderbrühe, ganz zu schweigen von den Sandwiches, die er von Zeit zu Zeit anschleppte. Johanna versuchte, Fieber zu messen.

»O nein, das tust du nicht!«, brüllte ich.

»Aber in den Staaten machen wir das immer so.«

Ich wurde vom Läuten des Telefons gerettet; das Büro des Oberstaatsanwaltes wollte wissen, welche Staatsangehörigkeit ich hätte. Dann klingelte es wieder. Es war George, dessen Anwalt ihm einen Heidenschreck eingejagt hatte. Ich erzählte ihm, dass mein Anwalt im Schreckeinjagen wesentlich besser und schneller sei, dass er nämlich das Schreckeinjagen bereits am Tag zuvor besorgt habe. Dann läutete es erneut, und ich sagte dem Sekretär des Polizeichefs, nein, ich könne nicht mal kurz beim Revier vorbeischauen, denn ich litte an Schüttelfrost dritten Grades. So ging es weiter. Ich glaube, auch in der Hölle wird es Telefone geben. Worauf ich wartete, war die *Jersey Evening Post*, denn eine gute Presse war für die Wirksamkeit unseres Planes lebenswichtig und mochte nützlich sein, falls die Sache vor Gericht kommen sollte. Unser Zeitungsexemplar wird um sechs Uhr geliefert, andere Leute aber bekommen das ihre ganz offensichtlich früher, denn die Telefonanrufe begannen um halb fünf erneut. In ungefährer Reihenfolge umfassten sie etwa:

Einen gelehrten Rektor aus meinem Bekanntenkreis, der – traurig und wahrscheinlich zu Recht – seinem Wunsch Ausdruck gab, wir hätten zuerst die Mittel der Kirche versucht, statt unsere Seelen durch das Flirten mit der Opposition zu gefährden.

Ein Mitglied der Christian Science – ich dachte, die wären alle ausgestorben –, das darlegte, dass sich Vergewaltigung nur im Geist abspiele und eine bloße Manifestation menschlichen Irrens sei. Sie redete noch immer, als ich den Hörer auflegte, aber ich glaube nicht, dass sie das bemerkte.

Drei verschiedene unerschütterliche Zeugen Jehovas, die mir erzählten, dass Armageddon im Jahre 1975 stattfinden und unter den fünfzigtausend Überlebenden für mich kein Platz sein würde, wenn ich nicht ganz fix etwas für den Zustand meiner Seele täte. Ich versuchte gar nicht erst zu erklären, dass der Gedanke an ein Überleben in einer nur von Zeugen Jehovas bevölkerten Welt mich entsetzte; ich gab einfach einem jeden die Telefonnummer des einen oder anderen langweiligen Freundes, der, so versicherte ich ihnen, Vergnügen am Besuch eines ihrer Sektenmitglieder haben würde.

Zwei ehrbare Bekannte, die beide bemerkt hatten, dass sie uns für den falschen Tag zum Dinner eingeladen hatten, und zu gegebener Zeit wieder anrufen würden.

Drei der Sorte, die Einladungen von uns angenommen, jetzt

aber festgestellt hatten, dass sie bereits früher oder – wahrscheinlicher – später ausgesprochenen Verpflichtungen nachkommen müssten.

Einen reizenden Reinkarnationsanhänger, der in seiner letzten Verkörperung auf Erden der Große Antichrist der Offenbarung gewesen war.

Einen reichlich wahnsinnigen Typen, der meinte, vom Teufel hätte ich völlig falsche Vorstellungen. »Sie ist eine Farbige«, erklärte er.

Ein paar angebliche Hexen aller Couleurs, die mich entweder verhöhnten oder mir Alibis offerierten.

Einen betrunkenen Iren, der um genaue Angaben bat, wie mein Haus zu finden sei, damit er mich besuchen und mir den verdammten Schädel einschlagen könne.

Einen Typen namens Smith, der sagte, er ginge in die Kirche, um für meine Seele zu beten, allerdings nicht gerade in der lebhaften Erwartung, damit Erfolg zu haben.

Ein prominentes weibliches Mitglied des Interessenverbandes zur Neufassung des Gesetzes über Tierquälerei, das vorschlug, mir den Pudel wegzunehmen und ihm ein gutes Heim zu suchen. (Ich sagte ihr, dass auch ich sehr an Tierquälerei interessiert, der Pudel aber ein ausgestopfter sei, der leider Gottes im letzten Jahr auf unaussprechliche Weise zu Tode gekommen sei.)

Die *Jersey Evening Post* musste mir eindeutig große Ehre angetan haben, und tatsächlich erwies sich die Vermutung als zutreffend, als mein Exemplar schließlich eintraf. Mit Fanfaren und Trompeten, als Aufmacher auf der Titelseite, fand man alles über Mortdecai, was sich für den Druck eignete. Das Foto bewirkte, dass Johanna und Jock in lästernder Heiterkeit über den Boden wankten und taumelten; der senile, gelehrtenhafte alte Mortdecai, bepudelt und bepfeift, strahlte den Leser beschränkt an. Miss H. Glossop, die junge Reporterin, hatte offensichtlich ihre Hausaufgaben gemacht, denn die Fakten waren klar dargestellt und gut recherchiert. Der belesene, weltfremde alte Mortdecai, so schien es, hatte in dem Bemühen, Freunden in der Not zu helfen, Feuer in einem solchen Maße mit Feuer bekämpft, dass der eigentliche Zelebrant der Riten – zu jedermanns Bedauern – auf dem Höhepunkt der Vorstellung tot zu Boden gefallen war. »Was«, so suggerierte die Geschichte, »würde das schuldige Zielobjekt ernten, wenn sogar der sozusagen unschuldige Schütze den Rückstoß nicht ertragen konnte?« Des Weiteren zählte Miss Glossop in ausgesprochen gut unterrichteter Weise die der Messe des St. Sécaire zugeschriebenen wunderbaren Kräfte auf und bemitleidete den Hexer, der seine armseligen Kräfte mit ihnen messen musste. Einem belesenen Teufelsanbeter konnte keinesfalls entgehen, was gemeint war. Zudem leitete sich ihr Stil – abgesehen von einer leichten Neigung, die Verben freizügig auseinanderzureißen – von den besten Vorbildern ab: Nicht ein einziges »in der Folge verlautbarte« konterkarierte ihre klare Prosa. Ich war durchaus angetan. Tatsächlich stand ich rechtzeitig vor dem Abendessen auf und tätigte meinerseits ein paar Anrufe. Sam war ausgegangen – niemand wusste, wohin –, aber George gab widerwillig zu, dass die Kriegslist gut zu funktionieren scheine. Solly gestand mir mit vollem Mund zu (Anwälte für Zivilrecht essen weitaus früher zu Abend als solche für Strafrecht), dass mein Image aufgrund der Publicity jetzt ein bisschen besser aussehe, und ließ mich wissen, dass ein oder zwei Anklagepunkte fallen gelassen worden waren und man sich nur vier oder fünf neue ausgedacht hatte.

Ich begann mich munterer zu fühlen. Abgesehen von der Aussicht auf einige wenige lange Jahre im Gefängnis, war der Horizont einigermaßen klar. Schallendes Gelächter drang aus der Küche, wo Jock, so vermutete ich, seinen Dominofreunden und der Köchin mein Foto zeigte. Nachsichtig strahlte ich vor Freude.

Das Abendessen wurde angekündigt.

Ich brauche kaum zu sagen, dass ich nicht zu denen gehöre, die sich in Gedanken ständig mit Essen beschäftigen, aber wenn ich ab und an mal meinen Geist in diese Richtung schweifen lasse, dann doch mit einer gewissen Zielstrebigkeit, besonders wenn es sich wie in diesem Fall – bei dem Lebensmittel, das zur Betrachtung ansteht – um ein Perlhuhn handelt, diesen Triumph der Geflügelzüchterkunst. Dieser besondere gefiederte Freund war ein ungewöhnlich wohlgezüchtetes Exemplar; es musste ein schönes und behütetes Leben geführt haben. Hand in Hand mit ihm kam eine Flasche Barolo auf den Tisch, die wehmütige Weisen von den felsigen Hängen des Piemonts in Erinnerung rief. Noch selten habe ich eine glücklichere und unschuldigere Stunde verbracht, aber – wie der Meister selbst uns sagt – es geschieht zu Zeiten wie dieser, dass das Schicksal aus einer dunklen Allee kraucht und eine ausgestopfte Aalhaut befingert, die für deinen Nacken bestimmt ist.

Ich warf den Schluss von *Romeo und Julia* in das verglühende Feuer und einen ehelichen Blick auf Johanna. Sie hob eine wie eine Möwenschwinge geformte Augenbraue. Ich zwinkerte. Das Telefon läutete.

Es war der Centenier. Er dachte, ich hätte gern gewusst, dass es eine weitere Vergewaltigung gegeben habe. Die Frau des Tomatenpflanzers. Satanisches Beiwerk wie zuvor, aber diesmal mit einem Zusatz. Nachdem er sie mit dem gleichen sanften Hieb bewusstlos geschlagen hatte, hatte er das Wort »Sekretär« mit Bühnenschminke in einem Halbkreis auf ihren bloßen Bauch, ziemlich weit unterhalb ihres Nabels, geschmiert.

»Haben Sie heute Abend die Zeitung gelesen?«, erkundigte ich mich.

»Ich hab Ihr Bild gesehen, Sir, aber nicht den ganzen Artikel gelesen, weil ich zu diesem Fall herausgerufen wurde, eh?«

»Nehmen Sie den Bauch der Dame noch mal in Augenschein«, sagte ich, »ich glaube, es handelt sich um das Wort *Sécaire*.« Ich erhob mich ermattet und fühlte mich so alt wie die Sünde. »Na gut«, seufzte ich. »Zurück in die Tretmühle.«

»Sehr gut«, sagte Johanna. »Wettrennen ins Bett?«

»Das meine ich nicht.«

»Du hast es gerade eben noch gemeint.«

»Gerade eben war ich noch mittleren Alters. In diesem Augenblick fühle ich mich alt und schwach genug für die Station der Altersschwachsinnigen.«

»In Ordnung, dann spielen wir Patient und Krankenschwester. Du jagst mich die Treppe rauf, aber sehr langsam, damit du mit deinen Kräften haushältst.«

»Na gut.«

Ich war nicht ganz bei der Sache, aber ich schätzte den Umstand, dass sie mir helfen wollte. Wissen Sie, aus irgendeinem Grund können wir nicht vernünftig miteinander reden.

14

Nicht gänzlich eigenem Unwert erlegen,
Der Scham noch nicht zur Gänze hingegeben,
Die armen, schlaffen Hände leer,
Im Mund der armen Worte stummes Meer –
Die Liebe, deren tiefes Siegel prägt
Das schwache Wort, das müd und schwer,
Dessen Gebet keinen Segen hegt:
Kein Feuer, das verbrennen mag,
Kein Blitz, kein Keil, kein Donnerschlag.

Epilogue

Ein abscheuliches Wehklagen drang in meine düsteren Träume; ich erwachte schaudernd. Es war nur Jock, der die Treppen mit meinem Teetablett erklomm und dabei in seinem besten Falsett »On the Good Ship Lollipop« sang. Er sang das recht gut, aber ich war nicht in der Stimmung für Shirley Temple. »Bitte kein Morgenständchen, Jock. Das tut mir in der Leber weh. ›Verflucht sei, wer seinen Bruder am Morgen mit lauter Stimme grüßt‹, wie das Deuteronomium so schön ausführt.«

Rachsüchtig ließ er ein wenig Tee auf die Untertasse überschwappen, als er ihn mir reichte, und wischte ihn dann langsam mit einem überreifen Taschentuch auf. Spiel, Satz und Sieg für ihn. Als ich es endlich über mich brachte, ihn zu kosten, schmeckte der Tee wie die Wasser von Babylon, in die zu reichlich hineingeweint worden war.

»Wie geht's dem Kanarienvogel heute Morgen?«

»Hat 'n schlimmes Bein.«

»Dann hol den besten Tierarzt, den man für Geld kriegen kann, scheue keine Ausgabe. Über einen gewissen Mr Blampied hört man nur Gutes.«

»Der's beknackt. Sagt, das Bein muss ab.«

»Unsinn! Ich bin kein reicher Mann und kann es mir nicht leisten, Kanarienvögel mit Holzbeinen in eitlem Luxus zu halten.«

»Er ist ein Sänger, Mr Charlie, und kein verdammter Tänzer. Ach ja, Mr Davenant und Mr Breakspear warten unten auf Sie.«

»Oh Himmel, oh Heiland – die warten? Äh, die sind doch sicher recht fideler Stimmung, ja?«

»Verdammt diabolischer Stimmung.«

»Oh. Also haben Sie schon von dem neuen Vorfall gehört?«

»Ja.«

Jocks Talent fürs Sprachliche hatte wieder mal getroffen; »diabolisch« war das einzige Wort, das der Stimmung von George und Sam gerecht wurde. Als ich ihnen einen Guten Morgen entbot, starrten sie mich an, als wären sie ein Paar Lady Macbeths, das in einer absolut unakzeptablen, verdammten Klemme steckte. Ich verzog meinen Mund zu einem trockenen Lächeln. Ihre Münder blieben grimmig. Ich spielte mit der Idee, ihnen etwas Komisches zu erzählen, verwarf sie jedoch. »Drinks?«, fragte ich. »Scotch? Gin und Tonic? Flaschenbier?«

»Mortdecai«, sagte George, »du bist ein Fünf-Buchstaben-Mann.«

»Weißt du, ich habe nie genau gewusst, was das heißen soll.«

Sam erklärte es mir; und zwar in fünf Buchstaben. Ich gestatte niemandem, so mit mir zu reden. »Sam«, begann ich bedeutungsvoll.

Er wiederholte das Wort.

»Nun«, gestand ich zu, »an dem, was du sagst, könnte etwas dran sein. Aber überleg doch mal, der Schänder – falls dieser Vorfall auf sein Konto geht – hatte vielleicht noch keine Zeit, die *Jersey Evening Post* von gestern zu lesen, schließlich war sie noch nicht lange heraus.«

»Wie erklärst du dir dann das Wort *Sécaire*?«

»Oh. Davon habt ihr schon gehört?«

»Ja, haben wir. Und uns scheint, dass dein perverser und hirnverbrannter Plan uns nicht nur entehrt und in gefährliche Nähe des Gefängnisses gebracht hat, sondern, was am schlimmsten ist, er hat nicht funktioniert. Der Mann lacht uns eindeutig aus.«

»Es ist noch ein bisschen früh, um dessen sicher zu sein, nein? Ich meine, es ist doch möglich, dass er tatsächlich noch funktioniert. In seinem Unterbewusstsein oder so …«, brach ich lahm ab.

»Blödsinn! Wir müssen mit den Hinterhalten weitermachen von jetzt an jede Nacht. Der neue Vorfall bestätigt unsere Ansicht, dass die möglichen Zielobjekte immer Engländerinnen zwischen dreißig und vierzig sind, die hier in der Nachbarschaft leben. Es ist lediglich eine Sache der Zeit und der Wachsamkeit.«

»Und der Teamarbeit«, grunzte George.

»Und der Loyalität.«

»Ich verstehe. Na gut. Wie ich das sehe, fangen wir heute Abend an, ja? Oder lassen wir eine Nacht aus, damit der Bursche seine – ähm – Batterien wiederaufladen kann?«

»Heute Abend«, sagten sie einstimmig.

»Ich nehme an, ihr habt recht. Einem Burschen wie dem laufen die Batterien wahrscheinlich nicht leer, der hat Drüsen wie ein Kernreaktor, würde ich meinen.«

»Nicht sehr komisch. Und ich nehme an, du weißt, dass wir alle in vierzig Minuten auf dem Polizeirevier sein müssen. Ich möchte doch meinen, dass du uns einen Drink anbietest, bevor wir gehen.«

Ich öffnete den Mund und schloss ihn wieder. Es war klar, dass ich an diesem Morgen nichts recht machen konnte.

Der Polizeichef trat uns mit einem steinernen Gesichtsausdruck entgegen. Wie alle guten Polizisten, denen man zu verstehen gegeben hat, sie sollten von hochrangigen Leuten die Finger lassen, war er schlecht gelaunt. Er musterte uns sorgfältig einen nach dem anderen – eine von der Zeit belohnte Technik von Polizisten, die einem zu verstehen geben wollen, dass sie einen in Zukunft im Auge behalten werden und man sich besser nicht beim Parken im Halteverbot erwischen lässt.

»Aus einem Grund, in den man mich nicht eingeweiht hat«, begann er schwerfällig, »wurde entschieden, dass diese Sache wie ein dummer Streich zu behandeln ist, der tragisch endete. Die mannigfaltigen Anklagen werden überwiegend dem Konto des verschiedenen Tichborne zugeschrieben werden. Ich hoffe, das gefällt Ihnen. Ihnen wird lediglich unbefugtes Betreten eines Privatgrundstückes, ungesetzliches Verursachen eines Skandals und einer gefährlichen Lage zur Last gelegt werden und dass Sie ein Vergehen gegen das Gesetz, das Tierquälerei verbietet, nicht verhindert haben, und Ihnen, Mr Breakspear, dass Sie ohne Versicherungsschutz Auto gefahren sind und Ihr Führerschein nicht unterschrieben war.«

Mir brach der Schweiß der Erleichterung aus. George knirschte hörbar mit den Zähnen. Sams Augen schienen auf einen entfernten und verabscheuungswürdigen Gegenstand gerichtet.

»Ich bin inoffiziell«, fuhr der Polizist fort, »mit der *Société Jersaise* in Kontakt getreten. Man ist dort, durchaus zu Recht, schockiert und wütend, aber Sie werden sehen, dass eine schriftliche Entschuldigung und das Angebot, ein neues Vorhängeschloss mit Kette sowie die Beseitigung der Rauchflecken an den Wänden der Kapelle zu bezahlen, die Leute zufriedenstellen wird. Sagen wir mal, dreihundert Pfund.«

Drei Scheckbücher blitzten im staubigen Sonnenschein auf, drei Füllfederhalter kratzten und spritzten unisono.

»Der Polizeirichter hat Ihren Fall direkt an den Obersten Gerichtshof weitergeleitet. Sie haben heute Nachmittag um Punkt halb drei auf einer Sondersitzung zu erscheinen, was Ihnen hinreichend Zeit bietet, ein ausgiebiges und kostspieliges Mittagessen zu sich zu nehmen. Nein, bitten Sie mich nicht, mich Ihnen anzuschließen. Mir ist ein wenig übel. Ich wünsche Ihnen einen Guten Tag.«

Dieser Mann war als Polizist verschwendet; er hätte Direktor eines teuren Internats werden sollen. Schuldbewusst schlichen wir hinaus.

Der Sergeant am Empfangstresen bot diesmal keine Tasse Tee an; er beäugte uns kalt. Wahrscheinlich wusste er wenig von der Sache, aber der Geruch von Schimpf und Schande haftete uns an; wir waren nicht einfach nur mehr Herren, sondern Gesichter, an die man sich erinnern sollte. Er bat mich, mein Tonbandgerät – komplett mit einer Spule – zu identifizieren und dafür zu unterschreiben. Das tat ich.

»Auf der Spule ist nichts drauf«, erklärte er.

»Wollen Sie wetten?«, erkundigte ich mich. Auf meinem Wagen prangte triumphierend ein Strafzettel, auf den die anderen mit düsterer Befriedigung starrten.

»Also, wo essen wir zu Mittag?«, fragte George.

»Was mich betrifft, in der nächsten Spelunke«, sagte ich, »dieser Tag ist geeignet, um zu Kreuze zu kriechen.«

Schließlich hatten wir dann das Glück, einen Tisch im »Borsalino« zu bekommen, doch wir wussten die ausgezeichnete Kost kaum zu würdigen.

»Mögen Sie denn das *Poulet Borsalino* nicht?«, erkundigte sich der verwirrte Eigentümer.

Sam sah ihn trüben Auges an. »Das *Poulet Borsalino* ist ausgezeichnet. Was wir nicht mögen, sind wir.« Dazu konnte der Besitzer nichts sagen; er stahl sich davon. (Wenn ich Ihnen erzähle, dass *Poulet Borsalino* frittiertes, um Camembertstücke gewickeltes Brustfleisch vom Huhn ist, werden Sie den tiefen Kummer ermessen können, der uns befallen hatte.)

Der Oberste Gerichtshof war unglaublich einschüchternd. Die Advokaten von George und Sam sowie mein munterer Anwalt trafen uns in der Vorhalle. Die Advokaten schürzten die Lippen; Solly blinzelte mir zu. Ich begriff, zog meinen Schlipsknoten fest und zur Seite, wobei ich meinen Hemdkragen zerknitterte; ein simpler Trick, durch den sich das Einkommen, das man dem Anschein nach hat, um mehrere hundert Pfund verringert. *Verbum satis sapienti**, von *experto crede* ganz zu schweigen. Wir erklommen Treppenflucht nach Treppenflucht, linoleumbelegt und in alten Zeiten sicher zu dem Zweck entworfen, die Gefangenen roten Gesichtes und vor Schuld schwitzend vor Gericht erscheinen zu lassen. Auf der Treppe kniff mich Solly in den Hintern, zweifellos um mich aufzuheitern. Außerhalb des Gerichtssaales selbst wurden wir dem *Greffier* übergeben, einer angstmachenden Persönlichkeit in schwarzer Robe, die aussah, als ob sie für Vergehen gegen die Straßenverkehrsordnung die Todesstrafe verhängen würde. Bald gesellte sich uns der *Vécomte* hinzu, ein weiterer schwarz berobter Amtsträger, der einen großen Amtsstab trug, und wir schritten wie eine Prozession durch eichene Türen in den Gerichtssaal. Es handelte sich um einen hohen, luftigen, gut beleuchteten Raum von großer Schönheit, in dem ausgezeichnete Gemälde hingen. Vor uns saßen mit einer gewissen Erhabenheit unter einem großartigen Baldachin die Richter. In der Mitte (so erläuterte mir Solly flüsternd) der Gerichtspräsident; zu seiner Rechten ein niedrigerer, leerer Thron, auf dem der Vizegouverneur Ihrer Majestät gesessen hätte, hätte er sein Anwesenheitsrecht wahrgenommen; auf der anderen Seite ein Paar *Jurats*, die aus der Blüte von Jerseys altehrwürdiger

---

* »Dem Weisen genügt ein Wort« und »Glaube dem Erfahrenen«

Aristokratie erwählt worden waren. Sie sahen weise und brauchbar aus, und das ist auch ihre Funktion, glaube ich.

Der Vécomte steckte den Amtsstab in die Halterung vor dem Richtersitz, der Greffier nahm seinen Platz ein, und so begann die Sitzung des Gerichts der Niederen Zahl (man nennt ihn so, wenn nur zwei Jurats dort sitzen).

Die Bänke für das Publikum waren fast leer; die Anberaumung der Sitzung war für die Masse der Sensationslüsternen zu kurzfristig erfolgt, und nur die übliche Handvoll ghulenhafter alter Damen, die Pfefferminzbonbons lutschten, war da – die Sorte, die Gewalt im Fernsehen nicht mag und sie lieber brühwarm aus erster Hand mitkriegt. Auf der Pressebank saß als Einzige meine Freundin Miss H. Glossop und strahlte Intelligenz und Wohlwollen aus. Ich hatte den Eindruck, dass sie mir gern freundlich zugewinkt hätte.

Tödliche Stille breitete sich im Gerichtssaal aus, dann wurde in altem normannischem Französisch etwas vorgetragen, was von niederen Amtsträgern auf Englisch wiederholt wurde; Bezahlte und Ehrenamtliche Polizisten berichteten, wie sie in Ausübung ihrer Pflicht und gemäß den erhaltenen Informationen von einem Ort zum anderen gefahren waren, und zudem konnten sie das auch noch anhand von Notizbüchern beweisen. Sams Advokat erhob sich und jammerte erbarmungswürdig; Georges Mann lief zu voller Form auf; Solly – ein Solly, den ich nie zuvor gesehen hatte – bat das Gericht um Nachsicht dafür, dass er kurz ausführte, ich sei – wenn auch nicht mit genau diesen Worten – bloß ein verdammter Idiot und eher zu bemitleiden denn zu verurteilen.

Erneut breitete sich tödliches Schweigen im Saal aus, das nur von den steten Schmatzgeräuschen der Pfefferminz lutschenden alten Damen unterbrochen wurde. Der Präsident und die Jurats zogen sich zurück, um in Ruhe die kniffligeren Aspekte zu erörtern, und ich nutzte die Gunst des Augenblicks, um rasch meinen Flachmann zu konsultieren.

Nach wenigen Minuten kehrten unsere Richter mit verdammt entmutigenden Mienen zurück. Als alles saß, wurden wir Bösewichter genötigt, erneut aufzustehen. Der Präsident war erstaunlich sprachgewandt; wir schrumpften merklich, als er unsere Torheiten zusammenfasste. Fünf sonore Minuten machten uns und allen Zuschauern klar, dass wir zu der Sorte Taugenichtse gehörten, ohne die die schöne Insel Jersey sehr wohl auskommen könne; dass so manches an Rowdytum, Trunkenheit und allgemeiner Verschlechterung des moralischen Niveaus auf der Insel direkt auf solche Leute, wie wir es waren, zurückzuführen sei; dass Männer unseres Alters der jüngeren Generation ein Vorbild sein und dass so etwas besser nicht noch mal vorkommen solle, sonst …

Er machte eine Pause, um Luft zu holen. »Charlie Strafford Van Cleef Mortdecai«, sagte er mit der Stimme der Verdammnis. »Sie werden in allen drei Anklagepunkten für schuldig befunden. Was haben Sie darauf zu antworten?«

Mein Blick kreuzte sich mit dem der alten Dame mir gegenüber. Sie lehnte sich mit offenem Mund vor, und man konnte darin deutlich das große gestreifte Pfefferminzbonbon sehen. »Es tut mir schrecklich leid«, sprach ich zu dem Pfefferminz, »das war töricht, schlecht beraten, nicht zu verzeihen.«

Er meinte, ich sei ein Mann aus gutem Hause, ich hätte uneigennützig – wenn auch töricht – im Interesse meiner Freunde gehandelt; dass der Ausdruck meines Bedauerns das Gericht zufriedenstelle, dass die Schande wahrscheinlich Bestrafung genug und das Gericht daher geneigt sei, Nachsicht walten zu lassen. Ich senkte den Kopf, um mein Grinsen zu verbergen.

»Sie werden daher zu einer Gefängnisstrafe von insgesamt siebenundzwanzig Monaten verurteilt.« Das Gebiss der alten Dame schnappte blitzartig über dem unglückseligen Pfefferminz zusammen. »Oder zur Zahlung einer Gesamtsumme von vierhundertfünfzig Pfund. Geben Sie dem Gefangenen einen Stuhl, Wachtmeister. Sie werden außerdem unter Androhung einer Strafe von weiteren fünfhundert Pfund und schriftlicher Bestätigung derselben zu guter Führung auf die Dauer von fünf Jahren verpflichtet.« Er schob seine Brille neun Zentimeter seine großartige Nase hinunter. »Können Sie zahlen?«, fragte er ein wenig freundlicher.

Sam handelte sich fünfzig Pfund weniger an Geldstrafe ein, kriegte aber nichts über »aus gutem Hause« zu hören, was ihn getroffen haben dürfte. George handelte sich das Gleiche ein wie Sam, weil er, wie der Präsident unterstrich, ausgezeichnete Militärakten habe. Er wollte sich gerade setzen, als ihm der Präsident mit einem Sinn für Timing, um den ihn Muhammad Ali beneidet hätte, weitere hundertfünfzig Pfund wegen der Kraftfahrzeugversicherung aufdrückte.

Draußen, auf dem Royal Square, beglückwünschte Solly mich. »Du hast dich gut gehalten. Ich war sehr stolz auf dich. Und der Präsident war sehr milde.«

»*Milde?*«

»Himmel, ja. Du solltest ihn mal hören, wie er uns Anwälte runterputzt, wenn wir nur ein falsches Wort sagen. Man kommt sich vor wie ein Abgeordneter der Labour-Partei, der in einer öffentlichen Bedürfnisanstalt Männer anmacht. Da fällt mir ein – was macht man mit einer Kröte?«

»Einer Kröte?« Ich war verblüfft.

»Tja, es könnte auch ein Frosch sein. So was Braunes, Warziges eben.«

»Das ist eine Kröte.«

»Ja, sie kam heute Morgen an, und meine Sekretärin kann sie nicht dazu bewegen, etwas zu fressen. Hat ihr Brot und Marmelade und alles Mögliche angeboten. Ein wählerisches Tierchen.«

»Du hast gesagt, sie kam an ...?«

»In einer Zigarrenkiste. Außerdem war ein Blatt Toilettenpapier mit der Aufschrift ›Mortdecai‹ beigefügt. Ähm, es war *gebrauchtes* Toilettenpapier.«

Ich war froh, dass ich beim Mittagessen so wenig zu mir genommen hatte. Ich riss mich zusammen und sagte: »Einfach ein ordinäres Wortspiel, würde ich meinen. Mit dem Wort *crapaud*.*«

»Ah ja«, sagte er, warf mir allerdings einen merkwürdigen Blick zu.

Sam und ich aßen bei George früh zu Abend, wählten dann die Frauen aus, die in dieser Nacht beschützt werden sollten, und fingen an, Anrufe zu tätigen. Die starke Feindseligkeit, die unseren Vorschlägen entgegengebracht wurde, traf uns völlig unvorbereitet; wir waren, so schien es, sozial Ausgestoßene. Die beiden Ersten, mit denen wir sprachen, sagten – ohne auch nur den Versuch zu machen, plausibel zu klingen –, dass sie anderweitig zu tun hätten; die Dritte legte, sobald sie unsere Namen gehört hatte, demonstrativ auf; die Vierte meinte, ihr Mann sei durchaus in der Lage, angemessen auf sie aufzupassen, vielen Dank; die Fünfte sagte, falls wir noch mal anriefen, würde sie die Polizei benachrichtigen. Nur die Letzte, eine gingetränkte, sexverrückte Dichterin, begrüßte unser Angebot; ihr Ton ließ darauf schließen, dass sie sich selbst aktiv für eine Vergewaltigung einzusetzen beabsichtigte. Wir blickten einander ausdruckslos an. Das Telefon klingelte.

»Es ist für dich, Charlie. Johanna.«

»Charlie«, sagte sie honigsüß, »vielleicht interessiert es dich zu erfahren, dass meine Bridgegesellschaft heute Abend abgeblasen ist. Ja, abgeblasen. Lady Pickersgill rief mich an und sagte, sie habe eine schlimme Erkältung. Desgleichen Lady Cortances. Außerdem Mrs French-Partridge. Ich hoffe, du bist stolz auf dich.«

»Gott, Johanna, ich kann dir nicht sagen, wie leid …«

»Ich habe gerade den Flughafen angerufen und erfahren,

---

* Französisch für Kröte, aber auch: Schlingel, ungeschickter Mensch

dass heute Abend keine Flüge mehr nach London gehen. Zudem hat mich die Putzfrau wissen lassen, dass sie mir nicht länger zu Diensten sein kann. In Zukunft müsse sie sich der Pflege ihrer alten Mutter widmen. Zu deren Beerdigung sie letztes Jahr gefahren ist. Außerdem parkt draußen auf der Straße ein Fernsehwagen. Außerdem – hast du die Abendzeitung gelesen?« Ohne auf ein »Ja«, »Nein« oder »Ich weiß nicht« zu warten, legte sie auf.

Ich ging im Regen hinaus zum Tor und holte die Zeitung. (Der in Freiheit geborene Geschäftsmann auf Jersey tut viel für einen, aber Zeitungen in den Briefkasten zu legen verachtet er. Ist das nicht merkwürdig?)

Wir studierten die Titelseite. Die *Jersey Evening Post* berichtete über unsere Verhandlung fair, sogar freundlich, aber das Foto, das sie von uns auf dem Bürgersteig vor dem Gericht geschossen hatten, war zumindest unglücklich. Wir drei heruntergekommenen Missetäter drängten uns schuldbewusst aneinander und waren von grimassierenden, korrupten Winkeladvokaten umgeben. George glotzte in die Kamera mit einem Ausdruck, der nur als mörderisch bezeichnet werden kann; Sam wirkte wie ein Kraftausdruck, den man auf einem Watergate-Tonband gelöscht hat; mich hatten sie erwischt, als ich gerade mein Hinterteil kratzte und kichernd etwas über die Schulter sagte. Alles äußerst unglücklich. Wir sahen einander an, oder, um genau zu sein, sie sahen mich an, während ich unruhig ihren Blicken zu entgehen suchte.

»Ich weiß schon«, sagte ich gut gelaunt, »wir saufen uns einen an!«

Sie hörten auf, mich anzusehen, und blickten einander an. Sonia tauchte wieder auf, warf einen Blick auf das Foto und erlitt prompt einen Kicheranfall. Manchen Frauen steht das ausgezeichnet, nicht jedoch Sonia; ihre Version ist zu geräuschvoll, und sie hat die Neigung, sich auf Sofas und anderen Möbeln hin und her zu werfen und dabei ihre Unterhöschen zu zeigen. So sie welche anhat. George machte ihr sein Missvergnügen klar, und sie ging zur wahren Liebe ihres Lebens zurück, ihrer Waschmaschine, das lästige, laute Ding.

Sam und George setzten erneut an, das Stück »Komm, wir schauen hasserfüllt auf Charlie« aufzuführen, daher erhob ich mich. Ich bin verletzlich, wissen Sie?

»Ich gehe nach Hause, fernsehen«, sagte ich steif.

»Oh nein, das tust du nicht«, zischte George. »Du gehst nach Hause, nimmst dir dunkle Sachen, weiche Schuhe und eine Waffe, und dann meldest du dich hier in fünfzehn Minuten zusammen mit Jock in gleicher Aufmachung zurück.«

Ich mag mich bisweilen ein bisschen als Memme darstellen, wenn es meinem Buch zupasskommt, aber solchen Mist lasse ich mir nicht gefallen, nicht einmal von Brigadiers im Ruhestand. Erst recht nicht von Brigadiers im Ruhestand. Ich wandte mich zu ihm um und starrte ihn lange und aufsässig an. »Es wird wenigstens *zwanzig* Minuten dauern«, sagte ich aufsässig, »denn so, wie die Dinge zu Hause liegen, werde ich meine Sachen selbst heraussuchen müssen.«

»Tu dein Bestes«, meinte George nicht unfreundlich.

Ich war nach achtundzwanzig Minuten zurück.

»Also dann«, sagte George. »Der Plan sieht so aus: Da diese Idioten uns nicht gestatten, uns *in* den Häusern auf die Lauer zu legen, werden wir *außerhalb* ihrer Häuser patrouillieren, und zwar ab jetzt bis Mitternacht. Ich werde mich zwischen Hautes Croix und hier bewegen, Jock wird Sam bei La Sergenté absetzen, von wo aus er nach St. Magloire's Manor geht und dann über Canberra House hierher zurück. Jock selbst wird, da sowohl Sonia wie auch Johanna allein und unbewacht sind, zwischen Wutherings und Les Cherche-fuites arbeiten. Du, Charlie, deckst die Wege zwischen hier und der Belle-Etoile-Bucht ab. Keiner von uns wird Schotterstraßen benutzen. Irgendwelche Fragen?«

Es gab keine Fragen.

15

Der Gladiator erfleht dort dein Nicken
Mit bitterem rasselndem Atemholen,
Wo ungeheure Foltern bedrücken
Die herrlichen Leiber, dem Tode gestohlen.
Die Völker Pferde unter deinem Zügel ...
Dein Garten brannte von lebenden Kerzen,
Die Welt brach hin unter deinem Hügel,
Herrin der Schmerzen.

Dolores

Eine Erkältung hatte ich davon – es macht mir nichts aus, Ihnen das zu erzählen –, es ist einfach die schlechteste Jahreszeit für eine Wachpatrouille. Ich glaube, ich habe Ihnen meine Ansichten über den Monat Mai auf den Britischen Inseln bereits mitgeteilt. Diese Maiennacht, in der ich mir langsam meinen finsteren Weg hinunter zur Belle-Etoile-Bucht suchte, war so kalt und schwarz wie das Herz eines Schulmädchens, und der Mond, der im letzten Viertel stand und sich nicht um seine Dienstpflicht für die Öffentlichkeit scherte, erinnerte mich lediglich an einen silbernen Maria-Theresia-Taler, den ich einmal zwischen den Hinterbacken eines somalischen Mädchens eingeklemmt gesehen hatte, von dem man, so vermute ich, auch nicht mehr erwarten konnte. Aber genug davon.

Hinunter in die Belle-Etoile-Bucht stahl ich mich. Die See atmete heiser wie ein aus der Übung gekommener Frauenschänder. Zurück stahl ich mich und atmete dabei wie ein Wachehaltender in mittleren Jahren, der weder Flachmann noch Sandwichdose dabeihat, weil seine Frau nicht mehr mit ihm redet. Als ich gegen Ende meines ersten Rundganges in die Chestnut Lane (*La Rue des Châtaigniers* [= Kastanienweg]) einbog, teilte ein *châtaignier* oder Kastanienbaum sich still in zwei *châtaigniers* oder Kastanienbäume, und ein Teilstück kam auf mich zu. Man fragt mich oft, was zu tun ist, wenn einem so etwas widerfährt, und mein Rat besteht immer aus mehreren Alternativen, nämlich entweder

(a) schluchzen Sie oder

(b) rennen Sie oder

(c) fallen Sie auf die Knie, und bitten Sie um Gnade.

Wenn Sie natürlich wie ich im Krieg – ja, dem von 1939–1945 – einer absurden Spezial-sowieso-Einheit angehört haben, dann können Sie Besseres leisten. Ich jedenfalls ließ mich leise zu Boden fallen und rollte mich mehrmals herum. Als das erledigt war, zog ich meine Pistole heraus und wartete. Die Baumperson fror ein. Nach einer langen Zeit sprach sie.

»Ich kann Ihr Gesicht nich sehen«, sagte sie, »aber ich kann Ihren großen Arsch sehen. In etwa genau drei Sekunden jag ich 'ne Kugel aus meiner Luger in ihn rein, oder Sie gem mir 'n guten Grund, warum ich's nich tun soll.«

Ich stand auf, wobei ich meine Lungen zwang, ihren Dienst wiederaufzunehmen. »Jock«, sprach ich, »ich schlage dich für die Holzschnitzermedaille vor. Deine Verkörperung eines Baumes war höchst glaubhaft.«

»Hallo, Mr Charlie.«

»Was hast du noch dabei, mal abgesehen von der Maschinenpistole? Wie oft hab ich dir gesagt, du sollst sie nicht mitnehmen?«

»'nen Flachmann mit braunem Rum.«

»Pfui! So durstig bin ich auch wieder nicht. Wenn du bei deinem Rundgang bei Wutherings vorbeikommst, sei doch bitte so gut und suche und fülle meinen Flachmann. Ich patrouilliere zurück zur Belle-Etoile-Bucht und treffe dich dort in, sagen wir, dreißig Minuten.«

»In Ordnung, Mr Charlie. Ich nehme an, Sie hätt'n auch gern die Sandwichdose, stimmt's?«

»Na gut, Jock, wenn du darauf bestehst. Ich glaube, ich sollte mich bei Kräften halten.«

»In Ordnung, Mr Charlie.« Er machte Anstalten aufzubrechen.

»Jock!«

»Ja?«

»Es müssten noch ein paar Reste vom kalten Fasan im Kühlschrank sein.«

»Die sind noch da, ich mag doch kein' Fasan.«

»Die sind noch gut genug für die Sandwiches, aber, bitte, denk auf alle Fälle dran: Fasanensandwiches macht man mit dunklem Brot.«

»Ja.«

Er verschwand und ich auch.

Aus der Chestnut Lane in Richtung Belle-Etoile-Bucht zu verschwinden impliziert, dass man sich verläuft, matschbespritzt und nass wird, nicht zu reden davon, dass man sich die Schienbeine an unsäglichen Farmgeräteteilen bricht, die die Jersey-Leute *absichtlich* in der Landschaft stehen lassen. Als ich die Bucht erreichte, gab die See die gleichen heiseren, niedergeschlagenen Geräusche von sich: »Ach, verdammich«, schien sie zu stöhnen, »wie lange noch muss ich mit diesem endlosen Hin und Her weitermachen?«

»Ich hätte das selbst nicht besser ausdrücken können«, versicherte ich ihr.

Ich kehrte um in Richtung Chestnut Lane; anders als die See, freute ich mich auf Flachmänner und Sandwichdosen. Das war ein Fehler: Die Götter haben auf Burschen, die sich in solche Erwartungen kuscheln, ein scharfes, eifersüchtiges Auge.

Ich brach gerade fröhlich durch eine Hecke, als ich vor mir eine große, baumgleiche Gestalt sah. Ich dachte, es sei Jock. »Jock?«, fragte ich.

Die Gestalt machte einen baumgleichen Schritt auf mich zu und hieb mir schwungvoll auf die Schläfe. Langsamer, als Sie sich vorstellen können, fiel ich zu Boden, und mein Gesicht schmatzte so dankbar in den Matsch, als sei er ein Kissen. Ich war zwar unfähig, mich zu bewegen, aber nicht richtig ohnmächtig. Das Licht einer kleinen Taschenlampe wurde auf mich gerichtet; ich verschloss dagegen meine gemarterten Augen, aber erst als ich nahe meinem Gesicht einen Schuh bemerkt hatte. Es war ein *guter* Schuh, ein schwerer, gelbbrauner Wanderschuh, den ich in den Tagen, als mein Vater noch meine Rechnungen bezahlte, bei Ducker's in Oxford hätte kaufen können.

Das Licht ging aus. Ich fühlte, wie eine erfahrene Hand meine Schläfe betastete. Es schmerzte fürchterlich, aber keine Knochen knirschten; ich wagte zu hoffen, weiterleben zu können. Dann wuchteten mich zwei kräftige Hände in eine kniende Haltung, und ich öffnete die Augen. Über mir ragte eine fürchterliche Kreatur auf, mit einem Gesicht, das selbst die Hölle zurückgewiesen hätte. Sie war mir nah genug, dass ich ihren widerlichen Gestank riechen konnte. Dann kam mir ihr Knie entgegen und traf mit einem taub und blind machenden Schlag auf die Spitze meines Kiefers.

In meiner Benommenheit widerfuhren mir Dinge, die ich nur schwach wahrnahm; ich wurde durchsucht und herumgestoßen, hochgehievt und herumgezerrt. Klugerweise entschloss ich mich, weiterhin zu schlafen, bis ein wahnsinniger Schmerz aus meinem rechten Ohr brüllte. Ich warf mich wild herum, um dem Schmerz zu entgehen, was ihn nur verdoppelte; ich wurde wieder ohnmächtig, aber nur um sofort zu noch größerer Pein zu erwachen. Neben meinem Ohr gab es eine große Explosion – und die Schmerzen wurden unerträglich.

Da ich jetzt in gewisser Weise wach war, nahm ich meinen Verstand hinreichend zusammen, um bewegungslos zu verharren, während mein fürchterlicher Angreifer sich davonmachte. Als ich sicher war, dass er weg war, erforschte ich behutsam meine Lage. Ich stellte fest, dass ich an einem Baum stand; Hände und Füße waren frei. Ich versuchte, meinen Kopf zu bewegen – und schrie. Unendlich vorsichtig hob ich die Hände an mein Ohr mit der Bitte, meinem verwirrten Hirn mitzuteilen, was eigentlich los war. Als sie es mir dann mitteilten, wurde ich erneut ohnmächtig – das wären Sie auch – und kam sofort wieder mit einem schrillen Schmerzensschrei zu mir.

Mein Ohr war an dem Baum festgenagelt.

Ich stand – wie mir schien, etwa eine Stunde lang – ganz still. Dann langte ich nach hinten und zog die Banker's Special aus meiner Hosentasche. Ich sog meine Lungen voll und öffnete den Mund, um nach Hilfe zu rufen, aber ein stechender Schmerz fuhr durch meinen Kiefer, ich hörte ein entsetzliches, knirschendes Geräusch, und meine Zunge sagte mir, dass sich meine Zähne alle am falschen Platz befanden.

Ich hob die Pistole in die Luft und wollte abdrücken, aber meine Kraft reichte nicht. Indem ich beide Hände nahm, gelang es mir, den Hahn zu spannen; dann feuerte ich. Danach noch einmal. Und dann, mit äußerster Anstrengung, erneut. Jock hatte mir auf dem Schießplatz oft als Lader gedient und würde das dreischüssige Notsignal erkennen.

Ich wartete eine Ewigkeit, ohne zu wagen, noch mehr Patronen zu verschwenden; ich brauchte sie, falls der Verrückte zurückkäme. Ich verbrachte die Zeit, indem ich versuchte, mich wach zu halten. Jedes Mal, wenn mir die Sinne zu schwinden drohten, kam mein Gewicht äußerst schmerzvoll an meinem Ohr zu hängen und mich daran zu erinnern, ob es Lobengula oder Cetewayo* gewesen war, der Kleinkriminelle an Bäume

---

* Berühmte Zuluhäuptlinge im 19. Jahrhundert

zu nageln pflegte. Sie mussten sich selbst losreißen, ehe die Hyänen sie erwischten.

Endlich hörte ich Jock brüllen – das willkommenste Brüllen meines Lebens. Ich krächzte zur Antwort. Das Gebrüll kam näher. Als Jock schließlich undeutlich vor mir auftauchte, richtete ich die Pistole auf seinen Bauch. Noch eine Stunde zuvor hätte ich ihm blind mein Leben anvertraut, aber heute Nacht spielte die Welt vollkommen verrückt. Alles, woran ich denken konnte, war, dass mir niemand mehr wehtun durfte. Er trat näher. Ich schnüffelte gierig. Von dem ekelhaften Gestank des Hexers keine Spur.

»Sind Sie in Ordnung, Mr Charlie?«, erkundigte er sich.

»Iefer ochen«, erklärte ich.

»Eh?«

»Iefer ochen«, bedeutete ich ihm ärgerlich und wies auf mein Kinn.

»Kiefer gebrochen. Tatsächlich.«

»A Au a'lt«, fügte ich hinzu und deutete auf mein Ohr.

Er brannte ein Streichholz an und zischte kummervoll, als er sah, in welch misslicher Lage ich mich befand. Der Nagel, so schien es, war bis zum Kopf in den Baum getrieben worden; um ihn herum war mein Ohr angeschwollen und prall von Blut.

»Ich glaub nich, dass ich 'n Klauenhammer da drunter krieg, Mr Charlie. Glaub, ich muss es abschneiden.«

Ich wollte nicht wissen, was er machen würde, ich wollte nur, dass er es tat, sodass ich mich hinlegen und schlafen konnte. Ich gestikulierte lebhaft in Richtung Ohr und schloss fest die Augen.

Während er einen Kanal vom Nagelkopf zum äußeren Rand meines Ohres schnitt, konnte ich die Zähne nicht zusammenbeißen, weil sich meine Zähne nicht zusammenbringen ließen, aber ich erinnere mich, dass ich reichlich geheult habe. Er bat mich, den Kopf zu bewegen. Es half alles nichts; das Stückchen

Knorpel unter dem Nagelkopf blieb unverrückbar. Es gab eine lange Pause, und dann fühlte ich zu meinem Entsetzen, wie Jock die Messerspitze an meinen Augenwinkel setzte. Mit einem Ruck wandte ich mich ab und schrie, als das Ohr loskam.

»'tschuldigung, Mr Charlie«, sagte er, als er mich aus dem angenehmen weichen Matsch hochhob.

Als ich das nächste Mal wach wurde, zerrte Jock mich aus dem Auto und in die Notaufnahme des Allgemeinen Krankenhauses in St. Helier. Er lehnte mich gegen die Anmeldung, wo eine freundliche, aber entschiedene Dame mir zugewandt missbilligende Laute von sich gab. Sie händigte Jock ein Formular zum Ausfüllen aus; ich schnappte es mir und kritzelte »SIEH NACH OB JOHANNA O. K.« darauf. Jock nickte, ließ mich auf den Boden hinunter und verschwand.

Danach erwachte ich unter einem grellen weißen Licht und einem mitleidvollen dunklen Gesicht. Letzteres schien einem pakistanischen Arzt zu gehören, der an meinem Ohr Feinstickerei ausführte. Er strahlte mich an. »Serr schlimmer Unfall«, versicherte er mir. »Sie können Glücksstern danken, dass Sie sind in Land von Lebenden.«

Ich wollte meinen Mund aufmachen, um eine witzige Bemerkung über Peter Sellers vom Stapel zu lassen, merkte aber, dass ich es nicht konnte. Meinen Mund aufmachen, meine ich. Er war total verdrahtet, und meine Zunge schien in einem Stacheldrahtverhau zu stecken.

»Bitta schön, ganz ruhig bleiben«, sagte der nette Doktor, »und in null komma nix Sie wieder wie neu. Wenn nicht, meine ganze schöne Arbeit für Katze.«

Ich blieb ruhig.

»Schwester«, rief er über die Schulter, »Patient ist jetzt bei sich.«

Die resolute Dame aus der Notaufnahme erschien und wedelte mit Formularen. »Name, Anschrift und nächste Angehörige reichen zunächst mal«, sagte sie, aber nicht zu resolut. Ich nahm einen Kugelschreiber, der hundert Pfund wog, und schrieb. Sie ging. Einen Augenblick später war sie zurück und flüsterte mit dem Arzt.

»Mr Mortdecai«, sagte dieser zu mir, »es scheint, dass wir gerade eine Dame mit demselben Namen aufgenommen haben. Gehört sie zu Ihnen? Mrs Johanna Mortdecai?«

Ich wollte aufstehen, aber sie hielten mich nieder. Ich kämpfte. Jemand stach mir eine Nadel in den Arm und meinte sanft, dass der Arzt, der sich um Johanna kümmere, demnächst zu mir kommen würde. Ohne es zu wollen, verlor ich die Besinnung.

Als ich das nächste Mal wach wurde, befand ich mich in einem warmen, engen Bett und in einem warmen, kratzenden, schweißdurchtränkten Nachthemd. Ich fühlte mich entsetzlich und tausendfach verkatert; der Tod schien unendlich wünschenswert. Dann fiel mir Johanna wieder ein, und ich versuchte, mich ein wenig aufzurichten, aber eine magere Krankenschwester hielt mich mühelos nieder, als ob sie ein Laken glatt striche. Ein neues Gesicht tauchte auf; ein großer, blasser Typ.

»Mr Mortdecai?«, fragte er. »Guten Morgen. Ich bin der Arzt, der Ihre Frau behandelt. Sie wird wieder in Ordnung kommen, aber sie ist ziemlich übel zugerichtet und hat eine Menge Blut verloren.«

Ich machte hektische Schreibbewegungen, und er gab mir Kugelschreiber und Block. »Vergewaltigt?«, schrieb ich.

»Um die Wahrheit zu sagen, wir wissen es nicht. Dort unten scheint nichts kaputt zu sein, obwohl sie überall sonst erhebliche Verletzungen hat. Über diese andere Sache können wir sie im Augenblick nicht befragen, weil sie unter Schock steht. Ich fürchte, er hat sie schwer verletzt.«

Ich nahm erneut den Kugelschreiber. »Ist ihr Ohr schlimm verunstaltet?«, schrieb ich.

Er blickte lange auf die Worte, als ob er sie nicht verstehe. Langsam sah er mich an, und zwar so mitleidsvoll, dass ich Angst bekam. »Es tut mir leid, Mr Mortdecai, ich dachte, Sie wüssten es. Ihre Verletzungen sind ganz und gar nicht wie die Ihren.«

16

Lass uns gehen, sie wird uns nicht suchen, nicht finden,
Lass uns meerwärts gehen mit den großen Winden,
Voll Sand und verwehtem Schaum. Was hilft uns hier?
Hier hilft uns nichts, alle Dinge schwinden,
Die Welt ein tränenbitteres Elixier.
Du zeigtest ihr die Leeren, die uns binden:
Wie einer Blinden.

A Leave-Taking

Der ganze nächste Monat war ziemlich saumäßig. Sehen Sie, wenn man Ihnen den Mund völlig verdrahtet hat, können Sie sich nicht die Zähne putzen, und wenn man sich dann noch wie ich eine Erkältung holt, wird die ganze Situation unglaublich bescheuert. Außerdem hatte man mir einen grässlichen Schlauch durch ein Nasenloch in die Speiseröhre geführt, durch den man mich mit unsäglicher, wenngleich wahrscheinlich nahrhafter Pampe fütterte. Erschwerend kam hinzu, dass jedes Buch, das ich zu lesen anfing, auf der dritten oder vierten Seite wundervolle plastische Beschreibungen von Fleischsuppe, Austern, gebratenen Rebhühnern und Steak-und-Nieren-Pasteten enthielt. Immer wenn ich voll Verlangen nach Essen gierte, klemmte die kleine, magere Schwester eine Flasche an meinen Nasenschlauch und füllte meinen armen Magen mit der stopfenden Pampe, wobei sie gleichzeitig versuchte, mir eine eiskalte Bettpfanne unter den Hintern zu schieben. Natürlich ließ ich mich zu dieser Würdelosigkeit nie verleiten; ich ging – oder besser: wankte – aus eigener Kraft zum Klo, während protestierende Schwestern sich an mich hängten und mir der Schleim aus dem Nasenschlauch lief – ein Ehrfurcht gebietender Anblick, möchte ich behaupten.

Als ich wieder etwas zu Kräften gekommen war, fand ich heraus, wo Johanna lag, und ging sie heimlich besuchen. Sie war blass und sah sehr viel älter aus. Ich konnte nicht reden, und sie wollte nicht. Ich setzte mich auf ihre Bettkante und tätschelte ihre Hand. Sie tätschelte meine Hand, und wir zwinkerten uns matt zu. Das half. Durch Jock ließ ich ihr regelmäßig zu bestimmten Zeiten Blumen und Trauben und so weiter bringen, und sie ließ mir durch Jock Schachteln mit Sullivan-Zigaretten und dergleichen zukommen. Die Nachtschwester, die fett und unverschämt war, brachte es zuwege, mir durch eine Lücke hinter dem oberen linken Eckzahn einen Strohhalm in den Mund zu fummeln; danach konnte ich jeden Abend eine halbe Flasche Burgunder trinken, was meiner Misere ein wenig die Schärfe nahm.

Die Ärzte waren mit meinem Kiefer zufrieden; sie sagten, er heile gut. Aber mein Ohr entzündete sich, und sie mussten ein Stück davon abschneiden und schließlich auch noch den Rest. Daher wurde Johanna erheblich früher entlassen als ich.

Meine Heimkehr war nicht fröhlich; Johanna hatte von dem Ohr gewusst, war aber doch ein bisschen schockiert, als sie mich ohne sah (ich hatte mich selbst in dem Moment, in dem sie die Verbände abnahmen, aus dem Krankenhaus entlassen), und sie brach in Tränen aus, was ich sie noch nie zuvor hatte tun sehen. Ich machte ein paar Scherze, dass sie von meinem Aussehen doch sowieso noch nie viel gehalten habe und dass die unsymmetrische Wirkung ihr noch gefallen würde, aber sie war untröstlich. Ich werde Frauen nie verstehen. Wahrscheinlich glauben Sie, Sie täten's, aber wissen Sie, Sie liegen falsch.

Sie sind ganz anders als wir.

Schließlich brachte ich sie sanft ins Bett, und dort lagen wir Hand in Hand im Dunkeln, sodass sie weinen konnte, ohne dass ich mitansehen musste, wie ihre Augen verquollen, und hörten dabei *Die Hochzeit des Figaro,* was sich als schlimmer Fehler erwies; man vergisst leicht, dass es sich für den, der Italienisch versteht (wie Johanna), keinesfalls als heiteres Stück darstellt. Als *Dove sono* kam, brach sie zusammen und wollte mir alles erzählen, was in jener entsetzlichen Nacht geschehen war. Das war zu viel für mich; ich war einfach noch nicht bereit dafür; ich stürmte hinunter und holte ein Tablett mit Drinks, und wir betranken uns ein bisschen, und dann war es besser, viel besser, aber wir wussten beide, dass ich sie im Stich gelassen hatte. Wieder mal. Tja, das ist der Preis, den man dafür zahlt, ein Feigling zu sein. Ich wünschte nur, jemand könnte mir vorhersagen, wie hoch die Raten sind und wann sie fällig werden. Ein Feigling ist jemand, der das Kleingedruckte auf der Rückseite seiner Geburtsurkunde gelesen und die kleine Klausel entdeckt hat, in der es heißt: »Du kannst nicht gewinnen.« Von dem Augenblick an weiß er, dass es das Klügste ist, vor allem wegzulaufen, und das tut er auch. Spaß muss er daran aber nicht haben.

»Jock«, sagte ich am nächsten Morgen, »Mrs Mortdecai kommt nicht zum Frühstück runter.« Ich sah ihn direkt an. Er kapierte. Sein gesundes Auge zwinkerte heftig, wodurch sein Glasauge, das nachlässig eingesetzt war, tückisch nach schräg oben schielte. Er hatte mal wieder meine Gedanken gelesen, und als dann die Eier mit Schinken auf dem Tisch standen, waren sie auf köstliches, geröstetes Brot gehäuft und von Röstkartoffeln umgeben, alles gänzlich gegen Johannas »Ständige Dienstanweisung betreffend Mr Mortdecais Taille«. Ach, verdammt – warum sollte ich was gegen meine Taille haben, sie hat mir nie ein Leid zugefügt. Noch nicht.

Die letzte Röstkartoffel hatte das letzte bisschen zerlaufenes Eigelb erwischt und wollte es sich gerade auf Mortdecais Taille gemütlich machen, als George und Sam auftauchten. Sie sahen ernst und freundlich aus, denn auch ich hatte nun gelitten und war Mitglied im Club, beide aber blickten scheel auf die Konfitüre und den reichlich gebutterten Toast, die Jock in diesem Augenblick hereinbrachte. Sam frühstückt nie, und George glaubt, dass Frühstück etwas ist, das wahre Herren eine Viertelstunde nach Sonnenaufgang zu sich nehmen und nicht um halb ein Uhr mittags.

Ich winkte sie auf die Stühle und bot ihnen reichlich gebutterten Toast und Konfitüre an. Sie starrten mit schlecht verhohlenem Verlangen darauf, lehnten aber ab: Sie waren standfest, wirklich standfest.

Die meisten Neuigkeiten kannte ich schon. In der Zwischenzeit hatte es zwei weitere Fälle von Vergewaltigung gegeben, und einer haftete etwas Verdächtiges an: Es handelte sich um ein junges Jersey-Mädchen, das schon ein klein bisschen schwanger war von einem Verlobten, der geistesabwesend an Bord eines Schiffes nach Australien gegangen war. Der andere Fall ereignete sich unter den bereits bekannten Begleiterscheinungen, sodass es »einer von unseren« war, aber das Opfer war als Zeugin sogar nach weiblichen Maßstäben hoffnungslos und konnte nicht das Geringste zu unserer Fallakte beisteuern.

George und Sam hatten planlos und halbherzig weiter patrouilliert, aber ohne Ergebnis; Sam sagte, er habe einmal einen Verdächtigen im Regenmantel eine halbe Meile weit verfolgt, ihn dann aber bei den Außengebäuden von einem von Georges Pächtern verloren. Eine Durchsuchung hatte nichts erbracht außer zwei Fahrradklammern in einem nicht genutzten Kuhstall.

Sonia war so gut wie wiederhergestellt. Violet ging es wesentlich schlechter; sie war jetzt eindeutig katatonisch und musste Tag und Nacht beobachtet werden. George wirkte zurückgezogen und verdrießlich; Sam befand sich in einem

Zustand unterdrückter Hysterie, den ich beunruhigend fand: Lange Schweigeperioden wurden ab und an völlig unerwartet von zynischen schwachen Witzchen unterbrochen. Er war überhaupt nicht mehr der Sam, den ich gekannt und geliebt hatte. Als es nichts Neues mehr zu erzählen gab, sahen wir einander teilnahmslos an.

»Drinks?«, erkundigte ich mich gleichgültig.

George sah auf seine Armbanduhr, Sam machte den Mund auf und schloss ihn wieder. Ich schenkte Drinks ein. Wir tranken jeder drei, obwohl wir noch nicht zu Mittag gegessen hatten. Johanna schloss sich uns an. Im harten Mittagslicht sah sie um zehn Jahre gealtert aus, aber ihr Befehlston war noch immer der alte.

»Habt ihr Jungs schon einen Plan gemacht?«, fragte sie, wobei sie mich anschaute – hol sie der Teufel.

Wir grimassierten verlegen. Sam begann mit dem Anflug eines Lächelns, brach den Versuch dann aber ab. George räusperte sich. Wir sahen ihn ermattet an. »Los, gehen wir fischen«, meinte er. »Mein Barschboot ist frisch gestrichen und lackiert und wird morgen zu Wasser gelassen. So 'n bisschen Segeln tut uns allen gut. Wir gehen auf Makrele, ja?«

Durch unser Schweigen drückten Sam und ich absolute Missbilligung aus. An Land ist George lediglich ein Brigadier; auf See will er scheinbar beweisen, dass Captain Bligh ein Softie war.

»Ach ja, Charlie, fahrt doch!«, rief Johanna. »Ein bisschen Segeln wird euch guttun, und ich fände ein paar frische Makrelen einfach fabelhaft.«

Ich rutschte unbehaglich auf meinem Stuhl hin und her.

»Oder Schellfisch«, fügte sie hinzu, »oder Seebarsch oder Brachsen. *Bitte*, Charlie.«

»Ach, na gut«, sagte ich. »Wenn Sam mitkommt.«

»Natürlich«, meinte Sam bitter, »natürlich, *natürlich*.«

»Wunderbar!«, sagte Johanna.

»Also dann um neun?«, fragte George.
»Dann ist es schon dunkel«, gab ich zu bedenken.
»Hab um acht eine Einladung zum Abendessen«, sagte Sam.
»Ich meinte neun Uhr morgens«, sagte George.
Wir starrten ihn an. Schließlich war er mit einem Termin direkt nach dem Mittagessen einverstanden, und noch später ließ er sich davon überzeugen, dass das halb drei nachmittags heißen sollte.

Aus einem Übermaß an Eifer war ich bereits drei Minuten vor halb drei an der Quaisné-Bucht. Jetzt hieß es, das Pub am Strand heimzusuchen und dort einen stärkenden Tropfen zu sich zu nehmen. Sam war schon da und stärkte sich fleißig. Wir nickten uns zu und saßen dann eine Weile in völligem Schweigen, das nur von den ständigen Schlürfgeräuschen zweier geborener Landratten unterbrochen wurde, die kurz davor standen, an Bord eines knapp fünf Meter langen Bootes zu gehen, das von einer weiteren Landratte mit Nelson-Komplex befehligt wurde. George stampfte in die Bar und starrte uns unhöflich an.
»Hallo, Seemann!«, riefen wir unisono. Wir hatten nicht erwartet, dass er lächeln würde, deswegen waren wir auch nicht enttäuscht.
»Warte schon fünf Minuten auf euch«, sagte er. »Könnt ihr euch losreißen? Habt ihr Gepäck dabei?«
Sams Gepäck bestand aus einem dünnen Gedichtband, den er in eine Plastiktüte gewickelt hatte, um ihn vor Taifunen zu schützen. Meines bestand aus Südwester und komplettem Ölzeug (weil die Meteorologen ruhiges, sonniges Wetter vorhergesagt hatten), je einer Thermosflasche mit heißer Suppe und heißem Kaffee sowie einer Flasche des billigeren schottischen Whiskys, meiner Sandwichdose und einer Dose mit kalten Currykartoffeln für den Fall eines Schiffbruchs oder anderer unvorhersehbarer Katastrophen. George hatte einen

abgewetzten, professionell aussehenden Nähbeutel dabei, der zweifellos voll mit *vernünftigen* Sachen war.

Das Boot, muss ich sagen, sah in der Pracht seines Frühlingsanfangsanstrichs und der Lackierung großartig aus und war mit einem riesigen neuen Außenbordmotor ausgerüstet. Georges allgegenwärtiger Klempner, der auch als sein Bootsmann fungierte, half uns, das Boot zu Wasser zu lassen. Der neue Motor startete ohne Schwierigkeiten, und wir fuhren durch tanzende kleine Wellen davon, die sogar mein schwarzes Herz aufwühlten. Ein leichter Dunstschleier lag über dem Wasser, der weiter draußen wahrscheinlich dichter wurde, denn der düster-benamste *La Corbière* (»Der Platz der Raben« – unser freundlicher Leuchtturm) gab alle drei Minuten sein langes, brummendes Stöhnen von sich wie ein fetter alter Mann, der sich auf dem Klo abmüht. Wir kümmerten uns nicht darum. In kürzester Zeit waren wir eine Meile weit draußen, und George ließ uns unsere Schleppangeln für die Makrelen auslegen. Wir legten eine halbe Stunde lang aus – wenn das das richtige Wort ist –, aber ohne Erfolg.

Papageientaucher, Krähenscharben und Kleine Sänger flogen über uns hinweg, papageientauchten, krähenscharbten und taten, was Kleine Sänger so tun, waren aber an diesem Fleck Wasser nicht interessiert. Außerdem gab es keine einzige Möwe auf Nahrungssuche, und keine Möwe bedeutet, es gibt keine jungen Fische, und keine jungen Fische bedeuten, es sind keine Makrelen da.

»Hier gibt es keine Makrelen, George«, sagte ich, »auch segeln wir zu schnell für Makrelen, drei oder vier Knoten wäre besser.«

»Unsinn«, erwiderte er.

Ich knetete ein Stück Sandwich mit Hefepaste drauf und ein gleich großes Stück Käse auf einem größeren Haken zu einem Klumpen, machte noch ein schwereres Gewicht an meiner Angelschnur fest und zog fast sofort einen schönen großen

Schellfisch an Bord. George glotzte. Ich reichte Sam ein Stück meiner Mischung, und bald hatte auch er einen guten Schellfisch.

»Bleib dabei, George«, sagte ich, »das Tempo ist für Schellfisch genau richtig.«

»Makrelen sind scheinbar noch nicht da«, knirschte er. »Ich fahr mal ein bisschen landwärts. Wir suchen uns unruhiges Wasser und gehen auf Barsch.«

La Corbière stöhnte und erstickte das noch stärkere Stöhnen, das von Sam und mir ausging. Natürlich mögen wir nichts lieber als unruhiges Wasser, wir ziehen es aber vor, ihm mit einem Profi am Ruder zu trotzen. Wir segelten landwärts und fanden einen Streifen, der ganz brauchbar aussah, obwohl er sich beunruhigend dicht an einer rasiermesserscharfen Miniaturklippe befand. Schlimmeres stand uns noch bevor.

»Werd mal den Mast aufrichten«, sagte George, »und ein kleines Segel setzen, dann können wir den Motor abstellen und haben ein bisschen Ruhe.«

Ich bin alles andere als ein Seemann, aber das entsetzte mich doch. Ich sah Sam an. Sam sah mich an.

»George«, sagte Sam bedächtig, »bist du sicher, dass das klug ist? Ich meine, ist das hier nicht eine Leeküste oder so?«

»Blödsinn«, sagte er. »Eine Küste ist nur dann eine Leeküste, wenn sie auflandigen Wind hat. Augenblicklich ist kein Wind da, aber zu dieser warmen Tageszeit können wir uns auf ein paar leichte ablandige Lüftchen verlassen. Und ich muss dich daran erinnern, Sam, dass es in einem Boot nur einen Skipper gibt. Befehle zu diskutieren kann *tödlich* sein.«

»Aye, aye«, sagte Sam verblüfft und aufsässig.

Mir fiel auf, dass ich *La Corbière* schon seit ein paar Minuten nicht mehr gehört hatte, und ich fragte mich, ob eine Brise aufgekommen sei, die den Dunstschleier vertrieb, aber es war bereits zu spät. George hatte den kleinen Mast gesetzt und im Mastschuh festgemacht und befand sich jetzt auf halber Höhe, wo er mit dem albernen kleinen Schratsegel kämpfte, als uns die erste Bö aus Südosten traf.

Wir legten uns auf die Seite, und der Außenbordmotor, dessen Schraube aus dem Wasser ragte, kreischte auf, während George erst seitlich überhing und dann in einem Durcheinander von Segeltuch und Tauwerk verschwand. Mit der Breitseite voran trieben wir landwärts auf die mörderischen Felsen zu, bis uns ein schreckliches Knirschen davon unterrichtete, dass der Mast weg war, und wir merkten, dass unser Motor streikte – nicht durch ein Krachen, sondern durch ein flaues Gefühl der Kraftlosigkeit. Blasen stiegen auf, wo George sein musste. Ich packte ein Ruder und stieß uns, so gut ich konnte, vom Felsen ab; Sam griff sich ein Messer und schnitt und hackte uns frei aus dem Wirrwarr von Segeln und Tauen. Wir erhaschten einen Blick auf George, Gesicht nach oben, ein Arm ruderte wie ein Dreschflegel; dann schien er in einen Sog zu geraten, und er verschwand unter dem Boot. Nach einer Minute tauchte er zwanzig Fuß weiter seewärts erneut auf, und sein einer Arm drosch noch immer das Wasser; wir schlugen wieder und wieder gegen die Felsen. Ebenso oft stieß ich uns mit einem Ruder wieder ab. Der Motor hustete und starb endgültig ab. Dummköpfe, die wir waren, trug keiner von uns eine Schwimmweste, noch war irgendwo eine Wurfleine zu sehen, die wir George hätten zuwerfen können. Während ich mit dem Ruder kämpfte, krabbelte Sam zu dem kleinen Vorpiek und suchte hektisch, wobei er unser Gepäck in der Hoffnung auf etwas Nützliches herauszerrte; dann erstarrte er kniend zu Eis und blickte ungläubig auf das, was er aus Georges Seesack gezogen hatte: Es war eine feste Kugel aus Kleidungsstücken, die mit einer Viertelzollleine verschnürt war. Sam hob sie an die Nase, und sein Gesicht verzog sich vor Ekel.

»Was zum Teufel machst du da?«, brüllte ich gegen den anschwellenden Lärm von Wind und See an. Er gab keine Antwort. Er schnürte das Paket auf: Es handelte sich um einen

Regenmantel, dessen Bündchen und Schulterstücke mit Nägeln beschlagen waren. Aus dem Mantel zog er eine scheußliche Gummimaske. Er sah mich nicht an, sondern fuhr mit dem Finger über eine Warze und blickte auf die Stelle, wo George sich einarmig bis fast auf die Seite des Bootes herangearbeitet hatte. Sam nahm das zweite Ruder, und langsam, als führe er eine rituelle Geste aus, hob er es mit beiden Händen hoch über den Kopf, das Blatt nach oben gerichtet.

Georges gesunde Hand lag jetzt auf dem Schandeck, und wir konnten einen großen Hautfetzen sehen, der ihm vom Kopf herunterhing, und den blutigen Überrest seines zerschmetterten Armes. Er sah Sam an. Seine Hand ließ das Schandeck los, und sein Gesicht verschwand. Sam warf das Ruder ins Boot und taumelte dann nach achtern zum Motor. Ich stieß uns aus Leibeskräften ab; unsere Holzplanken konnten nicht sehr viel mehr Hiebe von diesen Granitzacken einstecken. Der Motor sprang an, Sam brachte ihn auf Touren, bis er kreischte, und plötzlich waren wir im offenen Wasser. Ich fing an, Wasser zu schöpfen. Als ich einmal über meine Schulter zurückblickte, meinte ich, etwa hundert Meter entfernt etwas zu sehen, was an einen hoch erhobenen Arm erinnerte, aber es war wahrscheinlich nur ein Kormoran.

Wir waren schon in Sichtweite der Quaisné-Bucht, bevor einer von uns etwas sagte. »Ich nehme an, er ist jetzt tot?«

Ich gab keine Antwort; es war ja keine richtige Frage gewesen. Und ich dachte nach. »Sonia wurde nicht vergewaltigt«, sagte ich.

»Nein. Wir sind monatelang ein Liebespaar gewesen – wenn das der geeignete Ausdruck ist. Das erste Mal war es ein Unfall, wir beide betrunken auf einer Party. Danach brachte sie mich wieder und wieder dazu: Sie schwor, sie würde es George erzählen, falls ich nicht wollte. Als die Sache losging, an dem Tag, als du und George unerwartet nach Hause kamt, dachten wir, man hätte uns erwischt, und ich sagte Sonia, sie solle ›Vergewaltigung‹ schreien, während ich aus dem Fenster kletterte. Sie hatte all diesen Mist über das Ungeheuer von Jersey gelesen, deshalb kam ihr das ganze Drumherum mit der Hexerei in den Sinn.«

»Aber George kam dahinter. Also war, was er Violet antat, einfach Rache?«

»Ja. Vielleicht wollte er uns zu verstehen geben, dass er Bescheid wusste. Ich hätte es merken müssen. Ich nehme an, ich war zu aufgebracht, als dass ich über die Sache hätte nachdenken können.«

»Ich verstehe. Dann muss er allmählich Geschmack daran gefunden haben. Hat wahrscheinlich eine wahnsinnige Saite in ihm berührt, oder?«

»Ein Offizier und Gentleman«, sagte Sam. So, wie er es sagte, klang es wie die Pointe eines bösen Witzes.

Ich hörte mit dem Schöpfen auf, band Georges grausige persönliche Besitztümer an den Ersatzanker und warf sie über Bord. Es kümmerte mich nicht, ob jemand sie auffischen würde, ich wollte sie nur aus den Augen haben.

Am Strand trafen wir auf den Klempner, der uns half, das Boot an Land und auf den Anhänger zu bringen. »Wo ist denn Mr Breakspear?«

»Über Bord gegangen. Wir haben beinahe Schiffbruch erlitten. Würden Sie bitte der Küstenwache Bescheid sagen?«

»My Chri«, sagte der Klempner. Dann: »Im Pub ist ein Telefonanruf für Mr Davenant eingegangen, aus England, dringend.« Sam ging auf das Pub zu, fing torkelnd an zu laufen.

»Also war es Mr Breakspear«, sagte der Klempner.

Ich gab keine Antwort. Ich fragte mich, wie viele Leute es die ganze Zeit gewusst hatten. Vielleicht hätte ich meinen Gärtner fragen sollen. Vielleicht hätte er es mir sogar gesagt.

Sam kam mit bleichem Gesicht zurück. »Violet hat sich umgebracht«, sagte er stockend. »Lass uns nach Hause fahren. Es gibt einiges zu erledigen.«

»Wir müssen erst zur Polizei. George als vermisst melden.«

»Ja, natürlich. Das hatte ich schon vergessen.« Seine Stimme klang jetzt sanft.

»Wollen Sie denn Ihren Fisch nicht mitnehmen?«, rief uns der Klempner nach.

»Nein danke«, entgegnete ich. »Wir wissen, wo der herkommt.«

Es war dunkel, als wir das Polizeirevier verließen und in Richtung auf unser jeweiliges Zuhause auf die *Grande Route S. Jean* einbogen.

»Möchtest du reden?«, fragte ich schüchtern.

»Sie haben Vi nur einen Augenblick allein gelassen – die Schwester musste aufs Klo –, und sie ist einfach aus dem Bett geklettert und hat sich aus dem verschlossenen Fenster gestürzt. Man kann der Schwester keine Schuld geben, Vi hatte sich seit Tagen nicht gerührt. Natürlich hatte man mich gewarnt. Katatoniker glauben, dass sie fliegen können, weißt du? Engel.«

»Sam«, fing ich an.

»Halt bitte die Klappe, Charlie.«

Ich versuchte es noch einmal, als wir bei seinem Haus ankamen. »Willst du heute Nacht nicht lieber bei uns bleiben?«

»Gute Nacht, Charlie«, sagte er und machte die Tür zu.

Zu Hause erzählte ich Johanna alles so kurz, wie ich konnte, und verkündete dann, ich wolle Briefe schreiben. Ich ging in mein Schlafzimmer hinauf und stellte mich im Dunkeln ans offene Fenster. Auf der anderen Seite der Felder erstrahlte Sams Haus in hellem Lichterglanz, dann ging langsam eins nach dem anderen aus. Ich umklammerte das Fensterbrett. Es war sehr kalt, und ein dünner Regen fiel auf mein Gesicht.

Als der Schuss zu hören war, blieb ich, wo ich stand.

Jock betrat leise das Zimmer. »Der Schuss kam aus Richtung Cherche-fuites«, sagte er.

»Ja.«

»So wie es klang, 'ne großkalibrige Pistole.«

»Das stimmt.«

»Gehn wir rüber?«

»Nein.«

»Wollen Sie anrufen, Mr Charlie?«

»Raus hier, Jock.«

Fünf Minuten später schlich Johanna herein und nahm einen meiner Arme in ihre Arme und drückte ihn gegen ihren mageren Busen. »Lieber Charlie, warum stehst du denn hier im Dunkeln und zitterst? Und *weinst*? In Ordnung, tut mir leid, natürlich weinst du nicht. Ich sehe ja, dass du nicht weinst.« Sie schloss das Fenster, zog die Vorhänge zu und führte mich zum Bett, überredete mich, mich hinzulegen, und breitete eine Decke über mich. »Gute Nacht, Charlie«, sagte sie. »Bitte schlaf jetzt.«

»Ach, na gut«, sagte ich, aber ich hätte ihr gern davon erzählt. »Johanna«, rief ich ihr nach, als sie die Tür öffnete.

»Ja, Charlie?«

»Ich hab ganz vergessen zu fragen – wie geht's dem Kanarienvogel?«

Sie gab keine Antwort.

»Er ist tot, ja?«

Sie schloss ganz leise die Tür.